춘원 이광수 전집 21

사랑의 동명왕

김주현 | 안동대학교 국어국문학과와 서울대학교 대학원 국어국문학과를 졸업했다. 경주대학교 문예창작학과 교수를 역임하고 현재 경북대학교 국어국문학과 교수로 재직 중이다. 저서로 『이상 소설 연구』(1999), 『정본 이상문학전집』(2005), 『신채호 문학 연구초』(2012), 『김동리 소설 연구』(2013), 『해체와 실험─이상 문학 연구』(2014), 『계몽과 혁명─신채호 문학 연구』(2015), 『화두를 찾아서─문학의 화두, 삶의 화두』(2017), 『신채호 문학 주해』(2018), 『선금술의 방법론─신채호의 문학을 넘어』(2020) 등이 있다.

춘원 이광수 전집 21

사랑의 동명왕

초판 1쇄 발행 2022년 4월 10일

지은이 | 이광수
감수 | 김주현

펴낸곳 | (주)태학사
등록 | 제406-2020-000008호
주소 | 경기도 파주시 광인사길 217
전화 | 031-955-7580
전송 | 031-955-0910
전자우편 | thspub@daum.net
홈페이지 | www.thaehaksa.com

편집 | 조윤형 여미숙 김선정
디자인 | 한지아
마케팅 | 김일신
경영지원 | 정충만
인쇄·제책 | 영신사

책임편집 | 조윤형
북디자인 | 한지아

값 17,000원

ISBN 979-11-6810-039-8 03810

이 전집은 춘원 이광수 선생 유족들의 협의를 거쳐 막내딸인 이정화 여사의 주관으로 발간되었습니다.

사랑의 동명왕

—

장편
소설

김주현 감수

태학사

이광수(李光洙, 1892~1950)

일러두기

1. 이 책은 1955년 문선사 간행본을 저본으로 삼았다.

2. 이 책은 2017년 3월 28일 문화체육관광부 고시 '한글 맞춤법'에 따라 현대어로 옮긴 것이다. 각각의 작품은 저본에 충실하되, 현대적인 작품으로 일신하고자 하였다. 단, 작가의 의도를 드러낼 필요가 있거나 사투리, 옛말, 구어체 중에서도 오늘날 의미나 어감이 통하는 표현은 가급적 살리고자 하였다.

3. 한글만 쓰기를 원칙으로 하되, 낱말의 뜻을 파악하기 어려운 한자어나 외국어의 경우 한글을 먼저 쓰고 한자 또는 해당 원어를 병기하였고, 경전·사서·한시·화제 등의 한문 문장이 인용된 경우 독음 없이 원문을 인용하되, 필요한 경우 번역문을 덧붙였다.

4. 대화는 " "로, 등장인물의 생각이나 강조의 뜻은 ' '로, 말줄임표는 '……'로 표기하였다. 읽는 이들의 편의와 문맥을 감안하여 원문의 의미를 훼손하지 않는 선에서 적절하게 문장부호를 추가, 삭제하거나 단락 구분을 하였다.

5. 저술, 영화, 희곡, 소설, 신문 등의 제목은 각각의 분량을 기준으로 「 」와 『 』로 표기하였다.

6. 숫자는 가급적 한글로 표기하되, 연도 등 문맥을 고려하여 필요하다고 판단되는 경우에는 아라비아 숫자로 표기하였다.

7. 현행 외래어 표기법을 따르되, 그 쓰임이 굳어진 것은 관례적인 표현을 따랐다.

8. 명백한 오탈자라든가 낱말의 순서 바뀜 등의 오류는 바로잡았다. 선정한 저본만으로 해결할 수 없는 경우, 다른 판본을 참조하여 수정하였다.

9. 이상의 편집 원칙에 따르되, 감수자가 개별 작품의 특성을 고려하여 유연하게, 탄력적으로 이 원칙들을 적용하였다.

   춘원연구학회가 춘원(春園) 이광수(李光洙) 연구를 중심축으로 하여 순수 학술단체를 지향하면서 발족을 본 것은 2006년 6월의 일이다. 이제 춘원연구학회가 창립된 지도 16년이 되었다. 그동안 우리 학회는 2007년 창립기념 학술발표대회 이후 학술발표대회를 22회까지, 연구논문집 『춘원연구학보(春園研究學報)』를 22집까지, 소식지 『춘원연구학회 뉴스레터』를 13호까지 발간하였다.

   한국 현대문학사에 끼친 춘원의 크고 뚜렷한 발자취에 비추어보면 그동안 우리 학회의 활동은 미약하였다. 그러나 여러 가지 어려운 여건 속에서도 학회를 창립하고 3기까지 회장을 맡아준 김용직 선생님과 4~5기 회장을 맡아준 윤홍로 선생님, 그리고 학계의 원로들과 동호인들의 각고의 노력으로 우리 학회의 내일이 한 시대의 문학과 문화사에 깊고 크게 양각될 것으로 기대된다.

   일제강점기에 춘원은 조선인들에게 민족의식을 일깨워주고 문학적 쾌락을 제공하였다. 춘원이 발표한 글 중에는 일제의 검열로 연재가 중단되거나 발간이 금지된 것도 있다. 춘원이 일제의 탄압에도 끊임없이 소설을 쓴 이유는 「여(余)의 작가적 태도」에 잘 나타나 있다. 이 글은 검열을 의식하면서 쓴 글임에도 비교적 자세히 춘원의 입장을 밝히고 있다. 춘원은 "읽을 것을 가지지 못한" 조선인, 그중에도 "나와 같이 젊은 조선의 아들딸을 염두에" 두고 "조선인에게 읽혀지어 이익을 주려" 하는 것이라 하면서, 자신이 소설을 쓰는 근본 동기가 "민족의식, 민족애의 고조, 민족운동의 기록, 검열관이 허(許)하는 한도의 민족운동의 찬미"라고 밝히고 있다. 춘원의 소설은 많은 젊은이에게 청운의 꿈을 키워주기도 하고 민족적 울분을 삭여주기도 했다.

뿐만 아니라 춘원은 『신한자유종(新韓自由鐘)』의 발간, 2·8독립선언서 작성, 대한민국 임시정부 수립, 임시정부의 『독립신문』 사장, 수양동맹회(修養同盟會)와 수양동우회(修養同友會), 그리고 동우회(同友會) 활동 등 독립운동과 민족운동에 참여한 바 있다.

일제는 1937년 7월, 중일전쟁 직전인 1937년 6월부터 1938년 3월까지 수양동우회와 관련이 있는 지식인 180명을 구속하고 전향을 강요하였으며, 1938년 도산(島山) 안창호(安昌浩)의 사후 춘원은 전향하고 '가야마 미쓰로(香山光郎)'로 창씨개명을 하게 된다.

당시의 정황은 우리가 생각하는 것처럼 단순하지 않다. 조선의 히틀러라 불리는 미나미 지로(南次郎) 총독이 전시체제를 가동하여 지식인들의 살생부를 만들고 그들의 생명을 위협하던 시기였다. 나라를 잃고 민족만 남아 있는 일제강점기에 우리 선조들은 온갖 고난을 감수해야만 했다. 일제에 저항하여 독립운동을 하고 옥사한 사람들도 있지만, 생존을 위해 일제에 협력하고 창씨개명을 한 이들도 적지 않다.

해방 후 춘원은 자신의 과오를 반성하지 않고, 자신은 민족을 위해 친

일을 했고, 민족을 위해 자기희생을 했노라고 했다. 이러한 주장은 많은 사람들로부터 질타를 받았다. 그럼에도 춘원을 배제하고 한국 현대문학과 현대문화를 논할 수 없으며, 그가 남긴 문학적 유산들을 친일이라는 이름으로 폄하하는 것은 온당해 보이지 않는다. 문학 연구에 정치적인 논리나 진영 논리가 개입하면 객관적인 연구가 진척될 수 없다. 공과 과를 분명히 가리고 논의 자체를 논리적이고 이지적으로 전개해야 재론의 여지가 생기지 않는다.

삼중당본 『이광수전집』(1962)과 우신사본 『이광수전집』(1979)은 편집자의 의도에 따라 많은 작품이 누락되어 춘원의 공과 과를 가리기에 어려움이 있다. 또한 현대어와 거리가 먼 언어를 세로쓰기로 조판한 기존의 전집은 현대인들이 읽기에 어려움이 있다.

따라서 춘원이 남긴 모든 저작물들을 포함시킨 새로운 전집을 발간할 필요성이 제기되었다. 춘원연구학회에서는 춘원의 공과 과를 객관적으로 평가하는 장을 마련하기 위해 춘원학회가 아닌 춘원연구학회라 칭하고 창립대회부터 지금까지 공론의 장을 마련해왔으며, 새로운 '춘원 이광수 전집' 발간을 준비해왔다.

전집 발간 준비가 막바지에 달한 2015년 9월 서울 YMCA 다방에 김용직, 윤홍로, 김원모, 신용철, 최종고, 이정화, 배화승, 신문순, 송현호 등이 모여, 모 출판사 사장과 전집을 원문으로 낼 것인가 현대어로 낼 것인가, 그리고 출판 경비는 어느 정도로 할 것인가를 가지고 논의했으나 합의점을 찾지 못했다. 2016년 9월 춘원연구학회 6기 회장단이 출범하면서 전집발간위원회와 전집발간실무위원회를 구성하였다. 전집발간위원회는 송현호(위원장), 김원모, 신용철, 김영민, 이동하, 방민호, 배화승, 김병선, 하타노 등으로, 전집발간실무위원회는 방민호(위원장), 이경재, 김형규, 최주한, 박진숙, 정주아, 김주현, 김종욱, 공임순 등으로 구성하였다.

전집발간위원들과 전집발간실무위원들은 연석회의를 열어 구체적인 방안들을 논의하고, 또 전집발간실무위원들은 각 작품의 감수자들과 연석회의를 하여 세부적인 사항들을 논의한 끝에, 2017년 6월 인사동 '선천'에서 춘원연구학회장 겸 전집발간위원장 송현호, 태학사 사장 지현구, 유족 대표 배화승, 신문순 등이 만나 '춘원 이광수 전집' 발간 계약을 체결하였다. 춘원이 남긴 작품이 방대한 관계로 장편소설과 중·단편소설을 먼저 발간하고 그 밖의 장르를 순차적으로 발간하기로 하였다. 또한 일본어로 발표된 소설도 포함시키되 이 경우에는 번역문을 함께 수록하기로 하였다.

전집발간위원회에서 젊은 학자들로 감수자를 선정하여 실명으로 해당 작품을 감수하게 하며, 감수자가 원전(신문 연재본, 초간본, 삼중당본, 우신사본 등)을 확정하여 통보해주면 출판사에서 입력하여 감수자에게 전송해주고, 감수자는 판본 대조, 현대어 전환을 하고 작품 해설까지 책임지기로 하였다.

'춘원 이광수 전집' 발간은 현대어 입력 작업이나 경비 조달 측면에서 간단한 일이 아니어서 오랜 시일이 소요되었다. 전집 발간에 힘을 보태주신 김용직 명예회장은 영면하셨고, 윤홍로 명예회장은 요양 중이시다. 두 분 명예회장님을 비롯하여 전집발간위원회 위원, 전집발간실무위원회 위원, 감수자, 유족 대표, 그리고 태학사 지현구 사장님께 감사드린다. 아울러 실무를 맡아 협조해준 전집발간실무위원회 김민수 간사와 춘원연구학회의 신문순 간사, 그리고 태학사 관계자에게도 고마운 마음을 전한다.

2022년 4월
춘원이광수전집발간위원회 위원장 송현호

차례

모자(母子)

가섭벌 칠월이면 벌써 서늘하였다. 한개울 물은 소리 없이 흐르는데 뒷산 모퉁이 늙은 버들 그늘에 단둘이 손을 마주 잡고 차마 떠나지 못하는 젊은 남녀 한 쌍, 그들은 활 잘 쏘는 주몽과 얼굴 잘난 예랑이었다. 보름을 지나 약간 이지러진 달이 솟은 것을 보니, 벌써 밤은 적지 않이 깊은 것이었다. 달빛 때문에 그 많던 반딧불이 그늘진 데서만 반작반작하고 있었다. 달빛을 담고 흐르는 강물이나 엷은 안개와 달빛에 가리어진 벌판이나 모두 사랑과 젊음에 취한 두 사람의 마음과도 같았다.

"인제 고만 가셔요, 내일 또 만나게. 어른님네 걱정하시지."
하는 예랑의 음성은 아름다웠으나 어느 구석에 적막한 울림이 있었다.

"그래, 내일 또. 내일 밤에는 이 버드나무 밑에 배를 대고 기다리리다."
하는 주몽의 말은 참으로 씩씩하였다. 그렇기도 할 것이, 큰 나라를 세울 시조가 아닌가.

주몽이 집에 돌아왔을 때에는 어머니 유화 부인의 부르는 전갈이 기다리고 있었다. 집이라는 것은 유화 부인이 거처하는 이궁이었고, 주몽도 이 이궁 안에 한 채를 차지하여 살고 있는 것이었다. 지금도 금와왕이 때때로 행차하여서 하루 이틀을 쉬어 가는 일이 있었다.

"어머니, 아직도 일어 계시오?"

주몽은 유화 부인이 기대어 달을 바라고 앉았는 난간 가까이로 갔다.

"오! 네더냐. 이리 올라오너라. 오늘 밤 달이 유난히도 밝고나. 땅 위에 뽀얀 안개가 흐르는 것이 더욱 달빛을 밝게 하지 않느냐. 그런데 너는 어디를 그렇게 늦도록 나가 댕기느냐. 네 나이가 벌써 스물, 너는 인제는 장난꾸니 소년이 아닌데."

인제 나이가 사십을 바라보는 유화 부인의 달빛에 나뜬 얼굴은 이 세상 사람 같지 않게 청초하다. 아름답기로 말하면 세상에 소문 높은 그거니와, 그의 옥 같은 피부 밑에는 더운 피가 돌기를 그친 모양으로 인정도 번뇌도 다 식어버린 것같이 싸늘하였다. 그것은 유화 부인이 본시 청초한 때문도 될 것이요, 나이 사십이 된 때문도 될 것이요, 또 달밤인 때문도 될 것이지마는, 그로 하여금 그렇게 싸늘하게 보이게 하는 가장 큰 까닭은 근심으로 평생을 살아온 일이다.

"너희들 다 물러가거라. 다시 부르지도 않을 터이니 마음 놓고들 자거라."

유화 부인은 시비들을 물렸다.

주몽은 평상과 다른 어머니의 태도에 약간 근심이 되었다.

비록 곰과 범이 한꺼번에 덤비어들더라도 눈도 깜짝 아니 할 나이요 마음이지마는, 주몽에게도 숨은 슬픔과 숨은 근심이 없지 아니하였다.

"선선하니 방으로 들어가자. 조용히 할 말이 있어."

16

유화 부인은 몸을 일으켰다.

"너 요새에 밤이면 어디를 나가서 늦도록 댕기느냐?"

달빛을 모로 받고 앉았는 유화 부인은 달빛을 정면으로 받고 있는 아들의 동탕한 젊은 얼굴을 바라보며 물었다. 이때에 부인은 주몽의 얼굴에서 부인 혼자만이 아는 어떤 모습을 발견한 것이었다.

그것은 지금으로부터 이십 년 전, 부인이 십팔 세의 처녀 적에 이러한 달밤에 처음으로 만났던 해모수(解慕漱)의 모습이었다. 그때의 해모수도 지금 주몽만 한 나이였다. 스무 살을 넘었을락 말락 한 해모수는 푸른 베옷에 검은 관을 쓰고 활을 메고 칼을 차고 이마에 흰 점이 박힌 말을 타고 있었다.

그날 밤 유화는 동생들과 달을 보고 있었다. 문득 터벅터벅 말발굽 소리가 나며 난데없는 젊은 사람이 나타나더니, 길을 묻고 먹을 물 한 그릇을 빌었다. 그때에 달빛을 받은 그 남자의 얼굴이 지금 주몽의 얼굴 모습 그대로라고 유화 부인은 생각하면서 지난 이십 년을 회고하였다.

그날 밤 유화는 그 젊은 사나이를 집에 들여 재우니, 이때에 든 아기가 주몽이었다.

하나님의 아들이라고 자칭하는 젊은 해모수는 반드시 유화를 맞으러 올 것을 약속하고 밝는 날 아침에 가버렸으나 한 달이 가고 두 달이 지나도 소식이 없었다. 그러나 배 속에 든 주몽은 날로 자라서 유화는 웅심산(熊心山) 오리골[鴨綠谷] 그 아버지 하백(河伯)의 집에서 실행한 계집애라 하여 쫓겨나서 태백산 앞 우발수(太伯山南優渤水) 가에서 귀양살이를 하게 되었다.

굳은 약속을 어기고 해모수가 유화를 찾아오지 아니한 데는 이유가 있었다. 해모수는 해부루(解夫婁)가 내버리고 간 자리를 점령하여서 북부여 왕이 된 것이다. 나라를 세우는 일이 끝나면 해모수가 유화를 찾음 직도 하건마는, 운명은 그때까지를 기다리게 아니 하였다. 사냥을 나왔던 동부여 왕 금와는 유화를 보고는 놓지 아니하고 가섭벌 서울로 데리고 돌아갔다. 이렇게 되니 유화와 해모수와의 인연은 아주 영영 끊어진 것이었다.

배 속에 든 아이가 누구의 씨냐고 금와왕이 물을 때에 유화는 속이지 않고 해모수의 씨라고 대답하였다. 해모수는 금와왕 편에서 보면 국토의 절반을 잘라서 감히 왕을 칭하는 역적이었다. 그래서 금와왕은 찼던 칼을 빼어 당장에 유화의 배를 갈라서 그 속에 든 해모수의 씨를 죽여버리고 싶었으나, 칼자루를 잡았던 그의 손이 스르르 풀렸다. 유화 부인의 아름다움에 반한 것만도 아니었다. 막비 천명이었다.

이때에 금와왕의 칼이 한번 번뜩였다면(그것을 막을 사람은 없었다) 주몽은 세상에 없었을 것이요, 따라서 그로 말미암아 알려진 모든 일도 아니 생기고 말았을 것이다. 더구나 그때에 유화 부인의 배 속에 들어 있던 핏덩어리 하나에서 고구려라는 큰 나라가 생기고 또 금와왕의 아들 대소(帶素)를 죽이고 그 나라를 빼앗을 무휼(無恤)이 나올 줄을 아는 이는 없었을 것이다.

"달이 좋아서 강가에 달구경을 하느라고 밤 깊은 줄을 몰랐습니다."

주몽은 이렇게 어머니 묻는 말에 대답하였다. 예랑과 만났다는 말은 아니 하였다.

"너는 네 몸에 위태한 일이 가까워 오는 것을 모르느냐?"

유화 부인의 음성은 무거웠다. 주몽도 심상치 아니한 무엇이 있는 것을 느꼈다.

"위태한 일이라고 하오면?"

하고 주몽은 몸을 도사렸다.

"너를 살해하려고 네 뒤를 밟는 사람이 있단 말이다."

"내 뒤를 밟아요?"

"그래, 네 뒤를 밟아."

"나를 죽이려고요?"

"그래, 너를 죽이려고."

"내가 남을 해할 마음이 없거든 뉘가 나를 해합니까?"

하고 주몽은 자기의 거리낌 없는 속을 보이려는 듯이 눈을 들어 창밖으로 밤하늘을 바라본다. 가을 하늘과 같이 흐림이 없는 그의 마음이었다.

"그야."

하고 유화 부인은 자기도 아들의 속과 같이 활달해진 것 같았다.

"대장부의 마음이 그러해야지. 남이 나를 해하지나 아니할까 하고 두려워하는 마음은 대장부의 마음은 아닐 것이다. 그러나 또 남이 나를 어떻게 엿보는 것을 모르는 것은 지혜로운 사람의 일이 아니다. 옆에 살이 오는지 칼이 오는지 모르고 있는 것은 어리석은 자의 일이 아니겠느냐. 너는, 너는 나면서부터, 나면서부터 죽이려는 자의 엿봄을 받았다. 아직 네게 말은 다 아니 했다마는, 너는 날아드는 화살 속에서 접어드는 칼날 속에서 스무 살 되는 오늘날까지 살아온 셈이야."

하고 유화 부인은 한숨을 내어쉰다.

"어머니!"

하고 주몽은 놀라는 모양으로 어머니 곁으로 한 무릎 다가앉는다. 어머니의 말속에는 심상치 아니한 무엇이 있는 것을 주몽은 깨달은 것이었다.

"어머니, 대관절 나는 누구의 아들입니까? 내가 아버지라고 불러온 금와왕이 아버지가 아닌 것만은 분명한 것 같습니다. 그러면 정말 내 아버지는 누구십니까? 그이는 어디 계십니까? 세상에 살아 계십니까, 벌써 세상을 떠나셨습니까? 나는 어머니께 아버지 일을 물은 일이 없습니다. 내가 이 말을 들으면 어머니는 필시 괴로워하실 것이라고 생각하였던 것입니다. 그러나 어머니께서는 지금 내 목숨을 노리고 내 옆을 따르는 사람이 있다고 하시니, 그렇다면 더구나 나는 내 아버지가 누구며, 나를 죽이려고 따르는 자가 누군가 알아야 하겠습니다. 그래서 찾을 아버지는 찾고, 갚을 원수는 갚아야 하겠습니다. 나는 벌써부터도 어머니께서 내게 하실 말씀이 있는 줄을 알고 있었습니다. 언제나 그 말씀을 내게 하실 날이 있을 것이라고 생각하고 있었습니다. 그 말씀이 심히 하시기 어려우신 말씀인 줄도 압니다. 그러나 어머니, 오늘은 그 말씀을 해주셔요. 아버지가 누구십니까? 그리고 원수는 누굽니까?"

주몽의 말에는 명령적인 힘이 있었다.

가만히 고개를 숙이고 듣고 있던 유화 부인은 주몽의 말이 끝나자, 고개를 들어 아들의 맺힌 얼굴을 바라보며 입을 열었다.

"그래, 말을 해야지. 한번은 말을 해야 돼. 더구나 너와 나와 모자가 이렇게 마주 앉아 이야기하는 것도 이것이 마지막일 것이다. 너는 이 나라를 떠나야 하고 나는 이 나라에 남아 있어야 하니, 안 그러냐."

하고 유화 부인은 말을 하려다가 말고 깜짝 놀라는 모양으로,

"아니다. 네가 네 처소에 가서 먼저 길 떠날 차비를 시켜라. 마지막 떠

나는 차비다. 혹시 너를 잡으려고 뒤를 따를 군사가 있을지도 모르니, 그런 줄 알고 차리렷다. 일행이 많은 것이 도리어 거추장거리고, 아는 사람이 많으면 말이 나기 쉬우니, 네가 믿는 심복 몇 사람만 거느리고 가도록 하여라. 천명을 받은 영웅이 가는 곳에 자연 도울 자가 있을 것이야. 그럼 빨리 가서 차비를 시키고 차비하는 동안에 틈이 있거든 한 번 더 이어미를 보고 떠나려무나. 내가 네게 할 말을 짧게 짧게 몽똥그렸다가 그때에 삽시간에 다 하도록 나도 차비를 하마. 자, 어서, 주저할 때가 아니다."

"네."

하는 한마디 대답을 남기고 주몽은 어머니의 처소를 떠나 자기의 처소로 왔다.

주몽의 처소는 유화가 거처하는 이궁과 연복해 있는 일종의 궁이었다. 주몽도 금와왕의 왕자로 대우를 받고 있었으니, 이것은 금와왕이 유화의 뜻을 기쁘게 하려 함이거니와, 그 밖에도 주몽이 북부여 해모수왕의 씨라는 것이(비록 금와왕과 유화 부인과 두 사람밖에 모르는 비밀이지마는) 자연히 금와왕으로 하여금 주몽을 괄시하지 못하게 하는 것이었다. 북부여 왕이 동부여의 힘 있는 적이기 때문에 북부여 왕의 아들인 주몽을 죽이지 아니하면 우대하는 수밖에 없는 것이었다. 그래서 금와왕은 주몽을 다른 일곱 왕자와 다름없이 표면만은 왕자로 대우하여온 것이었다. 다만 유화 부인이 왕후가 아니기 때문에, 주몽이 서자의 대우를 받을 뿐이었다. 그러나 이것은 금와왕의 마음뿐이요, 태자 대소는 주몽의 재주와 기상이 비상하여서 칼 쓰기, 활쏘기, 말달리기, 기타 슬기로나 힘으로나 자기보다 우월한 것이 분하고 시기 날뿐더러, 금와왕이 죽는 날이면 주몽에게 임금의 자리를 빼앗길 우려도 없지 아니하여서, 아무리 하여서라도 주몽을 제해버리려고 마음을 먹게 되었다. 더구나 지난번 오리골 사냥에 금와왕은 주몽의 힘을 누르기 위하여 말도 활도 화살도 다 대소 이하 다른 왕자들보다 못한 것을 주몽에게 주었건마는 종일 사냥한 결과를 보면 주몽의 소득이 다른 일곱 왕자의 소득을 합한 것보다도 많았다. 어떤 말이든지 주몽을 등에 얹으면 나는 것 같고, 비록 버들가지나 쑥대 화살이라도 주몽의 활에 메우면 무서운 힘을 발하였다. 주몽의 활 솜씨는 일곱 살 적부터 유명하였던 것이다.

그 이름 추모(雛牟) 또는 주몽은 활 잘 쏜다는 부여말이었다.

이러한 사냥의 결과가 대소 이하 여러 왕자들의 미움을 산 것은 말할 것도 없거니와, 금와왕도 주몽의 재주에 대하여 미움과 무서움을 느끼게 되었다.

"주몽은 큰 화근입니다. 큰 적입니다. 지금 없이하지 아니하면 후회막급이 됩니다."

하는 태자 대소의 말을 늘 거절하던 금와왕도 이번에는 근심이 된 것이었다. 갈수록 늘어가는 주몽의 힘과 재주, 그의 슬기. 이번 사냥에 나타난 모양으로 일곱 왕자가 다 합하여도 주몽 하나를 당하지 못한다는 것은 아무리 생각하여도 심상하게 볼 수 없는 일이었다.

주몽으로 태자를 삼아서 그에게 나라를 맡기거나, 그렇지 아니하면 죽이거나, 이 두 길 중에 하나를 택할 길밖에 없었다. 힘 있는 주몽을 천대받는 자리에 두는 것은 호랑이를 성내게 하는 것과 같은 일이었다. 이리하여서 주몽을 집어치우자 하는 의논이 은밀한 속에 궁중에서 결정되었다는 것이 유화 부인의 귀에 들어온 것이었다.

주몽이 민간 젊은 사람에게 인망이 높듯이, 유화 부인도 궁중에서 인심을 얻고 있었다. 그의 용모와 행동은 다만 남자의 마음만을 끌 뿐이 아니라, 여자의 마음도 끌었다. 궁중에 모시는 궁녀들 중에도 유화 부인을 사모하여 그를 위하고 돕는 사람이 많았다. 그래서 궁중에 돌아가는 비밀한 소문도 대개는 유화 부인에게 들려왔다. 유화 부인은 특히 사람을 놓아서 염탐하거나 수소문하는 일은 아니 하지마는, 아들을 염려하는 그의 귀는 모든 소리에 자연 빨라서 하나도 아니 놓치려 하였다.

주몽을 어떤 모양으로 죽인다는 것까지는 유화 부인도 몰랐다. 그러나 주몽을 죽이는 데 몇 방법이 있을 것을 유화 부인은 용이하게 상상할 수 있었으니, 그것은 사냥을 나갔다가 짐승을 쏘는 체하고 쏘는 것이다. 감쪽같이 죽이면 좋아도 주몽을 누가 죽였다는 소문이 나면 세상에서는 필시 다른 왕자들을 의심할 것이므로 흔적 없이 죽일 길을 벼르는 것이었다. 또 한 길은 주몽에게 무슨 죄를 넘겨씌워서 국법에 의하여 죽이는 것이니, 이것이 가장 정당하고 확실한 법이지마는 슬기로운 주몽은 조그마한 허물이라도 저지르는 일이 없다. 금와왕과 그 왕후에 대하여서는 극히 공손하게 자식과 신하의 예를 다하였고, 태자 대소와 기타 왕자에 대하여서도 책잡히는 일이 없도록 정성을 다하였다. 왕자의 몸으로 말을 먹이는 일을 맡으라 하여도 왕명이면 순종하였고, 대소가 오만무례한 언사나 행동으로 짐짓 욕을 보일 때에도 주몽은 결코 반항하는 빛을 보이는 일이 없었다.

주몽은 일반 백성이나 미천한 노예에 대하여서도 항상 덕을 베풀었다. 그러기 때문에 주몽을 미워하거나 원망하는 사람이 없고 다 그를 사랑하고 아꼈다.

다만 한 가지 주몽에게 책잡힐 것이 있다 하면, 그것은 태자 대소가 어르고 있는 예랑의 사랑을 먼저 얻은 것이었으나, 피차에 솟는 인연의 사랑은 주몽도 어찌할 수 없을뿐더러, 사냥이나 사랑에 사양하는 것은 비굴하다고 주몽은 생각하였다.

주몽은 처소에 돌아와서 '세 사람'을 불렀다. 세 사람이란 임금이나 귀한 사람을 모셔서 돕는 가장 믿고 친근한 사람이었다. 단군 때에 신지(神誌), 팽우(彭虞), 고시(高矢) 세 사람이 있던 것을 본받아서 부여에서도 임금이나 귀인은 세 사람을 두었던 것이다. 첫 사람은 천지신명을 모셔서 굿과 무꾸리를 맡고, 둘째 사람은 싸움을 맡고, 셋째 사람은 살림을 맡으니, 오늘날 말로 설명하면, 첫 사람은 교화, 둘째 사람은 국방, 셋째 사람은 산업 경제를 맡는 것이다. 주몽의 세 사람은 오이(烏伊), 마리(摩離), 합보(陝父)였다. 이들은 다 나이 지긋한 사람들로서, 주몽의 덕을 사모하고 그의 장래를 믿어서 따르는 심복들이었으니, 그들이 주몽의 막하에 들어오게 된 데도 다 복잡 미묘한 사정이 없지 아니하였다. 그것이 모두 인연이었다. 다시 말하면, 이 사정 저 사정으로 주몽과 운명을 같이하지 아니하지 못하게 인연으로 몰린 사람들이었다.

"어찌 이렇게 밤늦게 불러 계시오?"

그중 나이 많은 오이가 세 사람을 대표하여 물었다.

"그리들 앉으오."

세 사람은 무릎을 꿇고 이마를 조아린다.

"나는 이 밤으로 가섭벌을 떠나야 하겠소. 그동안 그대네 세 사람은 나를 잘 가르치고 잘 도와주셨소. 그 신세는 잊지 아니하겠소. 그러나 내가 가는 길이 정처 없는 길이니, 그대네더러 따라오랄 수는 없소. 신세를 갚지 못하고 떠나는 것이 서운하나 명(命)이라 무가내하(無可奈何)요. 좋은 영웅을 만나 다들 큰 공을 세우시오."

이렇게 말하는 주몽의 음성은 장히 비장하였다.

오이가 무릎을 꿇고 나와 앉으며,

"나으리, 무슨 일로 어디로 가시는지 모르거니와, 우리 세 사람은 나으리 뒤를 따르오리다. 따라서 나으리께서 큰 뜻을 이루시는 양을 보지 않고 이 몸들이 가기를 어디로 가오리까. 그러하온즉 우리더러 떨어져 있거란 분부는 마시오."

한즉 마리도 무릎걸음으로 한 걸음 나앉으며,

"이 몸의 마음도 오이의 마음과 같소. 어디를 가시거나 이 몸은 나으리의 뒤를 따라 모시오리다. 나으리께서 물러가라 하시면 차라리 이 칼로 이 몸의 목숨을 끊어버리리다."

하고 눈물을 떨궜다.

"고맙소. 합보는?"

하는 주몽의 물음에 합보는,

"오이와 마리 두 사람이 말하였으니 더 할 말이 없소. 우리 세 사람은 살거나 죽거나 한마음 한뜻으로 나으리를 모시기로 맹세하였으니, 산이 바다가 되고 바다가 산이 되어도 우리 뜻은 변하지 아니하오."

"고맙소. 기쁘오. 그러면 나와 가기로 차비하오. 나는 어마마마께 하직하러 갈 터이니, 차비 다 되거든 내게 알리오. 우리 길 떠나는 것을 쥐도 새도 모르도록 잘 알아 하오."

하고 주몽은 유화 부인 처소로 갔다.

"네 아버지는 북부여 왕 해모수 마마."

하는 유화 부인의 말에 주몽은 크게 놀랐다.

"어머니, 그런데 어떻게 어머니와 내가 이렇게 동부여에 와 있소?"

"오, 그것이 내가 한번은 네게 말해야 할 말이라는 것이야. 네가 떠날 차비가 될 때까지 대충대충 말해볼까. 그동안 지내온 말을 다 하자면 이 밤이 새더라도 부족할 것이지마는 네가 말께 뛰어오를 때까지 띄엄띄엄 말해볼까."

하고 유화 부인은 이야기를 시작한다.

"지금부터 스무 해 전, 내가 열여덟 살 되던 해 칠월 보름 달 밝은 밤에 웅심산 오리골 집에서 동생들을 데리고 물가에 달구경을 하고 있을 때에 어떤 젊은 사람 하나가 활을 메고 말을 타고 지나다가 나를 보고 길을 묻고 물을 청하기로 부모 몰래 집으로 불러들여 한밤을 드새어 보내니, 그가 해모수 네 아버지시다. 그 얼굴을 보려거든 거울에 네 얼굴을 비추어 보아라. 그때 네 아버지 나이도 지금 네 나이만 했다. 이튿날 새벽에 오리골을 떠날 때에는 다시 오마 하더니만, 그 후에는 영영 소식이 없고 말았다. 성씨를 물었더니, 네 아버지는 하나님의 아들 해모수라 하고, 만일 애기가 나면 무엇이라고 이름을 지으라 하였더니, '하백지손 일월지자(河伯之孫 日月之子)'라고 부르라 하였다. 하백은 네 외할아버지시요, 해님 달님은 네 아버지 편 조상님이시다. 네 아버지는 그길로 가서서 북부여나라를 세우시느라고 바쁘셨으니 나를 찾을 틈이 없었던 것이다. 그러자 네가 내 배 속에서 자라서 부모님 눈에 띄니 중매와 예법 없이 아이를 배었다고 나를 내어쫓으셔서 오리골 집을 떠나 우발수 가에 숨어 있게 되었다.

그해 늦은 가을 어느 날, 금와왕이 사냥을 나오셨다가 나를 보시고 이리로 데려오셨어. 그래서 이 궁중에 들어와서 너를 낳았다. 네가 나던 날은 온종일 바람이 불고 비가 오다가 번쩍 개인 날. 나는 네가 어지러운 세상을 평정하고 만민이 편안히 살 새 세상을 만들 사람이라고 생각하고, 하늘에 빌고, 해와 달에 빌고, 별에 빌고, 산에 물에 빌었다.

네가 땅에 뚝 떨어져 으아 하고 첫 소리를 울 때에 지붕에는 환하게 빛이 올려 뻗쳤다고도 하고, 하늘에 큰 별빛이 지붕에 내리뻗쳤다고도 하여서, 왕께서도 무꾸리를 시켜서 길흉을 보셨다고 한다. 점하는 사람과 상 보는 사람들의 말이, 너는 비범한 사람이어서 나중에는 천하를 뒤흔들 큰 임금이 될 아이라고 하니, 왕께서는 그것이 겁이 나서 너를 내다 버리라 명하셨다. 그래서 너를 들어내어 갈 때에 나는 왕께 빌기도 하고 울기도 하였으나, 약한 여자의 몸으로 한 나라의 힘을 당할 수가 있느냐. 그래서 나는 천지신명께 빌었다. 머리를 끊고, 손톱 발톱을 자르고, 섬거적을 깔고 땅바닥에 누워서 사흘 밤 사흘 낮 나를 죽이고 너를 살려달라고 해님, 달님, 별님 모든 신명님께 빌었다."

유화 부인은 눈물을 흘리면서 이십 년 전 일을 추억한다.

"그랬더니 신명님이 도우셔서 사흘 만에 네가 고스란히 내 품에 돌아왔구나. 들으니, 너를 돼지우리에 던지면 돼지가 북데기로 싸고, 말 먹이는 데 던지면 말이 너를 밟지 아니하고, 들에 던지면 큰 새가 와서 날개로 덮어 춥지 않게 하고, 이래서 왕께서도 너를 하늘이 아시는 아이라고 하여서 죽일 생각을 그만두고 내게 돌려주신 것이라고 한다. 네가 일곱 살 되던 해에 네 손으로 활을 메워서 나는 새를 쏘는 것을 보고 왕께서는 크게 놀라시며, 저 애가 내 씨면 얼마나 좋을까 하고 한탄하시는 것을 보고 나는 왕이 또 너를 해할 마음이나 아니 일으킬까 하여서, 낳은 자도 부모요 기른 자도 부모라 하였사오니, 이 아이가 상감마마의 아들이 아니면 뉘 아들이 되오리까 하였더니, 고개를 끄떡끄떡하시고 그 후부터는 너를 미워하는 양을 아니 보이셨다.

그러나 네가 열두 살 되던 해 네 아버지께서 북부여 왕이 되신 소문을 듣고서부터는 왕께서 또 너를 의심하기 시작하셨다. 너를 의심하면 나도 의심할 것이 아니냐. 왕후가 나를 미워하는 것은 말할 것도 없고, 어머니의 말을 들어서 왕자들도 너를 그렇게 미워하였고나. 다른 사람들은 몰라도 왕께서는 네 아버지가 누구신 줄을 아시거든. 이런 일을 모두 생각하면 네 목숨이 풍전등화 같음 직도 하건마는 역시 하늘이 도우시는 것이야. 그러길래 우리 모자 오늘까지 살아 있는 것이 아니냐.

그렇지마는 이번에만은 심상치를 않은 모양이다. 저번 사냥에 네가 너무 많이 짐승을 잡은 것이 빌미가 되어서 이번에야말로 태자 대소가 기어이 너를 없이하고야 만다고 맹세하였다고 한다. 일이 이렇게 된 데는 네 잘못도 있다. 그렇게 재주를 다 내보이는 것이 아니야. 재주란 보물이니까, 싸고 싸서 감추어두지 아니하면 남의 시기를 받는 법이야. 사람이란 나보다 나은 사람에게 대하여서는 무서워서 굴복하지 아니하면, 미워서 죽이는 법이야. 그런데 태자가 네게 굴복할 수 없으니, 너를 죽이려들 것이 아니냐. 그러니까 내가 너더러 이 밤으로 이곳을 떠나라고 하는 것이다. 너 같은 재주에 어디를 간들 나라 하나 못 세우겠느냐. 예로부터 일러오기를, 동방으로 동방으로 가면 큰 바닷가에 좋은 땅이 있다 하니, 동으로 동으로 가서 부디부디 큰 나라를 하나 세우려무나."

이렇게 말하고 유화 부인은 갑 속에서 갑옷 한 벌과 칼 한 자루를 꺼내어 주몽에게 준다. 갑옷은 검은 바탕에 은실로 달, 금실로 해를 수놓은

28

일월갑이요, 칼은 호피 칼집에 금장식을 한 것이었다. 유화 부인은 갑옷과 칼을 두 손으로 받들어 아들에게 주면서 이렇게 설명하였다.

"이 칼은 네 아버지께 받은 유일한 신표요, 이 갑옷은 너를 줄 양으로 어미가 손수 만든 것이다. 이 어미의 소원은 너와 다시 만나는 것이 아니라, 태후의 예로 나라의 제사를 받는 것이다."

"나의 소원은 너와 다시 만나는 것이 아니라, 태후의 예로 제사를 받는 것이다."

하는 어머니의 말에 주몽은 무거운 고개가 저절로 숙어짐을 깨달았다. 뜻이 큰 주몽도 이날까지 제가 왕이 되겠다고 꼭 생각한 일은 없었다. 그러나 어머니의 이 말에, 저는 큰 나라를 세워서 거룩한 임금이 되어야 할 것을 깨닫고 결심하였다.

주몽은 유화 부인에게서 받은 신표인 칼을 가지고 북부여로 가서 해모수왕을 찾으면 부자 상면할 수도 있고 또 태자가 될 수도 있었다. 그러나 주몽은 그렇게 쉬운 길을 갈 생각은 없었다. 그 아버지 해모수가 제 손으로 나라를 세우고 왕이 된 모양으로, 저도 제 힘으로 제 나라를 세우고 싶다고 생각하였다. 유화 부인이 주몽더러 북부여에 가라 하지 아니하고 동으로 동으로 가라 한 것도 이 뜻이었다.

우리 민족의 진로는 동으로 동으로 향함이었다. 언제부터 어디서부터 동으로 동으로 흐르기 시작하였는지 분명치 아니하나, 지금으로부터 이천 년 전 주몽이 고구려를 세우고 그 아들 온조가 백제를 세울 때까지, 또 우리 민족의 일파가 동해를 건너 일본을 세울 때까지도 동으로 동으로라는 우리 진로에는 변함이 없었다. 우리는 빛을 찾는 민족이었다.

주몽은 유화 부인께서 받은 갑옷을 입고 칼을 찼다. 새로운 정신과 새로운 기운이 솟는 것 같았다. 주몽은 칼을 빼어서 한번 들어보았다. 달빛에 번쩍하는 칼날에서는 푸른 무지개가 났다.

"어머니."

주몽은 칼을 집에 꽂고 유화 부인의 앞에 꿇어앉으며 불렀다.

"어머니, 부디 안녕히 계시오. 소자가 큰 나라를 세우고 태후의 예로 모시러 올 때까지 부디 안녕히 계시오. 어머니 가르치는 대로 동으로 동으로 가오리다."

이렇게 하직 인사가 끝날 무렵에 인마가 문밖에 등대한다는 마리의 전갈이 들어왔다.

주몽은 유화 부인 쪽을 한번 돌아보았으나 부인은 벌써 문을 닫고 아니 보였다. 눈물에 젖은 어미의 얼굴로 아들의 뜻을 무디게 하려 아니 함이었다. 어머니의 그 마음이 아들에게 통하여 더욱 감격을 주었다.

주몽은 오이, 마리, 합보 세 부하와 십수 명의 종자를 거느리고 개울가 버들 그늘 길로 동으로 동으로 달렸다. 축축하고도 돌도 모래도 없는 길에는 말발굽 소리도 나지 아니하였다. 그들은 어느덧 서울을 벗어나서 수수와 피가 길길이 자란 밭 사이로 접어들었다. 이만해도 따라잡힐 한 고비는 벗어난 것이었다. 이제 굿터나루라는 나루만 건너면 주몽 일행은 좀 더 안전할 것이었다. 주몽이 가섬벌을 빠져나와서 어디로 달아난 줄만 알면 태자 대소는 필시 많은 군사를 늘어놓아서 사방으로 찾을 것이다. 굿터나루를 건너 또 오백 리 길이나 달려서 암체물이라는 강을 건너서야 비로소 마음을 놓을 수 있을 것이다.

밀회(密會)

굿터나루를 건널 때에는 벌써 훤하게 동이 텄다.

종적을 감추기 위하여 여기서부터 일행은 큰길을 버리고 소로로 들어서, 해 뜨기 전에 인적 없는 수풀 속에 몸을 피하려 하였다. 아직 나뭇잎이 떨어지지 아니하였기 때문에 숨을 자리를 찾기는 그렇게 어려운 일은 아니었다. 이곳에는 높은 산이 있는 것이 아니라 대개는 축축한 벌판이요, 산이래야 민틋하고 얼마 높지 아니한 것들이었다. 거기 많은 것은 버드나무와 느릅나무, 그러고는 간혹 들배나무가 있을 뿐이었다.

주몽은 사냥 다닐 때에 보아두었던 아득하고도 으슥한 곳을 찾아서 하루를 쉬기로 하였다. 그러나 해가 지고 달이 뜨기를 기다려서 다시 달릴 작정이었다.

새벽의 평원의 공기는 물보다도 무거운 것 같았다. 우무거리마다 은빛 나는 안개가 폭 깔려서 마치 호수와 같았다. 안개 위로 쑥쑥 솟은 키 큰 나무의 머리들은 허깨비와 같았다. 말발굽이 헤치는 이슬에 젖은 풀잎사

귀 소리에 놀란 새, 짐승들이 허겁지겁으로 날고 달렸다. 주몽의 나는 살이 어느덧 사슴 한 마리와 뜸부기 한 마리를 맞혔다.

일행은 이것으로 썩 좋은 아침을 먹고 말을 먹음직한 풀판에 놓은 뒤에 곤한 잠을 잤다.

주몽이 잠을 깨었을 때에는 벌써 해가 낮이 기울었다.

주몽은 문득 오늘 밤의 약속을 생각하였다. 오늘 밤 주몽은 배를 가지고 그 집 후원 버들 숲까지 가기로 어젯밤에 예랑과 약속한 것이었다. 예랑이 두근거리는 가슴을 안고, 밤버들 숲에서 기다리다가 못 만나는 예랑의 슬픔을 생각하면 주몽은 마음을 안정할 수가 없었다. 더구나 예랑은 태자 대소의 사랑까지도 물리치고 주몽을 사랑하는 것이 아닌가.

주몽은 예랑과의 약속을 지키기로 결심하였다.

주몽은 뒤에 따르는 자가 있나 없나, 따른다면 어떤 방향으로 따르는가를 알아보고 온다고 칭하고, 시종자 한 사람과 옷을 바꾸어 입고 단신으로 염탐의 길을 떠난다고 주장하였다.

오이, 마리, 합보 세 사람은 주몽의 뜻이 부당함을 번갈아 말하여 만류하였다.

"아니 될 말씀요. 지금 가섭벌에서는 도련님 찾느라고 벌컥 뒤집을 것이오. 도련님 한 분을 놓는 것은 호랑이를 들에 내어놓는 것과 같은 줄을 왕이나 태자가 모를 리가 없소. 도련님께서 세상에 놓여 나가시면 반드시 많은 호걸과 백성이 따라서 큰 세력을 이루실 것이니, 그리되면 동부여, 북부여가 모두 도련님의 것이 될 것을 눈 있는 자가 다 볼 것이오. 그러하오매 아직 날개가 돋고 톱이 자라기 전에 도련님을 없이하려고 벼르고 벼르던 터인데, 그래도 혹시나 도련님이 가섭벌을 떠나시지 아니

하고 태자의 충성된 신하가 되실까 하는 요행을 바라고 지금까지 머뭇거렸던 것이오. 그런데 한번 가섭벌을 떠나서서 왕과 태자를 배반하실 뜻을 보이신 뒤에, 이제 잡히시는 날이면 화를 면하시기를 바라지 못할 것이오."

세 사람의 말은 다 옳았다. 만일 주몽이 어젯밤에 가섭벌을 빠져서 도망하였단 소문이 아니 났으면 모르지마는, 그 소문이 아니 났을 리가 없을 것이다. 유화 부인 궁중에 왕후와 태자의 염탐꾼이 없을 리가 없고, 설사 그것이 없다 하더라도 하루 동안 주몽이 눈에 아니 뜨이는 것만으로도 의심을 끌기에 충분하였다. 그러면 주몽이 다시 가섭벌로 들어간다는 것은, 그야말로 호랑이 굴로 들어가는 것과 다름이 없었다. 그러나 주몽은 예랑을 한 번 더 아니 만날 수는 없다고 생각하였다.

세 사람은 주몽을 붙들고 빌기를 계속하였다.

"이제 도련님은 홀몸이 아니시오. 첫째로 한번 가섭벌을 떠나시는 날, 도련님은 벌써 부여나라의 적이 되시었소. 부여나라로서는 도련님을 살려둘 수는 없을 것이오. 둘째로 도련님은 이제는 우리 무리를 거느리신 장군이시오. 오늘에 한 마을을 얻고 내일에 한 고을을 얻어서, 물 길고 벌 넓은 땅을 찾아 나라를 세우실 귀한 어른이시오. 지금까지는 도련님은 홀몸이시라 마음대로 들고 움직이셨으나, 이제부터는 홀몸이 아니시니 그렇게 움직이시지 못하오. 먼저 도련님 속에 먹으신 뜻을 우리 무리 섬기는 자들에게 이르시와, 우리 무리 다 옳다고 아뢰인 연후에야 움직이심이 대장의 일이요, 임금의 일이오. 그러하온즉 군이 위험한 길을 가시는 뜻을 먼저 우리 무리에게 이르시기 전에는, 우리 무리 목숨으로써 도련님 행차를 막으려 하오."

하고 오이가 찼던 칼을 빼어 주몽의 앞에 두 손으로 받들어 올리며,

"우리 무리 사뢰는 말씀을 아니 들으시면, 이 칼로 이 목을 베시오."
하고 다졌다.

주몽은 심히 딱한 표정으로 오이의 칼을 받아 손수 오이의 칼집에 꽂으며,

"오이의 충성된 마음 못내 감격하오. 말 마디마디 어린 이 몸을 가르치는 깊은 뜻을 품었으니, 이 몸이 어찌 오이의 말을 거역하겠소? 그러나 오이, 또 마리와 합보, 이 몸을 가르치고 돕고, 앞으로 이 몸의 팔이 되고 다리가 될 세 벗, 오늘 한 번만 이 몸의 고집을 허하시오. 그대네 세 사람은 이 몸과 한 몸이거니와, 그래도 이 몸이 말하기 어려운 일도 있고 또 세 사람이 이 몸을 대신할 수 없는 일도 있지 아니한가. 오늘 이 몸이 이다지 고집하는 까닭을 후일에 알 날도 있을 것이니, 오늘 한 번만 용서하오."
하고 간청하는 뜻을 얼굴에 보였다.

가을날에는 저녁에도 안개가 꼈다. 주몽은 새벽 해 뜨기 전에 돌아올 것을 약속하고 말을 달려서 가섭벌로 향하였다. 누가 물으면 사냥 갔다가 날이 저물었다 하기 위하여, 새 몇 마리를 말안장에 달았다.

굿터나루에서 파수 보는 군사를 만났다. 여기는 평소에는 군사가 없는 데이므로 주몽은 자기 때문인 줄을 알았다.

"거, 누고?"
하고 군사 사오 명이 주몽의 길을 막아섰다.

"내요. 가섭벌 돌멩일러니 사냥 갔다가 늦었소."
하는 주몽의 말에 파수 군사들은 횃불을 들어 주몽의 차림차림과 안장에

달린 새짐승들을 보고, 한 군사가 주몽의 말고삐에 손을 대며,

"밤 파수를 보기에 무료도 하고 술을 먹으려도 안주가 없으니, 새 한 마리를 안 줄라는가?"

하고 말을 붙인다.

주몽은,

"그거 어렵지 않소."

하고 새 한 마리를 떼어서 주며,

"그런데 웬일이오? 내가 거의 날마다 사냥 갔다가 밤늦게 이 나루를 건너도 군사가 파수 보는 양을 못 보았는데, 오늘은 웬일이오?"

하고 고개를 숙여 풀을 뜯으려는 말을 고삐를 당기어 고개를 번쩍 들게 한다.

"허, 이 젊은 친구는 모르는가. 주몽 왕자가 달아났다고 나라에서 사방으로 찾으신다네. 주몽 왕자를 잡기만 하면, 상금이 집 하나에 말 열 필하고 벼슬 두 자리를 올린다는 거야."

주몽은 소리를 내어 웃으며,

"집 한 채에 말 열 마리, 그리고 벼슬 두 자리. 거 괜찮소구려. 그래 여기서 파수를 보고 섰으면, 달아난 주몽 왕자가 이리로 올 것 같소?"

하는 말에 한 군사가,

"누가 안 그렇대. 말 타시는 주몽 왕자 벌써 천 리는 갔을 게다. 우리는 무엇 허러 여기 웅게웅게 섰는 게야. 자 술이나 한잔들 먹세. 젊은 친구 잘 가소."

하고 주몽에게 작별 인사를 하였다. 주몽은 그것을 다행히 여겨서 말을 달리려 할 적에 다른 군사 하나가 주몽의 말고삐를 잡으며,

"젊은 친구 잠깐 가만있어. 오늘 혹시나 주몽 왕자 어디서 못 보았는가. 오늘 닭 울 녘에 이 나루를 건넜다는 것이 필시 주몽 왕자인 상싶은데."

하고 깐깐히 물었다.

"해 뜬 뒤에 건넌 내가 달구리에 건넌 사람을 어떻게 본단 말인가?"

하는 주몽의 대답에 그 군사는 고개를 끄덕거리며,

"그도 그럴 게야. 그럼 잘 가소. 우리는 새 구워놓고 술이나 먹을라네. 가다가 관인이 묻거든 우리들 여기서 파수 잘 보더라 이르소."

하고 말고삐를 놓았다.

주몽은 채찍을 들어서 말을 달렸다. 달은 아직 뜨지 아니하였다. 달 뜨기 전에 가섭벌 오십 리를 가야 하는 것이었다. 말은 주인의 뜻을 아는 양하여서 네 굽을 안아서 뛰었다. 늘 다니던 평지 길이라, 눈을 감아도 걸음 대중으로 어디가 어딘지 알 수가 있는 것이었다. 가섭벌 집들에서 새는 불빛이 보일 만하면 말 몸이 축축이 땀에 젖었다.

주몽은 말의 걸음을 느리게 하여 버들 숲속으로 들었다. 말을 감출 자리를 찾는 것이다. 주몽은 말을 물가 버들가지에 매고 손을 들어 등을 두드려, 오늘 밤에 말의 한 일이 큰 것을 알렸다.

주몽은 단신으로 관가 배 맨 곳까지 걸어왔다. 여기는 작은 배, 큰 배가 사오 척 매여 있어서, 왕자들과 궁중 관원들이 언제나 쓸 수가 있었다. 혹은 뱃놀이도 하는 것이었다.

주몽은 물빛으로 배를 고를 수가 있었다. 주몽은 혼자 젓기에 힘 아니 들 조그마한 배 하나를 끌러 내어서 젓기를 시작하였다. 무엇에도 능한 주몽은 배 젓기에도 능하여서 배는 말을 잘 들었다.

며칠 전 비에 강물은 불어서 상당히 물살이 세었으나 주몽은 과히 힘 아니 들이고 제 길을 찾았다. 이 강은 동에서 서로 흘러 발해로 들어가는 강이었으나, 가섭벌에 와서는 둥그스름하게 휘돌아서 몇 굽이를 지어서 흘렀다. 주몽이 목적하는 예랑의 집 후원은 이러한 한 굽이에 갈라진 지류를 잠깐 거슬러 올라간 곳이었다.

강물은 맑은 물은 아니었지마는, 별을 비추기에는 맑은 물이나 다름이 없었다. 부유스름한 수면에 뜬 검은 점은 배들이었다. 고요한 밤의 강상에는 노 젓는 소리가, 또는 물가에 축축 늘어진 버들가지에 걸려서 스쳐 흐르는 물소리가 땀방땀방, 잘박잘박 들릴 뿐이었다. 지금은 물고기들도 잠이 들려 할 때에 주몽은 배를 저어 작은 개울 줄기를 찾아 올라간다.

동편 하늘은 훤하였으나 아직 달은 오르지 아니하였다. 주몽은 노 젓는 소리도 아무쪼록 아니 나오도록 살살 저어, 그러나 급히 저어 하늘과 물 사이에 검은 수풀 그림자를 대중으로 예랑과 약속한 지점을 찾아서 배를 갯버들 숲에 숨기고 달 뜨기를 고대하였다.

서늘한 바람이 땀에 젖은 주몽의 몸을 스쳤다. 가만히 바라보면 눈에 뜨이도록 수면에서는 수증기가 피어올라서, 순식간 물의 흰 것과 육지의 검은 경계가 서로 녹아버리고 말았다. 그래도 맑은 가을 하늘을 흐리게 할 정도는 아니었으니, 대개 수증기는 피어오르지 아니하고 물과 땅 위에 무겁게 기는 것이었다.

반딧불들이 어지럽게 날았다. 껐다 켰다 하는 사랑의 등불이었다. 그들은 제 몸을 태워서 빛을 발하여 짝을 부르며 나는 것이었다. 날면서도 빛을 발하고 풀잎에 앉아서도 빛을 발하여, 누구인지 모르나 그리운 짝을 청하는 것이었다. 껐다 켰다, 푸른 사랑의 등불.

동편 하늘은 더욱 훤하여졌다. 달은 아직 아니 보이나, 달빛은 벌써 주몽이 숨은 버들 숲까지 흘러왔다. 달 뜨는 것을 기약으로 하였다. 달이 뜨면 예랑은 이곳에 있는 것이다.

주몽은 귀를 기울이기 시작하였다. 혹은 발자국이, 혹은 목소리가, 또 혹은 옷자락 소리가 들릴 것만 같았다. 주몽의 마음속에는 모든 생각이 다 스러지고 오직 예랑의 소리를 들으려는 생각이 있을 뿐이었다. 만일 예랑의 소리가 하늘에서 나면 하늘로 날아오르고, 물속에서 나면 물로 뛰어들 것이었다.

아무리 고요한 밤이라도 가만히 귀를 기울이면 언제나 무슨 소리가 있었다. 땀방하는 것은 무엇이 물에 뛰어드는 소리, 찰싹하는 것은 흐르는 물이 무엇에 부딪치는 소리였다. 바싹 바스락하는 것은 풀잎을 흔들고 가는 무슨 짐승일 것이다. 황든 나뭇잎이 땅에 떨어지는 소리도 없을 리가 없다. 때로는 "깩, 깨액" 하는 나뭇가지에서 자던 새가 무엇에게 물려서 먹히는가 싶은, 귀 찌르는 날카로운 소리가 깊은 고요함을 쫓는 수도 있다.

생명을 가진 것치고 안전한 것은 없다. 나는 벌레에게는 거미줄이 있고, 뛰는 짐승에게는 그를 노리는 맹수와 사람의 화살이 있었다. 아내와 새끼를 거느린 수풀의 사슴이 고개를 넘을 제마다 모퉁이를 돌 제마다 마음 못 놓는 눈을 둘러 살피거니와, 그래도 어디선지 모르는 곳에서 날아오는 화살을 다 피하지는 못하는 것이다. 인연이 당하는 시각을 피할 도리는 없는 것이다. 그것을 피하는 첫 길은 아예 인연을 아니 맺을 것이요, 이왕 맺힌 인연이거든 앙탈 없이 순순히 받는 것이 둘째 길이다.

주몽은 이 자리가 결코 안전하지 않은 것이다. 남의 집 딸과 밀회하는 것도 위태한 일이거든, 하물며 남의 애인을 가로채는 일이랴. 게다가 그 적수가 죽이고 살리기를 마음대로 하는 일국의 태자라면, 주몽의 위험은 더할 수 없이 큰 것이다. 혹은 예랑의 손을 잡는 시각이 주몽의 가슴에 살이나 칼이 들어올 시각일는지도 모르는 것이다. 제가 사랑하는 계집을 노리는 다른 사내, 이보다 세상에 더 미운 것이 있을까. 그것이 지극히 친한 벗이라도, 아니, 벗은커녕 친형제라도 죽이지 아니하고는 마지아니 하도록 생겨 있는 것이 인정이다. 어찌 인정뿐이랴. 짐승도 벌레도 그러하다. 산에서, 들에서, 또는 공중에서, 수중에서 악쓰고 피 흘리고 죽기내기를 하는 것은 먹을 싸움과 사랑 싸움이거니와, 먹을 것은 이것 아니라도 저것을 하고 양보도 하거니와, 사랑에는 대신이 없기 때문에 양보가 없다. 천하와 계집, 많은 임금은 계집일래 천하를 버렸다. 참으로 알 수 없는 힘이다. 어찌하여 남성, 여성이 따로 생겨서는 서로 누구인지 모르고 서로 찾아 헤매다가, 큰 고난을 겪고야 서로 만나도록 마련이 되었는고. 초목의 꽃도 벌레, 짐승들도 모두 마찬가지다.

주몽의 마음이 이처럼 끓을 때에는 예랑의 마음도 그처럼 끓었다. 주몽 왕자가 밤 동안에 도망하였다는 소문은 예랑의 귀에도 들어갔다. 예랑은 한편으로 주몽이 위험을 벗어난 것이 다행하다고 억지로 생각하였으나, 오늘 밤 약속이 깨어질 것이 무한히 슬펐다. 예랑은 오랫동안 은근히 주몽과 만나기도 하였으나, 언제나 시녀나 동생과 같이하였고 단둘이 만나려 한 것은 오늘이 처음이었던 것이다. 달밤에 배를 타고 그리운 주몽과 단둘이, 혹은 버들 그늘로, 혹은 갈숲으로 노닌다는 즐거운 생각이 깨어진다는 것은 예랑에게는 애타고 기막히는 일이었다.

그러나 예랑은 은근히 믿었다. 주몽이 비록 도망하였더라도 오늘 밤에 만나는 약속은 지키리라고. 이것은 실로 불가능한 일이었으나, 예랑은 그렇게 믿었다.

밤이 든 뒤에 예랑은 제 방에서 몰래 단장하고 있었다. 꽃무늬 있는 한나라 깁옷을 꺼내어 입고, 역시 한나라 상인들이 팔러 다니는 패물과 향을 꺼내어서 찼다. 이것은 예랑의 시집 준비로 그 부모가 장만해주었던 것이었다. 이렇게 차리고 예랑은 구리거울에 제 얼굴을 비추어 보았다.

"밤에는 거울을 안 본다는데."

하고 시녀가 염려하였다.

"무엇이 무서워서? 내가 꺼릴 것이 무엇이냐. 주몽 왕자를 만나러 가는 길이어든, 무엇을 아끼며 무엇을 두려워할 것이냐."

하고 예랑은 거울을 떨어뜨렸다. 달과 같이 둥근 거울이었다. 그것이 마룻바닥에 떨어지면서 스르릉하고 울었다.

"왕자께서 약속대로 오시면 좋겠습니다마는."

시녀 강월은 예랑이 가여웠다.

"오시지 않고. 천하가 우러러볼 어른이신데, 한 여자를 속이겠느냐. 꼭 오실 게다. 달이 떠오를 때면 약속한 버드나무 그늘에 그 씩씩하신 모양이 나타나실 게다. 그러면 나는 오늘 저녁에는 그 어른께 척 매달려, 그 힘 있는 품에 안겨버릴란다. 인제는 더는 못 기다려. 못 기다리고말고. 지금까지는 부모님 걱정과 세상 사람들의 입을 꺼려서 참고 참고 왔지마는 인제야 더 참을 나위가 없지 아니하냐. 태자께서는 저렇게 성화같이 재촉을 하시고. 그러나 이 몸이 주몽 왕자 품에 한번 안긴 뒤에야 태잔들 어찌하시랴. 좋아 좋아. 태자께서 혹은 원망으로, 혹은 질투로 내몸을 두 동강으로 내어도 좋아. 집도 빼앗고 나라도 빼앗고 목숨까지도 다 빼앗을 수가 있더라도, 한 사람의 뜻은 못 빼앗는 게야. 더군다나 사랑하는 한 처녀의 뜻은 하나님도 못 빼앗으신다."

하는 예랑의 눈은 빛났다.

"얘, 강월아. 아직 달 뜰 때 안 됐니? 좀 나가보아라. 아니 그럴 것 없다. 나도 나가자. 집에 있다가 부모님이 보셔도 안 됐고, 우리 나가자. 나가서 물가에서 기다리자."

예랑은 소리 안 나게 뒷문을 열고 나섰다.

달 뜨기 전의 밤은 칠과 같았다. 예랑의 걸음에는 향내가 따랐다. 두 사람은 말이 없이 사뿐사뿐 걸었다. 그 고요한 품이 여기서 말을 하였다가는 십 리 밖에까지 울릴 것 같았다. 반딧불이 있어서 밤은 더 어둡고 벌레 소리 때문에 천지는 더욱 고요하였다.

예랑은 바싹하는 소리에도 걸음을 멈추면서, 버들 숲이 우거진 물가를 향하고 걸었다. 닦아놓은 쇳빛과 같은 강물이 꿈같이 나무 사이로 보였다.

"배 안 보이니?"

하고 예랑은 강월의 귀에 입을 대고 속삭여 물었다.

"안 보이는데요."

하고 강월은 미안한 듯이 대답하였다.

"도련님이 아니 오실 리는 없을 것이다."

하고 예랑은 혼잣말로 중얼거렸다.

"아리나의 물이 마르기로 주몽 도련님의 뜻이 변할까. 아, 저기 저 갯버들 숲에 저 거무스름한 것이, 강월아, 저게 배가 아니냐?"

안개 속을 예랑은 뚫어져라 하고 들여다보았다. 안개는 더욱 짙어져서 마치 강물이 자꾸만 육지로 먹어 올라오는 것 같았다. 나무 밑 어두운 그늘에 안개의 엷은 자락이 살살살 기어오르는 것이 눈에 보였다.

"글쎄요. 말씀을 듣고 보면, 그것이 배인 것도 같습니다마는, 안갤래 어디 분간할 수가 있어야지요? 소인네가 가 보고 올까요? 그것이 배가 아닌가."

"그래, 그럴까? 아니다, 아니야. 그러다가 다른 사람의 배면 어찌하게. 그런데 달은 왜 이다지도 늦도록 아니 올라올까. 설마 오늘이라고 달이 안 뜰 리는 없을 터인데. 애 강월아, 밤이 무척 깊었지? 지금 어느 때나 되었을까?"

"아무려나 아직 달 뜰 때도 아니 되었으니, 밤이 깊기로 얼마나 깊었겠어요? 하도 골똘하게 기다리시니 그러시지. 우스워요, 아가씨. 그렇게 쩔쩔매시는 양이. 예전에는 호랑이가 덤비어도 까딱없으시던 아가씨가 왜 저렇게 되셨을까 하면 우스워요."

하고 강월은 속으로 입을 꼭 막아 웃음소리를 도로 몰아넣는다.

"내가 그렇게 허둥거리느냐?"

"그러믄요."

"왜 그럴까. 나는 억지로 마음을 누른다는 것이 그렇고나. 내가 정말 우스우냐?"

"우스워요. 가엾으시고요. 거, 무얼 그러서요. 달이 뜰 때가 되면 뜨고, 주몽 아기께서 오실 때가 되면 오실걸요."

"그래. 네 말대로이다. 그렇지만 오늘 저녁은 이상해. 내 몸에 신이 접한 것도 같고. 오, 달이 올라온다. 저기가 훤해지지 않느냐. 이번엔 달이지, 응?"

그것은 정말 달이 뜨는 것이었다. 안개가 빛이 났다. 얼마 아니 하여 달바퀴가 윤곽이 분명치 아니하나 빛은 더 나는 모양으로 뚜렷이 나떴다. 왼편이 약간 이지러졌다.

달빛을 따라온 듯이 어떤 그림자가 예랑의 앞으로 가까이 왔다. 예랑은 거의 본능적으로 그것이 주몽인 줄 느끼면서도 또 다른 본능으로 몸을 늙은 버드나무 그늘에 감추었다.

그 그림자는 주몽이었다. 주몽은 강월의 앞에 와서, 달에 비추인 강월의 얼굴을 물끄러미 보면서,

"오, 강월인가. 내가 바로 찾았군. 안개로 해서 지척을 분별할 수가 있어야지. 그런데 아가씨는? 아가씨는 어디 계신가?"

하고 휘둘러본다.

예랑은 조금 더 몸을 감추느라고 나무통을 안고 한 걸음 더 주몽의 눈이 아니 닿을 쪽으로 돌아선다.

남자는 따르고 여자는 피하여 달아나는 것이다. 사람만이 아니라 다른 동물들도 그러하다.

주몽은 코에 예랑 냄새가 풍김을 느꼈다. 그것은 다만 패물로 찬 서역국 향내만이 아니었다. 그것은 사랑하는 사람만이 맡을 수 있는 서로서로의 살냄새요, 피냄새였다. 몇백 생 몇천 생의 깊은 연분 냄새였다.

"나를 속이려고? 내가 속을 듯하오? 나를 피하려고? 나를 피할 듯하오?"

하고 주몽은 나무통 옆으로 삐죽이 나온 예랑의 옷자락을 보고 따라갔으나 예랑은 피하여서 다른 나무 뒤에 숨었다.

주몽은 또 따라갔다.

예랑은 또 날쌔게 비켰다.

주몽은 또 따랐다.

"아이 참, 따르지 마셔요! 오늘은 어째 무서워요."

하고 예랑은 또 비켜서 달아난다.

주몽의 따르는 속력이 빨라지는 만큼 예랑이 피하는 속력도 빨라진다.

예랑은 수사슴을 피하는 암사슴, 주몽은 암사슴을 따르는 수사슴. 암이 피할수록 수의 피는 더 끓고, 수가 따를수록 암의 무서움은 더 커진다. 그 무서움은 마치 호랑이의 붉은 입을 피하는 암사슴의 무서움과 같은 것이었다.

강월은 쫓기고 따르는 두 그림자를 보고 한끝 부럽고도 한끝 기쁘고 또 한끝 부끄러움을 깨달았다. 사랑하는 자들을 옆에서 보는 것은 즐거운 일이다. 세상에 아름다운 것이 첫째로 갓난이 안은 어머니, 둘째로 서로 사랑하는 동남과 동녀, 그리고 하늘에 별과 땅 위에 꽃. 강월은 달빛 받은 안개 속에서 노니는 두 동남동녀의 그림자를 언제까지나 보고 저를 잊고 있다가 번쩍 정신이 든 때는 두 그림자는 어디론지 스러지고, 멀리서 오는 찌국찌국 배 젓는 소리만이 울려오고 있었다.

강월은 무엇을 잃은 듯이, 잃어서 큰일날 것을 잃은 듯이 소스라쳐 놀랐다. 그래서 종종걸음으로 두 그림자가 서로 쫓고 쫓기고 하던 곳을 찾아 마음속으로만 소리내어 부르면서 헤매었다.

안개가 뭉게뭉게 움직이는 서슬에 맑은 하늘이 번뜻 나타나며 달이 그 밝은 빛으로 강상에 뜬 작은 배를 비추었다.

"저 배다. 두 분은 배에 있다."

하고 강월은 물가에 서서 두 팔을 들었다. 마치 물속으로 절벅절벅 걸어서라도 두 사람을 따라가려는 것 같았다. 그러나 잠깐 열렸던 안개가 다시 수면을 덮어서 그 배도 아니 보이고 말았을 때에는 강월은 기절할 듯이 정신이 아뜩하였다. 그는 어려서부터 예랑의 장난 동무였다. 평생을 예랑과 함께할 운명을 가진 예랑의 몸종이었다. 예랑이 시집을 가면 예랑을 따라서 시집을 가고, 예랑이 죽으면 예랑의 무덤에까지 같이 갈 종이었다. 종이라면 벗어나고 싶은 멍에지마는, 예랑도 예랑이요 강월도 강월이어서 둘은 형제와 같고 쌍둥이와 같았다. 예랑이 병이 나면 강월도 병이 나도록 깊이 든 정이었다. 몸과 그림자 모양으로 서로 떨어질 수 없는 둘이었다. 그런데 예랑은 어디로 가고 강월이 혼자 물가에 남았는가.

달이 올라와 낮이 가까우매 안개는 걷히기 시작하였다. 그리고 밤바람이 나와 강에 물결이 살랑살랑 달그림자를 깨트리고 나뭇잎까지도 사르릉 사르릉 금속성을 발하였다. 경각간에 가을이 짙어진 것 같았다. 홀로 물가에서 예랑의 배가 돌아오기를 기다리는 강월의 옷자락이 팔랑팔랑 나부낄 때 그는 선선함을 느꼈다.

이윽고 강월의 눈에 띈 검은 한 점, 차차 커지는 그 한 점이 배였다. 노를 젓는 몸의 움직임이 마치 바람을 맞은 나무의 휘청거림과 같이 아름답고 힘이 있었다.

배는 강월이 기다리는 물가에 닿았다. 노를 젓던 사람은 먼저 배에서 뛰어내려서 배 위에 섰는 여인을 안아 내렸다. 배가 출렁하고 한번 뛰는 듯이 흔들렸다. 그것은 주몽과 예랑이었다.

"강월이 오래 기다렸구나."

예랑은 이렇게 강월을 위로하였다. 저는 주몽과 즐길 때에 강월을 혼자 기다리게 한 것이 미안하였다.

"추우시겠어요. 옷이 촉촉이 젖었는데."

강월은 예랑의 옷을 만져보았다.

주몽은 두 여자가 서로 아끼고 위로하는 양을 이윽히 보더니,

"예랑, 그럼 나는 가오. 부대 잘 있으오."

하고 덥석 예랑을 안는다. 예랑도 주몽을 안으면서,

"나는 무에라고 부르오리까. 도련님? 그것도 아니요, 서방님? 그것도
아니 맞고, 주몽 왕자, 아기씨, 무에라고 여쭈오리까? 왕자시니 나으리
가 옳거니와 나으리 하면 너무 멀어 보이고. 내 남편, 하늘같이 믿고 사
랑하는 내 낭군, 이렇게나 부르오리까. 그런데 그 말도 어울리지를 않고.
당신님은 하늘에 계신 별, 해, 달, 이 몸은 땅 위 풀잎에 맺힌 한 이슬방
울. 정말로 이슬방울이면 임의 옷자락에라도 붙어 가련마는, 이제 한번
가시면 언제나 만나리까. 이 몸이 다시 당신님 만날 계약이 없는 것만 같
아서 누르랴도 누르랴도 눈물이 앞을 서오."

하고 주몽의 가슴에 이마를 대고 느껴 운다. 배 위에서도 몇 번이고 결심
한 일이건마는 정작 떠날 순간이 되니 슬픔이 북받치는 것이었다.

주몽은 예랑의 어깨와 등을 만지며,

"울지 마오. 늦어도 십 년 안에 다시 만날 것이니 울지 마오. 부대 몸조
심하오. 강월아, 너도 부대 잘 있고 아씨 잘 모셔라. 후일 다시 만나는 날
너도 크게 상 줄 것이다. 자, 놓으시오, 갈 길이 바쁜데, 밝기 전 굿터나
루를 건너야 하는데. 아무리 안고 있어도 한이 없어. 과히 울면 몸이 상
하오. 밤이슬에 젖은 몸이 그렇게 마음 상하면 더욱 병들기 쉽소. 부대
몸조심하오."

하고 주몽도 차마 놓을 수 없어 예랑의 등과 어깨와 머리를 만지고 또 만진다.

예랑은 고개를 들고 안았던 팔을 떼고 주몽의 몸에서 한 걸음 물러서며,

"당신님은 가셔야 하지. 부대부대 안녕히 가시오. 가시는 곳마다 소원성취하시오. 싸우면 이기시고 치면 빼앗으시고 백성들이 우러러보는 크신 어른이 되시오. 이 몸은 언제까지나 당신님을 기다리오리다."

하고 말끝이 흐리고 쓰러질 듯 비틀거리는 것을 강월이 붙들어 안는다.

주몽은 무거운 가슴을 안고 돌아서서 버들에 맨 벌이줄을 끄르려 하였다. 이때에 예랑이 허둥허둥 주몽의 곁으로 달려오며,

"나으리, 잠깐만 기다리시오."

하고 옷소매를 끈다.

"왜 그러오?"

하고 주몽은 벌이를 끄르던 손을 멈춘다.

"십 년이나 후에……."

하고 예랑은 울음을 삼키며,

"피차에 몰라보면 무엇으로 신표를 삼으리까?"

하고 한 번 더 잘 보아두어서 잊지 말자는 듯 달빛에 어리인 주몽의 얼굴을 뚫어지게 들여다본다.

"몰라보아? 설마설마 내가 예랑의 얼굴을 잊겠소?"

하고 주몽은 빙그레 웃는다.

"내 얼굴은 아니 잊으시더라도 못 본 사람의 얼굴이야 어떻게 아시겠소? 그도 자세히 보면 아실 법도 하지마는, 당신님께서 크게 높으신 어

른이 되시면, 찾아가는 사람이 태자의 자리 오를 사람이라 하면 확실한 신표가 있어야 아니 하오? 당신님 다른 아내를 많이 얻어 다른 아들을 많이 낳으시면 이 몸이 낳을 아들이 무엇으로 당신님을 아버지라고 찾겠소?"

주몽은 이 말에 놀랐다. 그는 이날에 예랑에게 아기가 들 수 있었다는 것을 생각지 못하였던 것이다. 이날에 생겼을지도 모르는 아들이라는 사람을 상상하면 참으로 이상하고도 놀라웠다. 그리고 간밤에 그 어머니 유화 부인께서 들은 주몽 자신이 생기던 것을 회상하면 더욱 신기하였다. 주몽은 옆에 찬 칼을 빼었다. 그것은 간밤에 그 어머니께서 받은 것으로서 아버지 해모수가 남긴 신표였다. 주몽은 달빛에 번쩍거리는 칼날을 들어서 하늘에 빌었다. 하나님과 물귀신이 이 칼을 가진 자를 지키소서 함이었다. 그리고 그 칼을 중동을 분질러 두 동강으로 내었다. 그것이 부러지는 소리 쇠북을 힘차게 치는 소리와 같이 울려서 예랑도 강월도 놀랐다. 주몽은 자루가 붙은 쪽을 제 칼집에 꽂고 자루가 없는 쪽으로 제 옷자락을 썽둥 가로 베 그것에 칼끝을 싸서 예랑에게 주며,

"이것이 신표요. 이 칼과 옷자락. 이것을 가지고 오는 자는 내 아들 유리명(琉璃明)이오. 이 칼을 지닌 자를 아버지 하나님과 할아버지 하백이 지키실 것이니 어느 뉘가 감히 범하랴."

하고 왼손 끝으로 예랑의 배를 가리켰다. 그렇게 하는 주몽의 얼굴에는 무시무시한 위엄이 있고 눈은 불이 나는가시피 번쩍 빛났다.

"유리명이라 하시니 애기가 나면 유리명이라 부르리까?"

"그렇소, 유리명. 오늘 밤 강물에 달이 밝았으니 유리명, 달빛 속에서 났으니 유리명, 천하를 환하게 비추라고 유리명. 그럼 부대 잘 있으오."

하고 주몽은 벌이줄을 끄른다.

"잠깐만."

예랑이 또 주몽의 소매를 끈다.

예랑에게 소매를 끌린 주몽은 벌떡 일어나 돌아서면서,

"왜?"

하고 예랑의 어깨를 만진다.

"이제 떠나면 언제 만날지 모르는데 강월을 한번 안아주고 가오. 강월
도 나와 같이 나으리를 기다리고 늙을 신센데, 강월이를 한번 안아나 주
고 가오."

하는 예랑의 말대로 주몽은 강월을 한번 안아주었다. 강월은 예랑의 앞
에서 감히 애정의 표시를 못 하고 주몽의 품에 안겼으나 그의 가슴은 감
격으로 뛰었다. 피가 모두 머리로 올라가 정신이 아뜩하여서 쓰러질 것
같았다.

이렇게 주몽이 강월을 안은 동안 예랑은 잠시 달을 바라보는 듯 또 강
물을 보는 듯 외면하였다.

주몽이 배에 올라 노를 저어 배가 언덕에서 멀어질 때에 예랑과 강월은
저도 모르게 팔을 벌리고 물가로 두어 걸음 뛰어나갔다. 삐걱삐걱 찌걱
찌걱하는 배 젓는 소리조차 순식간에 멀어지고 말았다. 노 끝에 깨어지
는 물결에 달빛이 번쩍거렸다.

"아가씨, 인제 고만 들어가시지."

하고 강월이 먼저 정신을 진정하여서 정신없이 배 떠나간 데를 바라보고
섰는 예랑의 소매를 끌었다.

"밤이슬 맞으시고 강바람 오래 쏘이셔서 고뿔이라도 나시면 어떡허

게. 아가씨, 고만 들어가셔요."

"오냐, 들어가자. 그러나 잠깐만 참아. 아직도 나으리 타신 배가 보일 듯 보일 듯하고나. 한 번만 더 보았으면. 한 번만 더 그 씩씩한 모양을 뵈었으면. 그 으리으리하신 눈, 그 옥으로 쪼은 듯한 줄기찬 콧마루, 그리고 그 맑고도 무거우신 음성, 꼭 한 번만 더 뵙고 지고 듣고 지고."

하는 예랑의 두 눈에서는 눈물이 주르르 흘러내려 달빛에 번뜩인다.

인제 서 있기로니, 눈물 어린 눈으로 강상을 바라보기로니, 가버린 주몽의 배가 다시 보일 까닭이 없었다. 예랑은 천 근의 무게로 눌리는 듯하는 가슴을 안고 집으로 향하였다. 몇 걸음 걷다가 뒤따르는 강월을 돌아보고,

"강월아."

하고 부르며 선다.

"네."

"나으리께서 무사하실까?"

"무엇이오?"

"태자마마의 군사가 사방에 지키고 있어서 주몽 아기를 노리고 있다는데 무사히 빠져나가실까. 그것이 염려가 되는구나. 네 생각엔 어때? 무사하시겠지?"

"그러믄요. 무사하십니다."

"어떻게 무사하실 줄 알아?"

"주몽 아기를 누가 대적해요? 칼로나 활로나 누가 대적해요? 몇백 명 몇천 명으로 둘러싸면 몰라도, 그따위 군사 열, 스무 명쯤으로야 주몽 아기를 어떻게 대적해요?"

"글쎄, 그럴까. 그렇지? 그런데 칼은 분질러서 두 동강을 내어서 한 동강은 나를 주시고 나으리는 끝 없는 칼을 가지셨으니 그것이 걱정이 된다. 부러진 칼로 당해내실까?"

하고 예랑은 두 손을 가슴에 대며 하늘을 우러러본다. 비는 것이었다.

공규(空閨)

　주몽에 관한 기별은 날마다 가섭벌에 들어왔다. 그것은 어디서 주몽을
잡을 뻔하다가 놓쳤다 하는 것이었다. 주몽을 사로잡거나 죽여 잡거나
큰 상금을 받는다는 바람에 활에나 칼에나 재주가 있다는 패가 많이 주몽
을 따랐으나 닷새가 되어도 열흘이 되어도 주몽을 잡은 자는 없었다. 주
몽은 언제나 한 걸음 앞서서 아슬아슬하게 피하는 모양이었다. 백성의
인심을 많이 산 주몽인지라 철모르는 아이들까지도 그를 아껴서 뒤따르
는 관군이 물을 때에는 주몽이 간 길을 바로 알리지 아니하였다. 어떤 사
람들은 주몽의 일행이 간 것과 반대 방향으로 관군에게 길을 가리키는 일
도 있어서 나중에 그 일이 발각이 되어 온 동네가 큰 벌을 받는 일도 있었
다. 가섭벌 사람들은 신이 나타나서 주몽을 돕고 대소를 아니 돕는다고
말하였다. 대소의 군사가 주몽이 들어 자는 동네 가까이 갔을 때에 문득
그 동네가 온통 불바다가 되어서 근접할 수가 없으므로 뒤로 물러와 본즉
그 불은 헛것이었다는 둥, 난데없는 노파가 나타나서 바람결에 흙을 날

려 따르는 군사와 말이 눈을 못 뜨게 하였다는 둥 이런 소리가 떠돌았다. 아무러나 사람들과 신명들이 모두 주몽을 도와서 대소의 손에 아니 잡히도록 한다는 것이었다.

예랑은 주몽이 잡히지 아니하였다는 기별을 들을 때마다 기뻐하였다. 그러고는 강월로 더불어 밤이면 단 위에 맑은 물을 떠놓고 주몽이 무사하기를 하늘에 빌고 별에 빌었다.

한 달이나 지나 팔월 가위 때나 되어서 주몽이 엄체수를 건넜다는 소식을 듣고 예랑은 안심하였다. 엄체수가 어딘지 예랑은 잘 몰랐으나 사람들의 말에 앙당물이라는 강은 한량없이 멀고 먼 곳이요, 그 물을 건너면 거기는 무엇이 사는지 모를 먼 나라라고 믿는 것이었다.

나라에서는 주몽이 어디서 군사를 모아가지고 가섭벌을 쳐들어올 것으로 생각하고 무서워하고 있었다. 더구나 평소에 주몽을 미워하는 대소 이하 모든 왕자들이 그러하였고, 예사 백성들도 주몽과 같이 잘난 사람이니 반드시 여러 왕자들에게 대한 원수를 갚고야 말리라고 생각하였던 것이다.

예랑의 아버지 예백도 가끔 집에서 그런 걱정을 하는 것을 예랑도 들었다. 예백은 나라에 높은 벼슬을 하는 사람이었다. 그는 하늘과 땅과 뫼와 물에 제사를 지내고 나라에서 하는 모든 예법을 맡은 벼슬아치여서 궁중에서도 가장 지위가 높고 금와왕의 신임을 받는 사람이었다. 그는 천문과 지리도 알고 저 한나라 글도 알아서 그이가 모르는 것은 없다고들 말하였다. 대소 이하로 왕자들이 다 그에게 글과 예법을 배우고 주몽도 그러하였다. 그는 싸움하는 재주는 많지 아니하나 세상일을 잘 알았다. 왕도 대소도 다른 왕자들도 때때로 예백의 집에 왕림하였다. 대소가 예랑을 처음 본 것도 그런 기회에서였다. 주몽도 그러하였다. 예랑은 대소의 마음에 먼저 들고 다음에 주몽의 마음에 들었으나 예랑의 마음에는 주몽만이 깊이 든 것이었다.

주몽이 무사하게 엄당물을 건넜다는 소식은 예랑을 기쁘게 하였으나 동시에 새로운 슬픔을 예랑에게 가져왔다. 그것은 주몽이 한정 없이 멀리 떠났다는 것이었다. 주몽이 간 곳이 이 나라 밖이다. 해가 떠오르는 동해 바다에 가까운 곳이라 하나 그것이 대체 어떠한 곳인고. 거기는 이마에 눈 하나만 있는 나라도 있고, 또 눈이 셋 박힌 나라도 있다는 것이다. 더 무시무시한 것은 가슴에 구멍이 뚫어져서 그리로 몽둥이를 꿰어 맞들고 다니는 나라도 있다는 말이다. 또 좋은 소문으로는 그 나라에는 금이 많고 먹으면 무슨 병이나 낫고 오래 살 수 있는 약풀이 있는데 그 뿌리는 사람과 같이 생겼다고 하는 것이다. 그 나라에 가면 산이 높고 물이 맑으며 각색 과실이 다 맛이 있다는 것이었다. 주몽은 엄당물을 건너 해 뜨는 나라, 아침의 나라, 금과 인삼 나는 나라로 간 것이었다. 그러나 예랑은 언제나 다시 주몽을 만나기는커녕 언제나 다시 그 소식을 듣나.

주몽이 잡힐 것을 근심하여 조심하던 것이 없어진 대신 주몽을 그리워하는 생각이 예랑의 마음을 볶았다. 밤에 자리에 누워도 잠이 아니 들었다. 돌아눕고 또 돌아누워 한없이 돌아누웠다. 방 속에서 우는 귀뚜라미 소리를 한 마디도 아니 빼고 들으려는 것 같았다. 창에 뜬 달그림자도, 뜰에 들리는 나뭇잎 지는 소리도 모두 생각하는 사람의 마음에 근심을 자아내는 것이다.

"잠이 안 드시오?"
하고 강월이 자리에 일어 앉으며 예랑을 부른다.

"잠이 안 드는구나. 너는?"

하고 예랑도 두 팔을 이불 위에 내어놓는다.

"저도 잠이 안 들어요. 아가씨 돌아누우시는 소리가 제 가슴을 쾅쾅 울려요."

"잠만 들면 꿈에는 그 어른을 꼭 뵈올 것 같은데 잠이 안 드는구나. 강월아, 왜 잠이 안 들까. 기나긴 가을밤을 뜬눈으로 어떻게 새우니?"

"겨울밤은 더 길지요."

"그러기에 말이다. 천년 같은 겨울밤을 어떻게나 지내나."

"참고 참고 지내지요. 세월이 가노라면 기다리는 날이 끝날 때도 있겠지요."

"그 어른이 오시거나 이 몸이 죽거나, 네 말같이 끝날 날도 있겠지. 이렇게 잠 못 이루고 눈물 한숨에 몸이 닳고 살기로 며칠 살겠니? 내가 이렇게 그 어른을 그리고 그리다가 죽거든, 강월아, 네가 살아남아서 그 어른 뵈올 때에 내 그리던 정경을 아뢰어다오. 밤이면 잠 못 이루고 돌아눕고 돌아누워 밤을 새더라고. 꿈에라도 뵙고 싶어서 잠이 들려고 애를 쓰더라고."

"아씨께서 돌아가시면 소인네는 살아요? 아씨께서 돌아가시고 소인네가 살아남는 일이 있더라도 저 한나라 사람들이 한다는 모양으로 소인네는 산 채로 아씨의 무덤에 들어갈걸요. 들어가서 아씨 몸을 붙들고 만지고 울다가 울다가 촛불 꺼지듯 꺼질걸요."

두 사람의 음성은 울음으로 끝이 흐린다.

"이래서 쓰겠느냐."

하며 예랑은 이불을 걷어안고 자리에 벌떡 일어나 앉는다. 옥같이 흰 몸이 달빛 속에 떠 나온다. 칠같이 검은 머리, 가느스름한 모가지, 불룩한 젖가슴, 곱게 흰 가는 허리, 묵직하고 둥그스름하게 평퍼짐한 두 볼기짝, 강월은 예랑의 아름다움에 새삼스럽게 놀랐다. 강월과 예랑은 어려서부 터 짝이어서 피차에 모르는 바가 없건마는 이날 밤 예랑의 몸에서는 무슨 알 수 없는 빛이 발하는 것 같았다. 강월은 하도 소중스러워서,

"아가씨, 감기 드시리다."

하고 처네를 들어 예랑의 등에 걸치며,

"벌써 선선한걸요. 된내기는 아직 안 왔어도 무서리는 몇 번이나 친 걸요."

하고 예랑의 살에 찬바람이 닿지 아니하도록 꼭꼭 싸준다.

"추운 줄도 모르겠어. 가슴에 불이 타니 그러한가. 냉수라도 한 그릇 벌떡벌떡 먹었으면."

하고 예랑은 반갑고 고마운 듯이 팔을 들어 강월의 허리를 안는다.

강월은 황송하여서 예랑의 곁에 무릎을 꿇고 앉는다.

예랑은 강월의 허리를 안은 팔에 지그시 힘을 주며,

"강월아. 그날, 나으리께서 떠나시던 날 나으리께서 너를 안아주 셨지?"

하고 강월의 뺨에 제 뺨을 스친다.

"황송하오. 아씨께서 강월이 불쌍하니 한번 안아주라 하셔서."

하고 강월은 고개를 폭 수그린다.

"그래, 그 어른이 강월을 힘껏 안아주시던가?"

"모르겠소."

"으스러져라 하고 껴안아주시지 아니하던가?"

"모르겠소. 소인네는 꿈꾼 것과 같아서 모두 희미하오. 꿈꾼 것만 생각이 나고 무슨 꿈이던지 생각이 아니 나는 그런 꿈과 같아서 잘 모르겠소."

"옳아. 네 말이 옳아. 거짓 없는 강월이야. 나도 그날 밤 일은 꿈과 같아서 지금 생각해도 생각이 안 나. 꿈, 그래 꿈이야. 잊어버린 꿈이야. 그렇고도 잊을 수 없는 꿈이야. 그 어른이 몸에 품어주시던 이 몸은 이렇게 여기 있거든. 이 몸도 꿈일까. 그 어른이 주신 칼도 옷자락도 여기 이렇게 있거든. 이것이야 꿈 될 수가 있나. 그런데 강월아."

하고 예랑은 더욱 음성을 낮춘다. 이 처소는 예백 집 후원 별당이라 큰 소리를 하여도 아무도 들을 사람이 없건마는 젊은 아가씨네들에게는 바람이 들을까 보아 부끄럽고 겁이 나는 말도 있는 것이었다.

"네? 왜 그러셔요?"

강월도 더욱 음성을 낮추고 제 귀를 예랑의 입에 갖다가 댄다.

"내가 이달에 보일 것이 안 보여. 웬일일까? 좀 메슥메슥한 것도 같고. 강월아, 웬일일까?"

강월의 귀와 뺨에 닿는 입김은 덥고 숨은 찼다.

"아씨, 무슨 걱정이오? 경사 아니오?"

하고 강월은 예랑을 안아 자리에 누이고 젖먹이를 덮어주듯 이불귀를 눌러주며,

"어서 누우시오. 손금 보는 마누라의 말이 아씨께서 큰 임금의 어머니가 되신다고 아니 하셨소? 큰 임금의 어머니, 아니 그런 경사가 어디 있어요? 가만 계셔요. 제 나가서 정화수 갈아 모시고 잡수실 물 떠가지고 들어올게요."

강월은 밖에 나왔다. 서리 맞은 동산에는 벌레 소리도 없고 차디찬 이슬방울에 달빛만 번쩍이고 있었다. 강월은 흘러내리는 샘에 손과 낯을 씻고 정화수를 갈아 모신 뒤에 달빛 어린 물 한 그릇을 떠가지고 방에 들어왔다.

"아씨, 한 모금 잡수시오. 벌써 달이 다 저물 때가 되었으니 닭이 울 때도 얼마 안 남은 것 같아요. 인제부터라도 한잠 주무시지. 그리고 내일은 곰틔에 머루랑 다래랑 돌배랑 따 먹으러 가시지요. 시원히 바람도 쏘이시고, 또 대소 태자 귀찮음도 피하시고."

"이것이 애기라면 내 앞길이 딱하지 아니하냐. 부모님은 필시 나를 집에서 내어쫓으실 것이요, 그나 그뿐인가, 내 배 속에 든 애기가 주몽 아기의 씨라고 알면 대소 아기는 필시 내 배를 갈라 그 애기를 없앨 것이니 어찌 걱정이 아니 되겠느냐? 앞으로 내가 믿을 사람은 강월이 너 한 사람밖에 없다. 너까지 나를 버리면 나는 하늘에도 땅에도 나무에도 돌에도 붙일 데 없는 사람이 아니냐? 강월아, 너는 나를 배반하지 않겠지?"
하고 예랑은 강월의 손을 잡는다.

"원, 배반이라니, 소인네가 죽기로니 아씨를 어떻게 배반하오? 죽더라도 아씨 곁에 묻히고 살아서는 아씨 곁을 아니 떠나오."

"정말 그러냐? 무슨 고생이 있더라도 너는 나를 아니 떠나지?"

"그럼요. 하느님이 내려다보시고 해님, 달님, 별님이 굽어보시오."

"고맙다. 그러면 나는 마음을 놓아. 내가 큰 임금의 아내의 자리에 들어가더라도 너와 같이 갈 것이다. 네가 나와 고생을 함께하듯이 나도 너와 낙을 같이할 것이다. 내 마음도 하늘이 굽어보시고, 해님, 달님이 굽어보신다."

"고마우셔라."

강월은 예랑의 손길을 두 손으로 꼭 쥔다. 그 손끝은 찼다.

"만일 소인네가 죽어서 아씨께 좋을 일이 있으면 언제나 죽사오리다. 손을 하나 짜르라시면 짜르고, 눈알을 하나 빼라시면 빼리다. 평생에 소인네를 종같이 아니 부리시고 동기같이 귀애하신 깊은 정, 높은 은혜를 머리를 깎아 신을 삼아드리기로 아깝다 하리까, 갚았다 하리까. 아씨, 소인네 일은 아예 걱정 마시오. 상아라 강물이 말라도 방아라 산이 다 닳아도 강월의 마음은 변하지 아니하오."

"고마와, 고마와. 우리 서로 의지하고 살자. 자, 그럼 한잠 자볼까. 압다, 저 보아. 닭이 우네, 첫닭이 우네."

닭의 소리에 깨어난 듯한 새벽 찬 기운이 방 안에 돌고 창에 비친 달그림자는 더욱 높았다.

주몽을 잡으러 갔던 장수 대목(大目)이 돌아와서 금와왕과 대소 태자에게 주몽 도망하던 이야기를 자세하게 아뢰었다. 간 데마다 백성들이 주몽을 아끼고 돕는다는 말은 꺼려서 말하지 아니하였으나 주몽이 결코 관군을 향하여 활을 당긴 일이 없다는 말은 아뢰었다. 이 말을 듣고 금와왕은 만족한 듯이 고개를 끄덕였으나 대소의 눈에는 비웃음이 떴다.

금와왕은 아들 대소의 태도를 보고 만족하던 웃음을 거두고 근심스러운 듯이,

"대소야."

하고 불렀다.

"네."

"너는 주몽이가 어찌하여 그 잘 쏘는 활을 한 번도 안 당기고 나라 밖

으로 나갔는지 아느냐?"

"겁이 나서 그랬을 것이오."

"주몽이가 언제 무엇에 겁내는 것 보았느냐?"

"이번에는 붙들리면 모가지가 떨어질 것이니 제아무리 주몽이기로 겁이 아니 나겠소이까. 주몽이가 몽둥이 무서워하는 개가 꼬랑지를 끼고 달아나듯이 도망한 것이 가엾기도 하고 우습기도 하오. 그러나 대목이가 주몽을 붙잡지 못하고 돌아온 것이 괘씸한가 하오. 만일 소자가 갔더면 반드시 주몽의 대가리를 베어 말 꼬리에 달고 돌아왔을 것이오."

하고 대소는 분하여 치를 떤다.

"이 보아라, 대소야. 네가 마음을 잘못 가지는구나. 네가 그런 불인한 마음을 먹다가는 필시 주몽에게 패할 날이 있을 것이야. 첫째로 네가 남을 미워하는 것이 잘못이요, 둘째로 네가 남을 시기하는 것이 잘못이요, 셋째로 네가 남을 멸시하는 것이 잘못이야. 왕자의 마음은 그런 것이 아니다. 나보다 나은 자를 존경하고 나보다 못한 이를 어여삐 여기고, 사냥을 가서 짐승을 보고 활을 쏘거나 창을 던지되 맞혔다고 기뻐하거나 못 맞혔다고 분해하는 것은 큰사람의 마음 가지는 법이 아니다. 왕자의 마음은 하늘의 마음을 본받아야 하는 것이야. 내가 보기에는 주몽은 왕자의 마음을 가졌다. 내 저를 아들로 사랑하였고, 또 제 어미 이 나라에 있으니 가섭벌을 향하여 활을 당길 리가 없다. 그래서 그런 것이지 겁이 나서 활을 못 쏜 것이 아니다."

금와왕의 말이 이렇게 옳았으나 대소에게는 좋게 들리지 아니하였다. 모두 늙은 아버지의 망령인 것만 같아서 불쾌하였다. 그러나 부왕의 말을 거역할 수도 없어서 속으로만 주몽을 무수히 저주하고 무한히 미워하였다.

왕과 태자의 언쟁이 끝나기를 기다리던 대목은 무릎걸음으로 왕의 앞에 나아가 품에서 엷은 버드나무 조각 하나를 꺼내어 두 손으로 받들어 왕께 올렸다.

"젎사오나 이것을 올리오. 이것은 엄체수를 건넌 뒤에 주몽 아기가 활로 쏘아 화살에 달아 보낸 글발이오."

왕은 그 버들 조각을 받아 들고 본다. 거기는 이렇게 적혀 있었다.

吾母老斯 吾妻寅斯 斯土斯民 孰敢犯斯.

(내 어미 여기 늙고 내 아내 여기 머물거니 이 땅 이 백성을 뉘 감히 건드리랴.)

금와왕은 주몽의 글발을 읽고 몇 번이고 고개를 끄덕이더니 그것을 대소에게 주며 이렇게 일렀다.

"네 읽어보아라. 그리고 그 뜻을 생각해보아라."

대소는 무릎을 꿇고 그 나뭇조각을 왕의 손에서 받아 읽었다. 읽는 대소의 몸은 흠칫하고 눈은 커졌다. 대소는 제 눈을 못 믿어 두 번 세 번 그 것을 읽었다. 쫓겨 달아나는 한낱 망명객으로서 감히 이 나라와 이 백성을 지키기를 약속한 것이 엄청남을 놀라워하는 것보다도 "내 아내 여기 머물거니"라는 말에 놀란 것이었다. '내 아내'가 누구일까. 예랑이 아닐까. 주몽이 예랑을 찾아다닌다는 소문도 아니 들은 것이 아니었다. 그러나 저는 태자, 주몽은 말 먹이는 천한 놈, 대소는 이렇게 생각하고 사랑하는 예랑을 주몽에게 빼앗기리라고는 생각도 아니 하였다. 그것은 마치 사랑하는 예랑을 지나가는 솔개에게 빼앗긴다 함과 같이 생각할 수 없는 일이었다.

그러나 몇 번 보아도 "내 아내 여기 머물거니"라는 구절은 잘못 본 것은 아니었다. 대소는 임금의 앞에 있는 것도 잊고 그 나뭇조각을 땅바닥에 떨어뜨리고 한숨을 쉬었다.

"웬일이냐? 무엇을 생각하고 그러느냐?"

대소는 그것이 예랑 때문이라고는 말하지 않았다. 예랑이 주몽의 것이 되었는가 보아서 질투의 분심이 치미는 것이라고는 말하지 아니하였다.

"주몽의 말이 괘씸하고 방자해서 그러오. 이 앞에 주몽이 있으면 당장에 세 동강을 내겠소."

하고 대소는 주먹을 불끈 쥐고 이를 한번 으물었다.

왕은 아들의 뜻을 떠보려는 모양으로 가벼운 웃음을 머금고,

"주몽의 말이 무엇이 괘씸하고 방자하단 말이냐? 자식으로 부모를 사모하니 효요, 부모처자가 의탁하는 나라를 범하지 않는다 하니 인이다. 주몽의 말이 무엇이 잘못되었단 말이냐?"

"꼬리를 끼고 달아나는 강아지와 같은 신세가 그저 살려줍소사 하고 비는 것이 아니라, 제가 무엇이길래 감히 천하에 으뜸가는 이 나라를 범하고 말고가 있소이까. 제가 이 나라를 범할 뜻이 있기로니 무슨 힘으로 감히 풀 한 포긴들 건드리오리까. 제 아내가 있다 하니 누군지 모르거니와 그것을 잡아 끓여 먹거나 구워 먹거나 제가 감히 어찌하오리까. 그러매로 주몽이 이 앞에 있으면 한칼로 세 동강에 낸다고 아뢰었소."

"아서라. 말을 그렇게 하는 것이 아니다. 그것은 왕자의 말이 아니라 필부의 말이야. 말을 삼가야 한다. 왕의 덕을 가진 자는 말 한마디도 천

하의 범이 되게 하는 것이야. 주몽의 말에는 왕의 기상이 있거늘, 네 말은 어찌 그리 악착한고? 그런 마음을 가지고는 큰 그릇을 지키기 어려울 것이다. 너 내가 하는 말을 잊지 말렷다. 이후라도 주몽의 어머니와 아내를 잘 대접하렷다. 말 한마디도 불공함이 없으렷다. 주몽을 두려워하라 아니 하거니와 어려워하렷다. 대소야, 이 말을 잊지 말렷다?"

하는 왕의 정녕하고도 엄숙한 말씀에 대소는 속에 없는 말이나,

"네."

하고 물러 나왔다.

대소는 제가 왕이 못 되고 아직 태자인 것이 원망스러웠다.

우선 듣기 거북한 주달을 하는 대목의 늙은 머리를 갈겨버리고 싶었다. 주몽이 관군을 향하여서 활을 아니 쏘았다는 말이나, 또 그 버드나무 쪽의 글발이나 모두 대소를 내리누르는 힘이 있었다. 저는 분명히 주몽만 못하였다. 칼 쓰기, 활쏘기 같은 재주에만 못한 것이 아니라 기상에 못하였다. 못하니까 분하고 미웠다. 주몽이 죽어주었으면 좋을 것이나 아무리 하여도 주몽이 죽지를 아니하였다. 사냥 가는 기회에서도 여러 번 혹은 사람을 시켜서, 혹은 제 손으로 주몽을 겨누었으나 번번이 무슨 까닭이 생겨서는 주몽을 죽이는 목적을 달하지 못하였다. 지난 마지막 번 사냥 때에 대소가 숲속에 숨어서 주몽을 겨누고 쏜 화살은 공교롭게도 난데없는 꿩이 날아와서 중간에서 제 몸으로 살을 막아버렸다.

"아아, 하늘이다."

하고 대소는 한탄하였다.

그런 뒤로 더욱 주몽이 밉고 또 무서웠다. 주몽은 제 손에 닿지 않는 곳에 있어서 저를 노려보는 무슨 큰 힘인 것 같아서 마음이 아니 놓였다.

대소는 군사 두엇을 데리고 말을 타고 예백의 집을 찾았다. 예백 이하로 온 집안이 떨어나 대소를 맞았으나 그중에 예랑은 없었다. 예랑은 강월과 계집종을 데리고 뒷산에 머루 다래 따러 나갔던 것이었다.

좌정 후에 대소는 예백더러 정식으로 예랑과의 혼인을 청하였다. 이에 대하여 예백은,

"황송하오. 미거한 것이 감당 못 할 듯 저퍼하오."

하고 읍하고 겸사하였다.

대소는 마주 읍하며,

"겸사요. 내가 가섬벌에 누구누구 하는 집 처자를 아니 본 바가 없으되 따님만 한 사람을 못 보았소. 내 뜻은 바위같이 굳게 작정되었으니 다시 사양 마시오. 마땅히 상감께 여짜와서 우으로부터 예백에 분부가 계실 것이어니와, 비록 나라의 힘이라도 혼인이란 억지로 하는 것이 아니라 하였으니 예백이 쾌히 허락하시오."

하고 매우 초조한 빛을 보인다. 그것은 예랑이 주몽과 혼약이 있을까 보아서 겁을 냄이었다.

"아비 된 몸으로 딸자식이 국모의 자리에 오르게 된다는데 황송하고 기뻐할 것밖에 무슨 다른 뜻이 있사오리까. 그러하오나 혼인이란 나라의 힘으로도 억지로 못 한다 하옵거니와 또 부모의 힘으로도 억지로 못 하는가 하오. 그러하옵길래로 예로부터 조상님네 법이 총각이 처녀의 집에 가서 일을 하고 노래를 부르고 이러하기를 며칠이고 몇 달이고 하여서 처녀의 마음을 움직인 뒤에야 두 집 부모들 사이에 혼인 말이 왔다 갔다 하기로 되었으니 이것이 예요. 그러하온즉 동궁마마께서 소인의 딸년의 마음을 움직이시와서 그년의 말을 들어보시오."

이 말에 대소는 비로소 안심하고,

"그러면 나도 예백 집에 삼 년 머슴을 살아야 사위가 되겠는가."

하고 유쾌하게 웃었다.

"딸아기를 좀 만나게 해주시오."

대소는 마침내 이렇게 청하였다.

"계집애 동무들과 산놀이를 나갔으니 뒷산에 있을 줄 아오. 이제 사람을 보내어 부르오리다. 그동안 여기서 쉬시오."

하고 예백의 아내는 종을 불러,

"이 보아라. 네 뒷산에 뛰어가서 아가씨 냉큼 집으로 돌아오라고 일러라. 동궁마마께오서 기다립신다고, 지체 말고 냉큼 오라신다고 일러. 이 골에 없거든 저 골에 달음박질 찾아다니며 소리쳐 부르렷다."

하여 종을 떠내어 보내고 곤두박질하다시피 들며 나며 왕자를 대접하는 분별하기에 바쁘다.

그러나 예백은 대소의 접대를 아들 예도에게 맡기고 근심스러운 얼굴로 제 방에 돌아와 있었다. 예백의 부인은,

"아니, 대감은 웬일이시오? 집안에 큰 경사가 났는데 왜 그렇게 찌푸리고 계시오? 아들을 낳았다가 공주부마가 되는 것도 경사려든 딸을 길렀다가 동궁비로 들여보내게 되니 가문에 이런 경사가 또 있소? 두 팔 활짝 벌리고 덩실덩실 춤을 추실 것이지 무엇 땜에 그렇게 한숨이오? 점을 쳐서 무슨 불길한 괘가 났소?"

하고 서둔다.

"점을 친 것도 아니요, 불길한 괘가 난 것도 아니오."

하는 예백의 말에는 기운이 없고 얼굴에는 빛이 없었다.

"그럼 왜 그러시오? 어디 짚이는 데가 있어 그러시오? 말씀을 하시구 려. 왜 혼자만 앓소?"

예백의 아내도 무슨 심상치 아니한 것을 느낀 듯 남편의 옆에 앉아서 까닭을 듣고야 말겠다는 모양을 보인다.

"나도 무엇 땜에 그런지는 모르나 자연 마음에 걱정이 되는구려. 좋은 일이 생기는 것이 매양 위태한 일이야. 큰 복이 들어오던 문으로 큰 화가 들어온다는 것이오. 우리 집이 이만큼 사는 것도 분에 넘는데 딸이 국모 로 들어간다면 그것은 과한 일야. 나는 예랑을 왜 일찍 시집을 안 보냈던 고 하고 그것을 한하오. 제 신세로 보더라도 임금의 집에 들어가는 것보 다 그닥 지위 높지 아니한 집 며느리로 가는 것이 편해. 높은 자리는 매양 위태한 법이어든. 사람의 눈에 뜨이는 자리에는 사람의 질투가 모이는 법이야. 나는 딸을 동궁비로 보내기는 싫소. 이따가 그 애가 오거든 동궁 말씀을 듣지 말라고 그래보오."

예백의 이 말에 부인은 새뜩하고 돌아앉으며,

"웬 별말이 다 많소. 들어오는 복을 박차도 유분수지 딸을 동궁비로 들여보내려고 청은 못 할망정 나라에서 청하시는 것을 이쪽에서 튀기는 법이 어디 있소? 그런 말씀은 아예 입 밖에 내지도 마시오. 또 대감은 평 생에 충의를 말씀하시니, 위로서 하라시는 말씀을 거역하면 그것이 불충 의가 아니고 무엇이오? 죽으라시면 죽기도 하려든, 상감님 며느님이 되 라시는데 마다고, 못 합니다고, 그런 소리가 원 어디 있소?"
하고 펄펄 뛴다.

뒷산이라는 산은 그리 높거나 크지는 아니하였으나 역시 함박[太白] 쪽박[小白] 두 봉우리가 분명하고, 소나무, 잣나무, 전나무 같은 높은 나무의 수풀과, 박달, 제리알, 쇠느티, 실나무, 떡갈, 참나무 같은 잡목 숲도 있고, 크지는 못하나 군데군데 폭포와 소를 이루는 개울도 있었다. 큰 산줄기에 연한 산이라, 때로는 범과 곰도 난다고 하나 가섭벌이 차차 큰 도시가 되어서 사람이 많이 살게 됨으로부터서는 그런 큰 짐승은 흔히 나타나지 않게 되었다.

예랑은 아랫긋터 웃긋터도 지나서 시내를 따라 올라갔다. 나무들이 모두 단풍이 들어서 잎과 열매가 모두 울긋불긋하였다. 풀 이파리 하나도 다 아름다운 빛을 다투어서 차마 그냥 지나치기가 어려웠다. 어떤 관목의 열매는 붉은 구슬 꾸러미 같고 어떤 것은 자주 구슬 같았다. 그리고 머루는 까맣게 익은 위에 서리를 뿌린 것같이 흰 가루가 묻어 있어서 입에 넣으면 녹는 것 같았고, 으름과 다래는 꿀과 같이 달았다. 주춤주춤 보고는 가고, 먹고는 가고, 물을 따라 올라가는 것이 어디까지 간지를 몰랐다.

"참 좋다!"
하고 수없이 예랑은 감탄하였다.

"이런 데 집을 하나 짓고 있었으면 좋겠어요."
하고 강월도 좋아하였다.

"이런 좋은 단풍도 앞으로 며칠 못 갈 게다. 된내기만 한번 치면 고만이야. 그러면 이 빛깔이 다 거무스레하여지고 말 게다. 모두 잠깐야. 우리들이 젊은 것도 잠깐이고."

예랑은 물가 바위 위에 앉으면서 이런 소리를 하고 시무룩하였다.

"참 그래요. 아가씨 모시고 여기 꽃구경 왔던 것이 엊그제 같은데 벌써 가을이로군요."

강월도 추연하였다.

"피었던 꽃들은 다 열매가 되었겠지."

"열매 못 되고 진 꽃도 있겠지요."

"그래, 네 말이 옳다. 열매도 못 맺고 진 꽃도 있지. 피어보지도 못하고 떨어진 봉오리도 있고."

"그렇게 생각하면 설워요. 소인네 같은 피어보지 못한 봉오리지요?" 하고 강월은 매우 언짢아한다.

예랑은 물에 비추인 제 얼굴을 들여다보고 있었다. 물이 흔들림을 따라서 얼굴도 눈도 코도 입도 흔들렸다. 그것은 젊은 얼굴이요, 아름다운 얼굴이었다. 눈동자는 정열로 반짝거리고 입술은 그리움으로 떨렸다. 불현듯 주몽이 그리워졌다. 그의 힘차고도 아름다운 모습이 못 견디게 그리웠다.

제 얼굴의 그림자 옆에 주몽의 그림자가 금시에 나타날 것 같았으나 지는 잎이 물을 흔들어 예랑의 얼굴까지 지워버리고 말았다. 예랑의 눈에는 하염없는 눈물이 핑 돌았다.

"강월아?"

"네."

"나으리는 지금 어디 가 계실까?"

제가 생각해도 어리석은 말이었다. 예랑 자기도 모르는 주몽의 거처를 강월이 알 리가 없었다.

그래도 하도 그리우니 물어보는 것이었다. 옆에 사람이 없으면 바윗돌을 보고라도 담벼락을 보고라도 그리운 임이 계오신 곳을 물어보는 것이 사랑하는 이의 마음이었다.

68

"나으리마님 계오신 데도 이렇게 열매는 붉고 잎은 누르고 가을이 깊었을 거야요. 나으리께서는 그 질기시는 사냥을 납서서 지금쯤 이런 단풍 든 산골에서 큰 사슴을 쏘셨을는지도 몰라요. 뿔 큰 수사슴이나 살진 암사슴이나. 나으리께서 이렇게 활을 당기시는 양이 눈에 선하게 보이는 것 같아요."

하고 강월은 눈을 들어 어딘지 모르는 데를 바라본다. 그는 허공에서 주몽의 모습을 찾는 것이었다.

"너는 나으리 활 쏘시는 것을 본 일이 있니?"

"뵈온 일은 없어도……."

"보지도 못한 모양을 너는 그리고 있구나. 가여워라. 강월아."

"네."

"그날 밤에, 강가 달 아래서 나으리가 너를 껴안아주실 때에 가만히 껴안으시더냐, 힘껏 껴안으시더냐?"

"아이, 아가씨도. 벌써 몇 번째 같은 소리를 물으셔요? 꿈같아서 모른다고 여쭈었는데."

하고 강월은 고개를 숙이고 낯을 붉힌다.

"그래. 네가 그렇게 대답하였지, 꿈같아서 잊었노라고. 그런데 나는 네 그 말이 싫어. 샘이지?"

하고 예랑이 강월을 바라볼 때에 강월은 대답이 없다.

"강월아."

하고 예랑은 일어나서 강월의 옆으로 가서 강월의 허리를 가볍게 안으며 다정한 부드러운 음성으로 묻는다.

"강월아, 너는 어느 것이 좋아? 왕후가 되어서 많은 비빈을 거느리는 것이 좋아, 사냥꾼의 아내로 한 남편을 혼자 가지고 평생에 서로 떠나지 않는 것이 좋아? 생각하는 대로 똑바로 말해보아."

"임금의 아내로 많은 시앗을 보느니보다 사냥꾼의 여편네로 단둘이 사는 것이 좋을 것 같아요."

하고 대답하는 강월의 마음은 괴로웠다.

이때에 어디서,

"웨에이, 웨에이."

하고 외치는 소리가 들렸다. 이것은 산속에서 사람을 찾을 때에 하는 군호다.

"누가 웨겨?"

예랑은 귀를 기울였다.

"웨에이, 웨에이."

가늘게, 그러나 힘 있게 울려왔다.

"오라버니 소리 아니야?"

예랑은 더욱 숨을 죽이고 귀에 손을 대었다. 옥같이 흰 손가락이 늦가을 찬 공기에 불그레하였다.

"네, 서방님 목소린가 보아요."

강월도 귀에 손을 대었다.

다람쥐 한 마리가 두 사람의 바로 발부리를 지나서 바위 옆에 선 잣나무로 기어 올라갔다.

"서방님 소린가 보아요."

하고 강월은 눈을 모으다 귀에 손을 대어 한번 듣고 나서 귀에 대었던 손을 떼며,

"서방님 소린데요, 아가씨. 마주 외칠까요?"

하고 두 손을 모아 주라처럼 만들어서 입에 대고, 숨을 많이 들이쉬어서 외친다.

"여어이, 여어이."

강월의 짱짱한 목소리는 예도의 우렁찬 남성과 대조하여서 몹시 날카로웠다. 그리고는 빠른 걸음으로 두 여자는 골짜기에서 낙엽을 밟으며 높은 데로 더 걸어 올라 웃굿터에 나섰다. 여기는 이 산의 젖가슴이라 할 만한 데여서 안계가 넓었다.

"아유!"

하고 약속이나 한 듯이 두 여자는 감탄하는 소리를 발하였다. 눈앞에는 오색이 영롱한 나무 바다였다. 붉고 누렇고 갖은 빛깔로 수놓은 바탕에 잣나무와 전나무의 푸른 모양이 우뚝우뚝 솟아오른 것이 형용할 수 없이 찬란하여서 도무지 이 세상 것 같지 아니하였다. 수없는 나무 끝들이 한데 엉키어서 꼼짝도 아니 하는 것 같았다. 골짜기 물소리도 안 들리니 천지는 오직 빛깔만이요 소리 없는 세계인 것 같았다. 예랑은 여기서 한번 크게 소리 질러 이 고요함을 깨트려보고 싶었다. 그래서 손을 모아 입에 대고,

"우어어."

하고 한번 길게 소리를 뽑았다. 그 곱고도 힘 있는 소리는 차마 스러질 수 없어서 저 수풀의 빛깔과 같이 엉키어서 언제까지나 남는 것 같았다.

이윽고 꿩의 깃 꽂은 모자를 기우듬히 쓰고 검은 단을 단 흰 웃옷 티에 검은 띠를 띤 예도의 씩씩한 모양이 나타났다. 활도 칼도 아니 가지고 오직 손에는 채찍을 들었을 뿐이었다. 흰 옷에 검은 단은 그들이 즐겨하는

빛이었다. 그는 나는 듯이 예랑이 선 곳으로 뛰어 올라왔다.

예랑은 이러한 외딴곳에서 오라비를 만나는 것이 반갑고도 기뻤다.

"오라버니, 웬일이시오? 오라버니도 머루랑 다래랑 따 먹으러 올라오셨소?"

하고 농담을 한다.

"너는 머루랑 다래랑 따 먹으러 왔느냐, 이 꼭대기까지?"

"조츰조츰 예까지 왔어요. 애초부터 여기 올 생각은 없었는데 누런 잎, 붉은 열매에 홀려서 오는 줄 모르고 예까지 왔어요. 그런데 오라버니는 웬일이시오? 아버니께서 나를 불러오라고 걱정하셔서 오셨소?"

"아버지보다 더 높고 무서운 어른이 너를 부르셔."

"아니, 아버지보다 더 높고 더 무서운 어른이 누구시오? 할아버지께서는 돌아가시고 안 계시고, 설마 상감마마께서 나를 부르실 리도 없고. 오라버니는 나를 놀리느라고 속이시는 게지."

"아니다. 내가 너를 놀리는 것도 아니요, 속이는 것도 아니다. 동궁마마 대소 아기께서 집에 행차하셨어. 오늘은 아버지께도 너와 혼인하기를 청하셨어. 자, 어서 내려가자. 글쎄 과년한 계집애가 무엇 하러 이런 곳에까지 오는 거야."

"무엇 하러라니, 가을 구경 왔지요."

하고 예랑은 손을 들어서 단풍 바다인 사면 수풀을 가리키며,

"여기 안 오고야 이런 좋은 경치를 볼 수가 있어요? 날마다라도 보고 싶고, 하루 열 번이라도 보고 싶어요. 여기 집을 하나 짓고 이 속에서 살고 싶은걸요. 잣이랑 머루 다래랑 따 먹고 새랑 다람쥐랑 벗 삼아서, 그리고 살고라도 싶은걸요."

하고 눈에 띄게 소리를 내어서 한숨을 쉰다.

"왜 그런 적막한 소리를 하느냐. 한창 젊어서 낙이 많은 시절에 왜 늙은이나 할 소리를 하느냐 말이다. 게다가 임금의 아드님이 사랑을 청하고 혼인을 청하는 이 판에 왜 그리 청승맞은 소리를 하여? 네가 임금님의 며느님이 되고 또 얼마 있다가는 임금님의 마나님이 되신다면 그런 가문의 영광이 또 어디 있느냐. 이 오라비도 네 덕에 한번 호강하고 세도 좀 부려보자꾸나."

하고 예도는 농담인지 진담인지 모르게 하하 웃는다.

"오라버니."

하고 예랑이 새뜩 정색하고 예도를 부른다.

"왜 그래?"

하고 예도는 먼 산을 바라보며 대수롭지 아니한 듯이 헛대답을 한다.

"오라버니는 그런 말을 해도 좋소?"

하고 예랑은 예도의 곁으로 한 걸음 다가서며 날카롭게 묻는다.

그제야 예도가 고개를 돌려 예랑을 바라보며,

"왜 그래? 내 말이 무엇이 잘못됐니?"

하고 농담이 아니라는 엄숙한 빛을 보인다.

"애초에 주몽 아기를 모시고 와서 내게 인사시킨 것은 누구요?"

"내지. 그러니 어떻단 말이냐?"

"그러고는 이제 또 대소 아기하고 혼인을 하라고요?"

"너헌테 댕기기는 대소 아기가 먼저 아니야? 세상에 소문이 짜하도록 대소 아기가 너를 귀애하시지 않았어? 너도 대소 아기께 마음이 솔깃한 모양이길래 이 사내도 하나 구경해보아라 하고 주몽 아기를 모셔 온 게

지. 한 사내만 보고 반하지 말고 여러 사내를 보고 고르라는 게야. 그게
그렇게 잘못이냐?"

"주몽 아기를 내게 인사시킨 것이 잘못이란 말이 아니오. 이제 와서 대
소 아기와 혼인하라 하시는 말씀이 잘못이란 말요. 나는 오라버니 뜻대
로 벌써 골라잡았소."

"골라잡아? 누구를? 주몽 아기를?"
하고 아무 데도 놀라지 아니할 듯한 예도도 참으로 놀라는 빛을 보인다.

예랑은 숙인 고개를 끄덕끄덕한다.

"그게 정말이냐?"

"정말 아니고요. 나는 벌써 주몽 아기의 아내야. 주몽 아기는 내 남
편이고요. 아직까지 오라버니를 속인 것은 죄야요. 그러나 부끄러워서
말 못 한 것이니 이 못난 누이를 용서하셔요. 그런 말은 제 그림자보고 하
기도 부끄럽지 않아요?"

예랑의 말끝은 눈물로 흐렸다.

예랑의 말에 예도는 침통한 표정을 보이며 이렇게 말하였다.

"아니, 네가 내게 숨긴 것을 내가 어떻게 생각하는 것은 아니다. 그렇
지마는 주몽 아기는 이제 가고 없지 아니하냐. 아마 다시 돌아오실 기약
은 없을 것이다. 그래도 너는 주몽 아기를 기다릴 작정이냐?"

"네."

"언제 올지 모르는 사람을?"

"네."

"왕후가 될 기회도 버리고? 오늘 네 말 한마디로 네 운명과 우리 온 집
안 운명이 결정이 될 터이다. 네가 동궁마마의 말씀을 들으면 가문에 큰

빛이 날 것이요, 네가 그 말씀을 거역하는 날이면 네 몸과 우리 집안이 온통으로 결딴이 날 것이다. 그야 당장에 동궁마마가 칼을 빼어서 너를 치거나 우리 식구를 모도 무슨 죄에 몰아서 죽이거나 잡아 가두지는 아니하겠지마는, 조만간에 네나 아버지나 내나 그 운명을 당할 것은 틀림없을 것이다. 늦어도 금상마마 만세후면 영락없이 그렇게 될 것이야. 금상마마께서는 인자하시지마는 동궁마마는 그렇지를 못하셔. 냅뜨는 용기는 없으셔도 악물고 벼르는 성미시어서 당장보다 후환이 무서운 어른이시어. 그런데도 너는 대소 아기 말씀을 아니 듣고 주몽 아기를 기다리겠단 말이냐?"

"네에. 그렇지만 아버지께나 오라버니께 누가 미친다면 어떻게 하나. 내가 지금 죽어버리면 모두 무사하겠지마는."

하고 예랑은 말을 뚝 끊고 손으로 배를 만진다. 배 속에 든 아기는 죽여서는 안 된다. 낳아야만 되고 길러야만 된다. 이 일을 위하여서는 무엇이나 참아야 하고 모든 것을 견디어야 한다.

예도는 그의 타고난 총명과 동기의 애정으로 누이 예랑의 정경을 다 안 것 같았다. 그는 물론 주몽을 존경하는 사람이었다. 사람의 값으로 치면 도저히 대소는 주몽과 견줄 바가 아니었다. 그렇다고 대소가 못났다는 것은 아니었다. 그도 잘난 사람이었으나 주몽이 더욱 잘난 것이었다. 만일 주몽이 아니 났더면 대소가 당세에 가장 잘난 사람이었겠지마는 주몽이 나매 대소는 지새는 달과 같이 빛이 없었다. 주몽은 대소를 어여삐 여기고 대소는 주몽을 내려다보고 질투하면서 한 하늘 아래서 살아갈 운명을 가진 것이었다. 대소는 큰 나라를 유업으로 받아 제 손으로 망해버리려고 이 세상에 나왔고, 주몽은 천하게 자라서 제 손으로 큰 나라를 세워

칠백 년 왕업을 후손에게 물리려고 난 사람이었다. 그러나 예도도 이처럼 분명히 장래를 내다볼 수는 없었다. 그의 눈에는, 대소는 역시 동궁이요, 주몽은 역시 일개 망명객이었다. 인물로 보면 사랑하는 누이 예랑을 주몽의 짝을 삼고 싶으나 부귀영화로 보면 동궁의 아내를 삼고 싶었다.

'어떻게 누이의 마음을 돌렸으면.'

이렇게 속으로 생각하면서 예도는,

"자, 내려가자. 우선 오늘은 치를 손님을 치러 보내고, 서서히 생각하지."

하여 예랑의 매운 마음을 눅이려 하였다.

아까 올라올 때에는 그렇게도 좋던 경치가 지금 내려올 때에는 치어다보기도 싫었다. 울긋불긋하게 그렇게도 아름답던 단풍의 빛깔도 지금 예랑의 눈에는 잿더미와 같이 무미하였다.

대소가 예랑에 대하여 가진 생각을 예랑도 모름은 아니었다. 그래도 주몽이 있을 때에는 대소는 무엇에나 은근히 주몽을 꺼려서 냅뜰 힘이 없었다. 웬일인지 대소는 주몽을 대하면 무서웠다. 눌리었다. 그러하기 때문에 대소는 주몽을 더욱 미워하였다. 무엇이 가르치는 것인지는 모르나 대소는 자나 깨나 주몽이 저를 범하는 것만 같았다. 혹 감기가 들어서 열이 나거나 먹은 것이 체하여서 꿈을 꿀 때에도 헛것 모양으로 주몽의 모양이 대소의 눈앞에 나타나면 오싹 소름이 끼쳤다. 지위로 말하면 도저히 주몽이 대소에게 손을 댈 수가 없건마는 늘 이렇게 주몽이 무서웠다. 임금의 자리도 주몽에게 빼앗길 것 같고 무엇이나 좋은 것은 다 주몽에게 빼앗길 것 같았다. 예랑에 대하여서도 그러하였다. 대소는 주몽이 예랑과 가까이하는 줄을 알고 있었다. 급히 서둘지 아니하면 예랑이 주몽의 것이 된다고 생각하면서도 주몽을 꺼려서 급히 서둘지도 못한 것이었다. 안타까우리만큼 대소는 주몽의 앞에서는 기를 못 폈다. 대소와 주몽과 한자리에서 무슨 놀이를 하거나 한곳에서 사냥을 하거나 하는 경우에 대소는 있는 재주를 다 낼 수가 없었다. 매양 무섭고 눌리었다. 그러니까 억지로 뽐내어 일부러 주몽을 멸시하고 위협하는 태도를 가지려 하나, 무서운 것 앞에 부러 안 무섭다고 안간힘을 쓰면 더욱 쭈뼛 무서운 모양으로, 대소가 위엄을 내어서 고개를 번쩍 들려 하면 무엇이 손으로도 아니고 발로 정수리를 꽉 내리누르는 것 같았다. 진실로 대소에게는 미칠 노릇이요, 병들 노릇이었다.

주몽이 앙당물을 넘었다 하는 기별을 듣고는 마음이 좀 놓였으나 그 글발을 생각하면 역시 무시무시하였다. 주몽은 부여나라를 죽이고 살리는 힘을 제 손에 쥐고 있는 것같이 생각하는 태도를 그 글에 보인 것이요, 주몽의 그 마음이 너무도 분명하게 대소에게 보여서 대소를 위압하는 것이었다. 그러나 주몽이 이제는 머나먼 곳에 있으니 마음 펴고 하고 싶은 노릇을 해보자 하는 것이 이번 대소의 예백 집 행차였다.

예랑은 대소가 와서 기다리고 있다는 집에 가까워질수록 마음이 괴로웠다. 태자의 위풍과 권세로 내리누를 때에 그것을 막아낼 길이 없을 것 같았다. 그러나 집이 바라보일 때부터는 예랑은 마음의 평정을 회복할 수가 있었다. 그것은 '일월지자 하백지외손(日月之子 河伯之外孫)'이라는 주몽의 운수에 몸을 내어맡기자는 것이었다. 옳은 사람의 옳은 일을 반드시 하늘이 도우시리라 하는 데밖에는 지금 예랑이 믿을 곳이 없었다. 주몽과 예랑과, 그리고 예랑의 배 속에 있는 아기의 운명이 어찌 될 것인가, 그것을 미리 알 이는 화식 먹는 인간 중에 없을 것이었다.

아버지가 훈계하는 말도, 어머니가 간청하는 말도 듣기만 할 뿐, 예랑은 아무 대답이 없었다. 몸을 씻고, 얼굴을 단장하고, 옷을 갈아입고, 패물을 찾고, 이 모양으로 귀빈 앞에 나가는 차림차림을 예랑은 그 어머니가 시키는 대로 말없이 순순히 좇았다. 강월도 예랑과 함께 단장하였다.

강월은 무슨 큰일이 예랑의 위에 오늘 안으로 생길 것같이 생각하였다. 그리고 될 수 있으면 제 몸으로 예랑의 운명을 대신하고 싶었고, 적더라도 예랑이 받는 무슨 고초든지 저도 꼭 같이 받고야 말리라고 결심하였다. 그것은 주몽의 의리라든가 그런 형식적인 것이 아니요, 강월 자신도 모르는 무슨 줄이 강월을 예랑과 같이 묶어놓아서 아무도 그것을 뗄 수가 없었다. 강월은 예랑을 사랑하였다. 그저 그립고 소중하여서 예랑을 위하여서는 아무것도 아낄 생각이 없었다. 만일 제가 죽어서 예랑의 모든 고생과 불행이 스러진다면 강월은 대신 죽기를 아끼지 아니하였을 뿐더러 기쁜 소원 성취로 알았을 것이다. 그것이 무슨 까닭이냐. 그것은 강월도 모른다.

한편 예랑도 강월에게 대하여서 그러한 깊은 정을 가지고 있었다. 어려서부터 같이 자라난 정일까. 그렇다고만 할 수는 없다. 같이 자라나고도 한 형제로도 서로 미워할 수도 있는 까닭이다. 많은 사람이 나는 중에 어찌어찌하다가 서로 비위가 꼭 맞고 정이 드는 두 사람이 태어나는 때문일까. 그렇지 아니하면 천지가 생길 때부터 무슨 깊고 깊은 인연을 가진 두 사람이 두루두루 나고 죽고 나는 동안에 예랑과 강월과 만나듯이 만나는 것일까. 가다가다 이러한 두 사람이 태어나서는 서로 지극한 사랑도 보이고, 혹은 그와 반대로 주몽과 대소와 같이 하늘 아래 함께할 수 없는 원수도 되는 것이다.

대소가 좌정한 방으로 한 걸음 걸어가는 예랑의 뒤에는 그 그림자와 같이 강월이 따랐다. 나이도 키도 얼굴도 몸가짐도 비슷한 두 여자는 어느 것이 어느 것인지 분별하기가 어려웠다. 앞을 선 어머니는 걱정스러운 듯이 때때로 뒤를 돌아보고, 어떤 때에는 책망하는, 또 어떤 때에는 애원하는 눈짓을 딸에게 주었다.

　긴 복도를 지나서 일행이 큰사랑 뒷문 밖에 다다랐을 때에 안으로부터 예도가 문을 열었다. 어머니가 들어서서 읍할 때에 대소가 자리에서 일어나서 마주 읍하였다. 어머니 뒤에 예랑이 고개를 숙이고 들어와 두 무릎을 꿇고 손을 읍하여 이마에까지 올려 원을 그리고 배까지 내렸다가 다시 들어 젖가슴쯤 대고 사르르 팔짱을 껴서 두 손을 소매 속에 감추며 꿇었던 무릎을 펴고 일어나 몸을 반쯤 어머니 뒤에 가리고 섰다. 강월도 그 모양으로 절을 드리고 예랑의 뒤에 숨듯이 섰다. 그러하는 동안에 대소는 고개를 가볍게 끄덕여서 답례하였다.

　섶 밑에 핀 국화의 향기가 고요한 방 안에 돌았다.

벽혈(碧血)

"부인 앉으시오."

대소는 몸소 손을 들어 예백 부인에게 자리를 권하였다.

"황감하오. 어느 안전이라고 감히 앉사오리까."

예백의 아내는 이렇게 사양하고 거의 이마가 닿도록 허리를 굽혔다.

"아니오. 그렇게 사양할 것이 아니오. 늙은이가 그렇게 허리를 굽히고 서 있으면 나도 앉았기가 거북하지 않소? 예도 좋고 소중하지마는 예가 사람을 위하여서 있는 것이지 사람이 예를 위하여서 있는 것이 아닌즉 사람이 괴롭도록 예를 숭상하는 것은 옳지 아니한가 하오. 나는 그렇게 생각하오. 예백, 내 생각이 어떠하오?"

대소는 매우 유쾌한 듯이 예백을 돌아본다. 예백도 손을 읍하고 허리를 굽히고 서 있다. 대소는 예백이 읍하고 선 모양이 참 점잖고 아름다움을 새삼스럽게 깨달았다. 그 허연 긴 수염이 읍한 손등에 닿은 것이 그림 같다고 생각하였다.

예백은 대소의 말에 한층 더 허리를 굽혔다가 잠깐 고개를 들어 대소를 우러러보고 다시 숙여 이마를 읍한 손으로 받치면서, 약간 떨리는, 심히 웅숭깊은 소리로,

"젏사오되, 동궁마마 지금 하신 말씀은 옳지 아니한가 하오. 허리를 굽히는 것이나 고개를 숙이는 것이나 무릇 예는 몸을 약간 괴롭게 하는 것인가 하오. 편히 눕는 것을 예라 아니 하옵고 또 바로 앉는 것을 예라 하옵도 예라는 데는 괴로움이 좀 끼어야 하는 것인가 하오. 그렇다고 예가 사람을 위하여 있는 것이지 사람이 예를 위하여서 있는 것은 아니오나, 또 예가 없으면 사람이 사람이 아니요, 짐승과 다름이 없다 하였소. 높으신 어른이 계시거든 낮은 무리 읍하야 모심이 예이오라, 지금 동궁마마 앞에 소인의 무리 이렇게 모시지 아니하면 예를 어즈럽게 하는 것이오라, 예 어즈럽고 나라를 어찌 바로 다스리오리까. 젏사오되, 동궁마마 아까 내리신 분부는 좇을 수 없는 줄로 아뢰오."

대소는 매우 거북한 표정으로,

"예백, 예가 좋기는 좋은데 좀 귀찮아. 왜 예백은 까다로운 한나라 예를 자꾸 주장하시오? 그렇게 예를 너무 엄하게 지키면 살아가기가 힘이 들지 않소? 나는 좀 더 너그러운 예를 만들고 싶소. 너무 거북살스럽지 아니한 예를 만들고 싶단 말이오. 예백, 그러한 예를 좀 궁리해보시오."

하고 다소 역정 내는 모양을 보인다. 대소는 어려서부터 예백을 스승으로 하여서 예를 배우고 익혔다. 어려서는 예백의 말대로 순종하여서 앉음앉음이, 걸음걸이 모두 그 하라는 대로 하였다. 꼼꼼하게 앉고, 무겁게 걷고, 느릿느릿 말하고, 눈은 똑바로 보고, 손은 읍하고, 웃어도 이를 안 보이고, 성내지 말고, 기뻐하지 말고, 화내지 말고, 사냥을 하되 알 품은

새와 새끼 밴 짐승을 잡지 말고, 이 모양으로 수없이 배우고 익혔으나 대소는 그것이 모두 억지요 거북스러웠다. 그래도 예백의 잔소리에 못 이기어서 그가 보는 앞에서는 그대로 하였다.

그러나 대소는 차차 예가 귀찮아지고 따라서 예백을 보면 또 그 잔소린가 하고 진저리가 났다. 점잔을 빼다가도 예백만 물러 나가면 얽혔다가 풀린 짐승 모양으로 막 날치고 막 굴었다. 실컷 소리를 내어 웃고 네 활개 뻗고 자빠져서 팔다리를 마음대로 버둥거려보았다. 무겁게 걷는 것이 갑갑해서 앙감질도 하고 달음박질도 하였다. 알 품은 새는 더욱 잡기 쉽고 재미나고, 새끼 데리고 가는 노루나 사슴을 잡는 것은 더욱 재미가 있었다. 이러한 경우에도 주몽이 꼭꼭 예를 지켜서 대소를 부끄럽게 하는 것이 미웠다.

차차 나이를 먹어 턱에 수염발이 잡히매 대소는 예백의 가르침에 반항하기 시작하였다.

"예를 지키는 것은 섬기는 자의 일이다. 다스리는 자는 예를 만들어서 아랫사람들로 하여금 지키게 하는 것이다. 다스리는 자는 예의 주인이기 때문에 예를 만들 수도 있는 것과 같이 마음대로 깨트릴 수도 있는 것이다."

대소는 이러한 이론을 만들어서 예백과 논쟁도 하였다. 대소가 이렇게 대어들 때에는 예백은 대소를 바라보며 눈물을 흘렸다.

대소가 이러한 생각을 가지는 것은 그의 천품이라고도 하겠으나, 그의 무예의 선생 무구(無懼)의 영향도 적지 아니하였다. 그는 오직 힘과 재주만을 숭상하는 사람이었다. 그가 가장 미워하는 것은 예였다. 그는 그가 기운이 센 것과 칼을 잘 쓰는 것을 자랑삼아서 가섭벌에서 그를 두려워하지 않는 사람이 없었다. 더구나 대소가 가장 사랑하여 항상 함께하는 사람이라 아무도 그를 거스를 자가 없었다.

대소는 무구가 좋았고, 저도 무구처럼 살고 싶었다.

대소는 하루바삐 임금 될 날을 기다렸다. 임금이 되는 날이면 아무도 꺼릴 것 없이 실컷 제 마음대로 살 수가 있는 것이었다.

대소의 아버지 금와왕은 성품이 인자하고 또 한나라 글을 숭상하여서 그 문화를 사모함이 컸다. 그래서 무력을 숭상함보다도 문화를 존중하였다. 대소는 그 아버지의 인자한 성품을 닮지 아니하고 그 우유부단한 것과 여색에 방종한 약점만을 닮았다. 대소는 제 눈에 한번 든 계집은 놓치지 아니하였다. 남의 아내라도 꺼림이 없었다. 무구는 이것도 마땅한 일이라고 권하였다.

"힘만 있거든 하고 싶은 일을 다 해보시오. 따르던 짐승이어든 잡고야 말고, 눈에 드는 계집이어든 손에 넣고야 마는 것이 사내요. 만 사람을 죽이더라도 내 욕심을 채우는 것이 영웅이오. 예? 흥! 못생기고 힘없는 녀석들은 예를 잘 지켜서 잘난 사내들의 시종이나 들라고, 술밥 남 주고 찌꺼기 얻어먹고, 숫처녀 남 주고 버린 계집이나 다리고 살라고 그러오."

이것이 무구가 대소에게 하는 훈계였다. 이런 말을 들으면 대소는 춤이라도 출 듯이 기뻤다.

"그럴 것이다. 나는 영웅이 아니냐. 임금 될 사람이 아니냐."

대소는 천하에 마음대로 안 될 것이 없는 것 같았다.

그러나 이날은 대소는 예백과 말다툼을 하러 온 것이 아니요, 그의 딸 예랑을 얻으러 온 것이었으므로 더 예에 대한 논쟁을 하려 아니 하였다.

그래서 웃는 낯을 지으며,

"선생의 가르치심을 제자가 아니 좇을 수가 있소? 그러나 오늘은 예를 배우러 내가 댁에 온 것 아니라 딸아기와 혼인하는 허락을 구하러 왔으니 인제는 그 말씀을 합시다. 한나라 사람들은 혼인을 할 때에 남자의 부모 가 여자의 부모 집에 중매를 보내어 청혼을 하고, 이에 대하여 여자의 집 에서 허혼을 하면 남자와 여자와 본인끼리는 서로 만나보지도 못하고 혼 인을 한다는데 이것은 어찌하실라오? 우리나라에서 조상 적부터 나오는 법은 한나라 법과는 달라서 남자가 여자의 집에 찾아가서 혹은 노래를 부 르고, 혹은 춤을 추고, 혹은 여러 가지 재조를 보여서 여자의 마음을 사 고, 그래서 여자가 싫다고 아니 하면 남자가 여자의 집에 가서 일을 하여 주어서 여자를 길러내인 값을 갚은 뒤에 혼인을 하여서 딴살림을 차리게 되었으니, 예백은 어찌하시려오? 나도 한나라 법을 좇으리까, 우리나라 법을 좇으리까?"

"황송하신 분부시오."

하고 예백은 또 한 번 깊이 읍하고 나서,

"나라의 혼인은 뭇사람의 혼인과는 다르오. 위로서 네 딸을 다오 하시 면 아래로서 못 하오 할 수 없으니 군신지분이오. 그러하오나 아무리 왕 과 왕후라 하와도 부부는 부부온즉 하늘과 땅이라, 하늘과 땅이 뜻이 아 니 맞고는 만물을 생육할 수 없사오니 동궁마마께오서 미천하고 미거한 소인의 딸과 혼인을 원하시거든 소인께 물으실 것이 아니라 소인의 딸에 게 뜻을 물으심이 옳을까 하오. 그래서 소인의 딸이 그리하오리다고 여 짜오면 그 뒤에는 예를 따라서 절차를 마련하여서 모든 백성의 본이 되게 혼인의 가례를 행할 것인가 하오. 그리하오면 우리나라 예요 한나라 예요 할 것 없이 저절로 천지의 예도에 합할까 하오."

하고 유창하게 아뢰었다.

예백의 말에 대소는 무릎을 치며,

"과연 대선생의 말씀이시오. 그러면 선생의 말씀대로 내가 몸소 따님아기의 뜻을 물으리다."

하고 미소를 띠고 예랑을 바라보니 예랑은 더욱 고개를 숙이고 그 어머니 뒤에 숨는다.

이에 대소는 자신을 얻어서,

"이미 선생의 허락을 얻었으니 내가 따님아기와 이야기를 하겠소. 그런데 이런 말이란 곁에 다른 사람이 있으면 묻기도 거북하고 대답하기도 부끄러운 일이오. 옛말에도 사랑말은 단둘이서 할 것이라 옆에 있는 바윗돌도 부끄럽다 하였으니, 그러면 다들 물러가고 예랑과 나와 단둘이만 여기 남게 하여주시오. 말이 길 것도 아니니 잠깐 동안만. 젊은 사슴 한 쌍이 놀며 놀며 활 한바탕이나 건널 동안만."

대소의 더욱 유쾌한 빛이 그의 꾸미는 말에 보였다. 유쾌할 때에는 말이 저절로 잘 나와서 노래까지 되고 몸이 저절로 잘 움직여서 춤까지 된다. 하물며 마음에 드는 이성의 앞에서 거리낌 없이 그를 후리는 때랴. 웃음과 말이 많아질 근심이 있도록 흔한 것이다. 이제 주몽을 몰아내었으니 왕위를 겨룰 자도 없고 산과 들의 날짐승 길짐승이 모두 대소의 것이요, 가섭벌 아름다운 처녀들의 사랑을 대소와 다툴 자도 없었다. 명예도 다 대소의 것이요, 영광도 그러하였다. 대소에게 있어서는 왕위보다도 더 크고 소중한 것이 있었으니 그것은 예랑의 사랑을 얻는 것이었다. 주몽이 가섭벌에 있는 동안 예랑의 사랑을 제 것을 만들기는 어렵다고 대소는 생각하고 있었다. 예랑 말고도 두어 번 그런 일이 있었다. 대소가 눈에 여겨 어를 때에 주몽이 나타나기만 하면 그 여자의 정은 주몽에게로 쏠렸다. 번번이 대소를 위하여서 비켜났길래 망정 그렇지 아니하더면 번번이 대소는 그리워하던 여자를 주몽에게 빼앗길 뻔하였던 것이다. 예랑에 대하여서도 그러하였다. 주몽이 나타나매 예랑의 마음은 대소를 떠나서 주몽에게 쏠린 것으로 대소는 보았다. 주몽을 죽여버리는 것으로 떠나가는 예랑의 마음을 막을 수가 있다고만 알았더면 대소는 무슨 짓을 하여서라도 주몽을 죽였을 것이다. 그러나 대소가 주몽을 죽였다고 아는 날 예랑의 마음은 그야말로 영영 대소에서 떠나버리고 다시 돌아오지 아니할 줄을 알므로 그리도 못 하였다. 또 만일 예랑의 몸을 겁탈함으로 그 마음이 제 것이 될 줄만 알았더면 아무리 나라의 충신이요 자기에게는 가장 높은 스승이라 하더라도 예랑을 대소의 방으로 잡아갔을 수도 있었을 것이다. 그러나 그리하는 것이 예랑을 아주 잃어버리는 일임을 알기 때문에 대소는 그도 못 하였다.

"세상에 마음대로 못 할 것은 한 계집의 마음이다."

이렇게 대소는 한탄하였다. 하필 한 계집의 마음만이 마음대로 못 할 것이랴. 백성의 마음이 다 그러하건마는 대소의 마음은 이 큰 사실에 대하여서는 눈을 뜨지 아니하였다. 그 눈은 너무도 늦게 뜨려는 것인가.

"그렇지마는 인제는 주몽도 갔으니."

하면 대소는 자신이 만만하였다. 예랑은 벌써 제 품에 든 것과 같았다.

예백 부처며 대소의 시종도 다 물러나기 전에 예백 부인이 대소의 앞에 무릎을 꿇으며,

"저것이 아직 미거한 것이 높으신 앞에 무슨 버릇없는 말이나 일을 하

더라도 모두 접어 보시오. 저것이 무슨 허물이 있든지 다 이 늙은것을 보시와서 눌러 생각하시오."

하고 어머니다운 걱정을 하였다. 무엇인지 모르거니와 어디 한 곳 마음 아니 놓이는 구석이 있었다.

"부인은 아무 염려도 마시오. 아기가 잘못이 있을 리도 없거니와 설혹 있다 하더라도 사랑하는 사람의 잘못은 잘못도 사랑스럽다 하오."

하여 대소는 웃음을 띠며 부인을 위로하였다.

대소의 너그러운 위로를 받은 예백 부인은 매우 만족한 듯이 대소의 앞에서 물러 나오다가 눈에 아니 뜨이도록 예랑의 귀에 입을 대고,

"무엇을 물으시든지 두 마디에 한 마디쯤은 대답을 해라. 너무 나불나불 말대꾸도 말고 또 너무 뚝하지도 말아. 말로는 무엇이나 예, 예, 하고 순순히 좇더라도 몸을랑 새뜩하게 지켜야 해. 만만하게 보이는 여자는 사내가 싫어하는 법야. 새츰이 말보다 낫고 새뜩이 웃음보다 낫다는 게야. 네가 오죽이나 잘 알겠니? 다 잘 알아 해라."

하고 딸에게서 물러서다가 다시 미진한 말이 있는 듯이,

"아가, 아예 주몽 아기 말은 입 쩍도 말아야 한다. 가고 없는 사람을 생각도 부질없거니와, 만일 주몽 아기 이름을 번쩍 비최기만 해도 너 한 몸은 말할 것도 없거니와 집안이 온통 결딴이 나는 판이다."

하고,

"알아들었니?"

하는 끝말만을 대소에게까지 들릴 소리로 한다.

"어머니!"

하고 예랑이 부르는 소리에 부인은 우뚝 서서 놀라는 듯 눈을 크게 뜨고

걱정스러운 표정으로 딸을 바라본다. 그 눈에는 '좋지 못한 소리는 말아!' 하는 소리가 숨어 있는 것을 예랑은 보았다.

"어머니, 왜 자식의 뜻을 그렇게도 몰라주시오?"

하는 약간 짜증내는 눈치를 보고 부인은 큰일 날 말이 예랑의 입에서 나올까 보아 그것을 틀어막느라고 황망하게, 큰 소리로,

"그래, 그래, 다 알았다. 다 알았어. 네가 오죽이나 잘 알아 하겠느냐. 어미가 이러쿵저러쿵 더 잔말 아니 하련다. 그럼 동궁마마 모시고 말씀 동무 잘해드려."

하고는 강월더러,

"강월아, 나가자. 나하고 나가. 아가씨는 여기 혼자서 동궁마마 모시는 거야. 자, 나가자."

하며 소매를 끌었으나 강월은 움직이지 아니하며,

"마님, 소인네는 아가씨 곁을 아니 떠나겠소아요."

하고, 예랑도,

"어머니, 강월이를 그냥 두서요. 자나 깨나 언제나 같이하는 강월인데 왜 떼랴고 그러서요? 그림자는 밤에나 떨어지지 이 자식과 강월이는 잘 때에도 아니 떨어지는 것을. 어머니, 강월이를 그냥 두고 가서요."

하고 팔을 들어 강월을 안는 듯 어머니에게서 뗀다.

부인은 장히 못마땅한 얼굴을 보였으나 높은 이의 앞이라 옥신각신할 수도 없을뿐더러 또 귀인의 눈에는 옆에 심부름하는 사람이 있는 것쯤은 사람이 있는 것으로 생각하지 아니하는 것이기 때문에, 또 한끝으로는 강월이 딸의 곁에 있는 것이 든든하기도 하여서 더 말없이 혼자 나가버린다.

이제 방 안에는 대소와 예랑과, 그리고 강월과 세 사람만이 남았다. 활짝 드높고 휑뎅그레 넓은 방에 단 세 사람이 말없이 마주 보고 있는 것은 어째 무시무시하였다.

집은 둥근 주추, 둥근 기둥, 둥근 서까래 오 칸으로 되어 있고 정청이 가운데 있어 그리로 출입문이 났으니 문의 높이가 열 자나 되었다. 정청에서 좌우로 사람이 거처하는 방이 있어 그리로 드나드는 지게문이 있고 정청 정면에는 긴 탁자 앞에 평상 같은 것을 놓고 그 위에 호피를 깔았으니 이것이 대소가 좌정한 자리요, 그 평상에서 두어 자 떨어져서 좌우로 평상 둘이 있었는데 이것이 올라앉을 수도 있고 걸터앉을 수도 있게 된 것이었다. 예백 이하로 지금 물러 나간 사람들은 이 걸터앉을 평상 앞에 섰던 것이었다. 그리고 예랑과 강월은 부인과 함께 평상 아니 놓은 박석 바닥에 서 있었으니 이때에는 부여에도 점점 한나라 예의 문물이 들어와서 여자는 남자의 하위에 서는 풍습이 생겼던 것이다. 남녀가 길을 달리하도록 남녀의 별이 엄한 부여였으나, 원래는 남존여비는 아니었고 일반 민간에서는 도리어 여존남비인 풍습도 남아 있었다. 대소는 빙그레 웃으며 예랑더러,

"아기, 이리 가까이 와 앉으오. 아무도 없는 데서까지 그다지 까다랍게 할 거야 있소? 그런 까다로운 예의는 할 일 없는 늙은이들에게 맡기고 우리 젊은 사람들은 젊은 사람답게 놉시다. 나도 여덟 살부터 아기의 아버지 예백 선생에게 예를 배웠으니 십이 년인가, 십삼 년인가. 참 지긋지긋도 하였소. 인제는 나도 나이가 이십이 넘어서 어른이 되었으니 내가 하고 싶은 대로 좀 살아보아야겠소. 아기도 그렇지 않소? 인제는 우리들이 하고 싶은 말은 실컷 좀 해봅시다. 내 눈에 가시 같던 주몽도 인제는

멀리멀리로 달아나고 말았으니 내 마음이 거뜬하오. 아기도 나와 같이 기뻐해주시오. 자 이리 좀 가까이 와 앉으오."

하고 제 자리를 좀 비켜 호피 위를 가리킨다. 누른 바탕에 검은 무늬, 비록 마른 가죽이나마 범의 위엄이 남아 있다.

예랑은 읍한 두 손을 이마에 올려 대고 허리를 굽히며,

"동궁마마 황송하오. 어찌 천한 신하의 몸으로 둘째로 높으신 동궁마마 곁에 앉을 도리가 있사오리까. 앉으라 하시면 이곳에 앉겠소."

하고 평상 한끝에 걸터앉는다. 고개를 고부슴하고 등을 휘움하게 굽힌 모양이, 그 부드러운 획이 그림과도 같았다. 대소의 눈에는 예랑의 모로 앉은 양이 보였다. 칠 같은 머리를 뒤에서 반으로 갈라 느슨느슨 땋아 관자놀이에서 여러 번 꺾어 겹쳐서 검은 댕기로 졸라 옥 같은 뺨 위 귓문이 약간 가리어질 만큼 막직하게 늘여진 것이 참으로 아름답게 예랑의 얼굴을 돋보이게 하였다. 고운 콧마루의 위에는 내리깐 눈썹이, 아래는 주홍 같은 입술이 보였다. 얼굴과 몸이 풍후하면서도 뚱뚱하거나 질둔한 맛이 없어서 어찌 보면 날씬하면서도 묵직한 예랑의 몸이었다. 교태를 머금은 것도 아니요, 수심을 띤 것도 아니요, 그저 의젓한 예랑이었다.

평상 끝에 앉는 예랑의 뜻을 굳이 휘어서 제 곁에 가까이 앉히려는 대소도 아니었다. 왜냐하면 대소는 예랑을 마음대로 할 수 없다고 생각한 까닭이었다. 이미 예랑의 부모의 허락까지 받았으니 예랑은 벌써 내 것이 다 되었다고 대소는 생각하였다. 대소가 팔을 벌린 때에 그것을 막을 여자가 이 부여 천하에야 어디 있으랴. 만일 대소가 오라고 불러서 오지 아니하는 여자가 있다 하더라도 대소에게는 그것이 큰 문제가 아니었다. 안 오거든 오게 하는 힘이 있는 것이었다. 산이나 들에 날짐승 길짐승은

임금님의 맏아드님이 어떻게 높으신지 알 줄을 몰라서 대소의 살에 잘 맞지 아니하거니와, 만일 조금이라도 지각이 있다 하면 꿩이나 사슴이 다투어 대소의 살촉 앞으로 달려들 것이다. 그러므로 대소는 예랑이나 다른 어떤 여자에게든지 사랑을 달라고 청하는 것이 아니라 사랑을 주니 황송하게 받아라 하고 명하는 것이었다.

"예랑!"

대소는 아름다운 예랑의 용모에 이윽히 황홀하였다가 은근한 소리로 부른다.

"예, 예 있소."

하고 예랑이 소스라쳐 놀라듯 일어나 공손히 읍한다.

"아기 앉으오. 내 앉으라 하니 앉으오. 그렇게 내가 말할 때마다 번번이 일어나지 말고 앉아 말하오."

예랑이 주저하다가,

"황송하오."

하고 앉는다.

"아기."

"예."

이번에는 예랑은 일어나지 않은 채로 읍하였다.

"아기는 어찌 그리도 어여쁘고도 얌전한고. 그러고는 복상스러운고. 이 몸이 상을 볼 줄은 모르거니와 아무리 보아도 아기는 천생 큰 임금의 아내요, 큰 임금의 어미 될 상이라, 당대에 하나밖에 날 수 없는 사람일시 분명하오."

예랑은 말없이 고개만 깊이 숙인다. 그리고 상과 손금 보는 마누라가 저를 보고 "큰 임금의 어머니"라고만 부르고 "큰 임금의 아내"라고 아니 한 것을 회상하여서 제 앞길에 어떤 어두운 그림자를 보면서 가엾게 한숨을 지었다.

대소는 혼자 흥이 나서 말을 계속한다.

"예랑! 아기는 어떤 남자를 위하여 그 짝이 되랴고 저대도록 아름답게 나신고? 지금 저 울렁거리는 아기의 가슴속에는 어떤 남자의 그림자가 비춰어 있는고? 내 그 남자 되고 지고. 진실로 내 그림자가 아기의 가슴속에 안겼을진댄 내 무엇을 더 바라리, 무엇을 아끼리. 아기, 나더러 네 이 나라를 버려라 하더라도 서슴지 않고 바릴 것이요, 바리고말고. 아기, 예랑, 내 말이 참말이오. 조금도 거짓이 없어. 만일 내 말이 거짓말이라면 이 몸이 마른하늘에 벼락을 맞겠소."

하고 무릎으로 평상을 쾅 구른다. 맹세한다는 뜻이다.

'아뿔싸 동궁마마.'

하고 예랑은 체면도 잊고 고개를 번쩍 들어 대소를 바라본다. 대소의 눈에는 정욕의 빛이 흘렀다. 그 눈에 타는 정욕이 무엇으로 화하여서 예랑의 위에 내릴꼬 하면 예랑은 오싹 소름이 끼쳤다. 그러나 그보다도 임금의 아드님이 그런 무서운 맹세를 하는 것이 너무도 방정맞아서 무시무시하였다. 집에서 아버지 예백에게,

"나보다 나라 먼저."

의 가르침을 받아왔기 때문이었다.

예랑의 놀라서 크게 뜬 눈과 반쯤 벌린 입은 대소에게 새로운 충동을 주었다. 천진스럽달까, 어쩔지 모르는 예랑의 표정에는 평시에는 얻어볼 수 없는 아름다움이 있었다.

"아기, 무얼 그리 놀라오?"

하는 대소의 얼굴에는 웃음이 가뜩 풀어져 흩어져 있었다.

"맙소사, 벼락으로 맹세를 하시니, 무섭고 두려워라. 동궁마마는 홀몸이 아니신데, 장차 이 나라 이 백성을 맡으실 고작 높은 어른이신데, 그러한 무서운 맹세를 하시다니, 벼락을 불러 맹세하시다니, 아우마, 무섭고도 두려운지고. 동궁마마 지으신 허물은 이 몸이 대신 받아지이다."

하고 예랑은 하늘을 우러러 손을 비벼 빌었다. "나보다 나라 먼저"의 정신이었다.

대소는 또 한 가지 못 보던 것을 보았으니 그것은 예랑이 무릎을 꿇고 하늘에 비는 모양이었다. 비록 잠시 동안이지마는 비는 예랑의 태도와 표정이 어떻게 엄숙하고 정성스러운지 대소의 눈에 흐르던 젖은 웃음이 스러지고 저도 모르게 대소도 두 손을 모아 가슴에 대었다. 그 순간 대소의 눈에 예랑은 높으신 신명이 하강하신 것 같아서 감히 똑바로 그 얼굴을 바라볼 수 없는 것 같았다. 그러나 그것은 진실로 일순간이었다. 예랑이 비는 자세를 거두고 다시 평상에 걸터앉은 한 처녀에 돌아가자마자 대소의 예랑에 대한 애욕은 더욱 타올랐다.

대소는 제 콧김이 불같음을 깨달으면서 약간 허둥지둥하는 어조로,

"아기, 예랑 아기, 고마워라. 이 몸을 대신하야 천벌을 받으려 하시니 이런 사랑이 또 어디 있겠소? 애기와 같이 착한 이와 내외 되어 살진댄 이 몸이 무슨 허물을 짓기로 벌을 받겠소? 세상에 고작 큰 복은 좋은 아내를 가짐이라 하더니 참으로 이 몸은 복이 큰 사람이오."

하고 벌떡 호피 자리에서 일어나 녹피 신을 신고 예랑이 앉은 곁으로 오니 예랑이 황망하게 일어나서 두어 걸음 뒤로 몸을 피하여 강월의 곁에

선다. 여전히 두 손으로 팔짱 껴 읍하고 고부슴하였으니 예랑의 몸은 금시에 날개가 돋쳐서 날아오를 듯하였다. 흰 웃옷에 검은 단, 누런 치마 다홍 단이 모두 힘과 정신을 일어서 예랑의 몸에 가까이 오는 모든 것을 물리치려고 대기하고 있는 것 같았다. 사람의 맺힌 마음은 옷에까지도 나타나는 것이었다.

예랑이 일어나 비켜나는 것을 처녀로서 당연한 일이라 하더라도 그 놀라고 무서워하는 태도가 대소를 불안하게 하였다. 수삽해서 피하는 것은 좋으나 무서워서 달아나는 것은 불쾌한 일이었다. 대소는 여러 여자를 얼러보았으되 이렇게 싫어서 비키는 듯한 모양은 처음 보았다.

'정말 내가 싫어서 피하는 것일까? 단지 수삽하여 저러는 것일까? 내 지위가 높으니 두려워서, 어려워서 저러는 것일까?'
하고 대소는 잠시 판단하기가 어려웠다. 설마 예랑이 동궁이요, 또 잘난 사내인 자기를 마다하랴 하는 자존심이 있으면서도 한구석에 어두운 그림자, 불길한 조짐이 보이는 것을 덮을 길이 없었다.

대소는 약간 무료한 빛을 띠고 팔짱을 끼고 서면서,

"아기, 그렇게 어려워할 것이야 있나? 검은 머리 파뿌리가 되도록 백년을 같이 살 우리들이 아니오? 아기와 나와 높아도 같이 높고, 무서운 권세를 가져도 함께 가질 것인데, 내 앞에 무릎을 꿇는 천하 만민은 아기의 앞에도 무릎을 꿇을 것이어든. 비록 아직 혼인의 가례는 아니 하였다 하더라도 하늘이 이 몸을 내실 때에 이 몸의 고운 짝으로 아기를 내셨으니 두 몸이 한 몸 아니오? 그렇게 어려워할 것은 없어. 예백의 따님이라 예를 지키는 게지마는 너무 그러면 내가 무안하지 않소? 하기는 그리워하던 수사슴이 곧 웅장한 뿔을 흔들며 가까이 올 때에 암사슴은 고개를

숙이고 피하는 법이라, 그래야 수사슴이 더욱 못 견디어 암사슴을 따르
는 것이어든. 수사슴의 빠른 걸음이 무엇에 쓰자는 게요? 달아나는 암사
슴을 따르는 데 쓰자는 것이라. 그럼 이 몸도 아기를 따라볼까?"

하고 두 팔을 벌리고 평상을 뛰어넘어 예랑을 붙들려 한다. 예랑은 아니
잡히려고 날쌔게 비킨다. 강월을 가운데 두고 대소와 예랑은 비키거니
따르거니 한다. 대소의 허리에 찬 칼이 흔들리고 누른 비단에 주홍 단을
단 웃옷이 펄럭거린다.

"동궁마마, 이 몸을 따르지 마시오. 잡히자니 무례하고 비키자니 황송
하오. 제발 이 몸에 손을 대지 마시오."

하고 예랑이 손을 모아서 애원한다. 예랑은 얼굴이 상기가 되고 가슴은
숨이 차서 들먹인다.

"예랑, 닫지 마오. 예랑이 안 달리면 이 몸도 안 따르리다. 그러나 예
랑이 달리면 이 몸은 하늘 닿은 끝까지라도 아니 따르고는 말지 아니하
겠소."

이렇게 말하는 대소의 얼굴에는 살기가 떴다. 예랑은 무릎을 꿇고 이
렇게 말하였다.

"동궁마마, 제발 자리에 돌아가 앉으시오. 소인이 말씀으로 아뢰오리
다. 마마께서 만인을 힘으로 죽이실 수는 있더라도 한 계집의 뜻을 힘으
로 앗으신다고는 생각지 마시오. 동궁마마는 세찬 남성이시고 이 몸은
잔약한 계집이오니 이렇게 이 몸을 쫓으시면 필경은 이 몸을 붙드시겠으
나 그때에는 이 몸은 벌써 송장일 것이니, 제발 자리에 돌아가셔서 이 몸
의 아뢰는 말씀을 들으시오."

예랑의 용모와 음성에는 애원하는 부드러움 속에도 늠름한 기상이 있

었다. 그 부드러움은 대소에게 그리움을 주고, 늠름함은 무서움을 주었다. 대소는 예랑의 명령에 복종하는 듯이 자리에 돌아가 앉았다.

"자, 애기 말대로 자리에 돌아와 앉았으니 한다는 말을 하여보오. 여러 말 다 원하지 아니하니 꼭 한마디 나를 따라 백년을 같이 산다 하시오. 청실로 홍실로 우리 두 놈 찬찬 감고 북향하고 검님 앞에 가지런히 서서 두 몸 한 몸 되어지라, 천년만년 살아지라, 아들 낳아 딸을 낳아 백자천손 하여지라, 이렇게 혼인 맹세한다 하시오. 그 밖의 말은 이 몸이 듣기 싫소. 자 어디 말해보시오. 내 본대 성미가 급급하거니와 아기의 요모조모에 홀딱 반하여서 정신 차릴 수 없고 더 참을 수 없소. 아기, 어디 속 시원히 말해보시오."

하고 대소는 예랑이 아까 앉았던 자리에 돌아와 옷깃을 여미고 치맛자락을 모으고 두 손을 팔짱 껴 읍하고 고부슴 고개를 숙이고 앉는 양을 젖은 눈으로 뚫어지게 바라보고 있다. 대소의 말과 같이 요모조모, 앉은 모양, 놀라는 것, 겁내는 것, 새뜩 성내는 양, 시무룩 근심하는 양, 어느 하나 마음을 끌지 않는 데가 없었다. 더구나 새침하고 앉아 아직 몸도 입도 고요한 모양이 못 견디게 고와서 그 몸이 한번 움직이면 전신에 꽃이 활짝 피고 그 입술이 한번 열리면 향기로운 음악을 품긴 바람이 천지를 채울 것만 같았다.

'어쩌면 저대도록 잘생겼을까.'

대소는 새삼스럽게 예랑의 아름다움에 놀랐다. 그리고 그 예랑이 제 아내가 될 것이 기뻤다. 지금까지 본 모든 여자들은 모조리 빛을 잃어 다시는 거들떠볼 수도 없는 추물이 되어버리는 것 같았다. 대소는 이 순간 제가 태자인 것도 잊었다. 아름다운 예랑의 앞에 서서 그 사랑을 비는 한

거지와 같았다. 예랑의 사랑을 얻기 위하여서는 무엇이라도 하고 싶었다. 그 사랑은 예랑의 처분에 달린 것이지, 대소의 권력이나 완력으로 빼앗을 수 있는 것이 아님을 깨달았다. 예랑은 대소가 마음대로 처분할 수 있는 백성의 한 몸이라 하는 생각은 아까 생각이었다. 대소의 앞에 무릎을 꿇을 자가 예랑이 아니요, 예랑의 앞에 무릎을 꿇을 자가 대소라고 하는 것이 지금의 생각이었다. 예랑의 높은 아름다움이 대소의 마음을 높인 것이었다. 이 침묵의 순간이 고대로 얼어붙었으면 얼마나 아름다우랴. 그러나 그것은 무지개보다도 더 짧은 동안이었다.

이러한 고요함 속에서 예랑은 최후의 비장한 전투 준비를 하고 있었다. 그의 마음에 비추인 대소는 시각이 지날수록 검은빛을 띠었다. 그는 벌써 높으신 동궁은 아니요, 예랑을 노리는 추하고 악한 적으로 변하고 있었다. 나라의 한 처녀로서 욕심 없이 젊은 동궁을 사모하던 그 고운 정을 깨뜨리지 아니하면 아니 되는 것이 예랑에게는 슬펐다.

예랑은 될 수만 있으면 이 일을 순탄하게 해결하고 싶었다. 대소 편에서는 왕자로서의 위신을 떨어트리지 말고, 예랑으로서는 신하로의 예절을 잃지 말고서 제 몸을 온전하게 하고 싶었다. 그리하자면 대소의 마음을 돌리는 길밖에 없었다. 대소의 마음속에 불같이 일어나는 정욕과 교만을 돌려서 연약한 처녀 예랑의 뜻을 꺾지 않고 그것을 이루게 하여주겠다는 점잖은 생각이 되게 하는 것이었다. 대소가 이러한 인자한 마음을 내는 것은 안 될 일은 아니었다. 만일 이 순간에 대소의 마음이 한번 인자한 방향을 취하여서 움직였다면 예랑은 까닭 없는 고생을 아니 하여도 좋았고, 애매한 사람의 피가 아니 흘러도 좋았고, 대소는 와석종신하고 제 나라를 보전할 수도 있었을 것이다. 그러나 대소는 그러한 사람으로 태어나지 못하였다. 남보다 뛰어나게 잘난 그의 몸과 마음의 어느 구석에는 그를 망할 길로 끌고 가는 검은 힘이 있었다. 그것은 교만과 성급하다는 형태로 나타나 그의 성격을 지배하게 되어 있었다. 제가 높은 자리에 있는 것을 두렵게, 바드럽게 생각하는 것이 그 높은 자리를 잃지 않고 지니는 비결이요, 제 손에 큰 권세가 있는 것을 어렵게 미안하게 아는 것이 그 권세를 오래 누리는 길이거늘, 대소의 마음에는 그러한 생각이 용이히 일어나지 아니하였고, 혹시 일어나더라도 곧 풀어져버렸다. 어려서는 예백에게 배운 대로 어렵고 두려운 마음공부를 하였지마는, 인제 수염이 나고 제멋대로 행동하게 된 뒤에는 그러한 공부는 다 빠져나가고 세상에 두려울 것, 어려울 것이 없다는 자존심이 그의 행동을 지배하게 되었다.

무구의,

"두렵다니? 두려운 건 약한 자의 일이오. 어렵다니? 어려운 건 못난 자의 일이오. 임금님의 아드님으로 잘나신 대장부로 무엇이 두렵고 무엇이 어렵단 말씀이오? 그저 무에나 하고 싶으신 대로 다 하시오. 늙어지면 못 하나니 젊으신 동안에 다 하시오. 죽어지면 쓸데 있소? 살아생전 하고 싶은 노릇 다 하시오."

하는 말이 더욱 귀에 폭폭 박혔다.

예랑에 대하여서는 권력이나 완력을 쓸 생각은 없었다. 그래서는 맛이 없는 것이었다. 대소가 가장 바라는 것은 예랑이 한참 싫다고 피하다가 마침내 못 견디는 체하고 제 품속으로 들어오는 것이었다. 호랑이도 사랑에만은 폭력을 아니 쓰고 부드러운 정으로 하는 것이 아니냐.

"예랑, 어서 말하오. 왜 말을 아니 하오? 두려울 것도 없소. 내 앞에서 무슨 말은 못 하리. 아모런 말이나 하시오. 아기 입으로 나오는 말이면 내 귀에 약 아니 되는 것이 없어. 자 어서 말하오."

대소는 예랑의 고요한 옆모습을 보는 동안에 일시 분했던 것도 다 풀리고 또 몸에는 따스한 기운이 돌았다. 진실로 예랑이 무슨 말을 하더라도 성내지 아니할 것 같았다.

예랑의 고부슴한 고개가 사르르 돌렸다. 귓불에 달린 옥고리가 가볍게 흔들렸다. 마치 고요한 호수에 잔물결이 일고 밤에 잠자는 수풀에 나뭇잎이 움직이기 시작하는 것과 같았다.

예랑은 사르르 일어나 두 팔 높이 들어 읍하고 가만히 무릎 꿇으며 바닥에 이마 대어 엎드려서 말하였다.

"동궁마마께 아뢰오. 젛사오되 이 몸 높으신 뜻 못 받자오니 죽여주시오."

예랑은 말을 끝내고도 고개를 들지 아니하고 엎드려 있었다.

예랑의 말에 대소의 깊은 눈썹이 흠칫 움직이며 눈초리가 올라갔다.

꼭 다물린 입술이 부르르 떨렸다. 금시에 전신이 공중으로 솟아오를 듯 몸이 팽팽하더니 문득 다시 풀리며,

"애기, 무에라고? 지금 무에라고 했지?"

할 때에는 눈에 웃음까지 떴다. 그러나 그것은 달리는 구름 사이로 뻐끔뻐끔 보이는 햇발과도 같아서 금시에 스러졌다. 자리 잡지 못하는 마음의 허둥대는 그림자였다.

"젛사오나 동궁마마 높으신 뜻 못 받자오니 죽여주오."

예랑은 아까와 똑같은 소리를 뇌며 이마를 조아렸다.

"무엇이? 뜻을 못 받으니 죽여주오?"

"예, 높은 뜻을 못 받자오니……."

"뜻을 못 받아?"

대소의 눈은 뼈로 깎아 박은 것과 같았다.

"예, 못 받자오니……."

"무에라고? 내 뜻을 받는다고? 내 뜻을 못 받는다고? 이봐라."

하고 강월을 눈으로 부른다.

"지금 너의 아가씨가 무에라고 하셨느냐? 내 뜻을 받는다고 하였느냐, 못 받는다고 하였느냐? 너의 아가씨 말에 내 귀가 웅 하고 머리가 띵하여, 내가 무슨 소리를 들었는지 분명치 아니하니 어디 네가 좀 말해보아라. 너는 무에라고 들었느냐? 내 뜻을 받는다고 들었느냐, 못 받는다고 들었느냐?"

강월은 무엇을 미리 느꼈는지 예랑의 곁에 바싹 다가서서 굴복하여 아뢴다.

"하늘 아래 둘째로 높으신 동궁마마, 아뢰이라 하시니 똑바로 아뢰오. 소인네 아가씨는, 높으신 뜻을 못 받자오니 죽여주오, 하고 사뢴 줄로 아뢰오."

강월의 말은 싸늘하고도 침착하고도 힘이 있었다.

"이봐라, 분명 그러하냐?"

"예, 분명 그러하오."

"분명 내 뜻 못 받는다 하더냐?"

"예, 분명 동궁마마 뜻 못 받잡는다 한 줄로 아뢰오."

"그러면 내 귀가 헛들은 것이 아니었더냐. 그러면 고대로였더냐. 고 발락거리는 가슴에서 고 주홍을 문 어여쁜 입에서 내 뜻은 못 받는다는 말이 나오더란 말이냐. 에익! 태자의 몸으로 한 계집에게 하룻밤 잠자리를 구하다가 거절을 당해도 못 할 일이어든 혼인을 청하다가 그 뜻 못 받겠소, 하는 말을 듣고 내가 가만히 있을 듯싶으냐. 그 목숨을 그냥 살려둘 듯싶으냐?"

하고 칼을 쭉 빼어 들고 일어나는 대소는 비틀거렸다.

대소가 시퍼런 칼을 들고 예랑 쪽을 향하고 한 발을 내어딛는 것을 보고 강월은 벌떡 일어 예랑의 몸을 덮어 안으며,

"아가씨, 아가씨!"

하고 황망하게 불렀다. 그러나 예랑은 꼼짝 아니 하고 엎드려 있었다.

대소는 내디딘 발을 다시 뒤로 끌어 들이고 칼을 도로 집에 꽂으며,

"죽이기야 언젠들 못 하리. 우선 왜 못 받나, 무슨 까닭에 내 뜻을 못 받나, 이야기나 들어볼까."

하고 누그러진 모양을 짓고 빈정거리는 소리를 지으나 눈썹은 더욱 씰룩거리고 입과 눈은 더욱 초리를 길게 뽑아서 가슴이 터지려는 분함을 감출 수가 없었다.

"예랑아, 어디 말해보아라. 내 뜻을 못 받는 네 까닭을 말해보아라. 그 말이 다 끝날 때까지 네 목숨을 살려주마."

예랑은 고개를 들어서 대소를 바라보았다. 대소의 눈에 성난 불길이 있고, 예랑의 눈에는 슬픈 눈물이 빛났다.

"동궁마마, 젛사오되 이 몸은 벌써 달리 허한 사람이 있소. 한번 허한 몸이니, 동궁마마께 드릴 몸이 없소. 이래서 뜻을 못 받잡는다 함이오."

대소는 몸이 뒤로 젖혀지고 말문이 막히도록 놀랐다. 한참 지나서야 대소는,

"몸을 허하였다?"

하고 간신히 말을 아울렀다. 예랑이 대답 없는 것을 보고,

"몸을 허하였다? 흥, 예백의 딸이 예도 안 이루고 어떤 사내에게 몸을 허하였다? 그것이 옳은 일인가? 대관절 그놈이 어떤 놈이란 말이냐. 내가 오래 두고 노리던 예랑을 나보다 앞질러 버려준 그놈이 어떤 놈이란 말이냐. 그놈의 이름을 대어보아라. 필시 무지한 도적놈이거나 음탕한 오입장이일 것이다. 그런 놈은 살려두어 소용없으니 한칼로 버혀버릴 것이야. 아니, 아무런 놈이라도 예랑의 몸에 손을 댄 놈이 있다 하면, 그냥 두지 아니할 테다. 그놈이 어디로 달아났다면 땅끝까지라도 찾을 것이다. 만일 그놈이 죽었다면 무덤 속에 묻힌 송장을 파내어서 개밥을 만들 것이다. 예랑아, 어서 대어라. 그놈이 누구냐? 나보다 앞질러 네 살에 손을 댄 놈이 누구냐 말이다. 왜 빨리 말을 못 할까. 그놈이 어떤 흉악한 놈이란 말이냐."

하고 한 마디 또 한 마디 말을 하면 할수록 대소는 기가 올랐다. 낯은 주홍빛이 되고 목소리는 찢겼다. 앉았다 일었다, 호피 위로 자꾸 몸을 옮기고 비벼 그 털이 다 닳아지고 말 것 같았다. 대소의 가슴속에서는 질투의 불과 분노의 바람이 날쳤다.

예랑은 성화같은 대소의 재촉에 대답을 아니 하면 아니 되었다. 그러나 무에라고 어떻게 대답할까. 예랑은 이때에 제 목숨이 왔다 갔다 함을 느꼈다. 그러나 제가 죽고 사는 것보다도 예랑은 이 경우에 주몽과 및 친정 가문에 욕을 아니 돌릴 것을 생각하였다.

예랑은 생각하였다, 대소가 성이 나면 그 칼로 예랑을 죽일 것이라고. 지금에 예랑으로서는 거짓말로 대소를 달래는 것밖에 그것을 면할 길은 없었다. 몸을 허하였다는 것은 거짓이다, 대소를 따르겠다 하기만 하면

아무 일도 없을 것이었다. 그러나 그것은 예랑의 뜻이 아니었다. 비겁한 거짓말로 구구히 목숨을 구한다는 것은 예랑의 성미가 아니었다. 앞에 남은 것은 큰 임금의 어머니답게 죽는 것이었다. 그리운 주몽을 다시 대하지 못하고 죽는 것도 슬픈 일이거니와 배 속에 든 애기(큰 임금일 줄 믿었던)의 얼굴도 못 보고 마는 것이 원통하였다. 그것을 생각하면 예랑은 주몽의 어머니 유화가 금와왕을 따라서 주몽을 기른 것처럼 저도 일시 대소의 말을 들어서 배 속에 든 아기를 기를 생각도 아니 난 것은 아니었으나, 예랑의 매운 마음이 그것을 허하지 아니하였다. 죽고 사는 것은 모두 하나님의 뜻이라, 모든 구차한 생각을 다 버리고 옳다고 믿는 바를 따르자, 사랑하고 사모하는 주몽의 품에 안겼던 몸을 더럽히지 말고 그가 끼친 씨를 안은 채로 깨끗이 가자, 하고 결심할 때에 예랑의 마음은 편안하였다. 그래서 예랑은 고개를 들어 정색하고 이렇게 대소에게 말하였다.

"동궁마마, 이 몸은 벌써 남의 아내요. 비록 겉으로 이루지 못하였으나 천지신명이 용납하실 줄 믿소. 이 몸의 지아비는 목숨의 위험을 무릅쓰고 이 몸과의 언약을 지켰소. 이 몸의 지아비는 도적놈도 아니요, 흉악한 놈도 아니요, 잘나고 용맹 있고, 그리고도 한 여자와의 언약을 목숨을 내어놓고 지키는 사람이니, 필시 천하 백성의 우러름을 받을 사람인가 하오. 동궁마마께오서는 만백성의 아버지 되실 어른이시니, 연약한 한 아내의 뜻을 세워주시오. 이 몸은 죽어서 넋이 되어서라도 크신 은혜를 갚사오리다."

하고 예랑은 엎드려 머리를 조아린다.

"핑계가 아니라 정말이란 말이냐? 마음으로만 생각하는 것이 아니라, 정말 몸까지 주었단 말야?"

하고 대소가 소리를 질렀다.

"그러하오."

"그게 핑계가 아니고 정말이야? 정말 네가 그 사내하고 살을 마조 대었단 말이야? 동침을 하였단 말이야?"

"정말이오."

"거짓말이라고 하여라! 그런 일 없다고, 핑계로 한 말이라고 해!"

"거짓말을 아뢰일 수 없소. 이 배 속에 그 사람의 씨까지 들어서 자라고 있소. 천지신명이 다 아시는 일을 어떻게 높으신 어른을 속이오? 정말이오."

"아이까지 배었다?"

"예."

"빤빤스럽게 그런 소리를 해?"

"젋사오나 그러한 것은 그러하다고 아뢰오."

"그 사내라는 것이 설마 주몽은 아니겠지? 설마 주몽은 아니겠지?"

예랑은 잠잠하였다.

"설마 주몽은 아니겠지? 주몽은 아니라고 하여라!"

그래도 예랑은 잠잠하였다.

"왜 말이 없어? 주몽은 아니겠지?"

하는 대소의 얼굴은 해쓱하고 부르쥔 두 주먹은 떨렸다.

"그놈이, 그 사내가, 네 배 속에 들었다는 새끼의 아비가 주몽만 아니라면 용서하마. 예랑, 너도 살려주고 그 사내놈도 살려주마. 예랑아, 바로 말하여라, 그놈이 주몽은 아니지? 네 배 속에 든 것이 주몽이 놈의 새끼는 아니지? 설마 그럴라고? 설마 주몽일라고? 으흑! 왜 말을 아니

해? 주몽은 아니라고 왜 말을 아니 해? 거짓말로라도 주몽은 아니오, 하여라. 어떻게도 주몽이 놈은 나와 이렇게도 원수일까. 어떻게 하나님은 나를 내고 주몽을 함께 내었을까. 그것이 하나님의 심사라면, 나는 하나님과 원수가 되란다. 하나님과 싸우고 하나님을 죽이란다. 그러나 그렇지는 아니할 것이다. 그놈이 주몽은 아닐 것이다. 예랑아, 왜 말이 없어? 제발, 주몽은 아니오, 하려무나!"

대소의 얼굴은 막 찌그러지도록 비틀렸다.

예랑은 이 자리에서 주몽이 아니라고 할 수는 없었다. 대소의 앞에서, 천지신명의 앞에서 제 지아비는 주몽이요, 배 속에 있는 아기의 아비는 주몽이라고 크게 외치지 않는 것은 큰 죄라고 생각하였다. 그래서 예랑은 꿇었던 자세에서 일어나 대소를 정면으로 바라보며 여무진 소리로 선언하였다.

"이 몸의 지아비는 주몽 아기요, 이 몸의 배 속에 든 아기는 주몽 아기의 씨요. 해님, 달님, 별님이 증명하시오."

예랑의 소리가 쇳소리와 같이 방 안에 울릴 때에 천지도 함께 울리는 것 같았다. "훅!" 하고 맹수가 볼을 구르는 소리가 나더니, 칼을 빼어 든 대소가 예랑을 향하고 상에서 뛰어 내려왔다. 예랑은 그것을 못 본 듯이 그린 듯 서 있었다.

대소의 칼끝과 예랑의 가슴과의 거리가 한 자나 남았을 듯한 때에 강월이 그 사이로 뛰어들어 대소의 칼을 대신 받고,

"아악!"

하는 날카로운 소리를 내며 대소의 어깨에 두 팔을 걸고 매어달리니, 강월의 목에서 나는 붉은 피가 대소의 앞가슴을 적시고 방바닥에 흘렀다.

대소가 황망하게 뒤로 물러서니, 강월의 몸이 소리를 내며 바닥에 쓰러졌다. 이때에 문밖에 있던 예도가 문을 열고 쑥 들어와서 예랑과 대소의 사이를 막아섰다.

"동궁마마, 칼을 집에 꽂으시오."

하고 명령하는 어조로 힘 있게 말하였다.

대소는 피 묻은 칼을 땅에 떨어트리면서,

"예도, 내가 사람을 죽였다. 네 누이 예랑을 죽인다는 것이 애매한 딴 사람을 죽였다."

하고 무안한 듯, 겁이 난 듯, 두 팔을 늘이고 고개를 숙였다.

"용감한 사냥꾼이 범이나 곰을 잡듯이 동궁마마는 연약한 여자를 죽였소."

하고 벌써 숨이 끊어진 강월의 몸을 굽어보았다.

망명(亡命)

"예도."

하고 대소는 무안한 낯으로 예도를 불렀다. 애매한 강월의 피를 본 대소의 마음에는 무엇인지 모르게 죄다, 하는 생각이 일어난 것이다. 그리고 위험 속에도 지극히 태연한 위엄을 잃지 않고 그린 듯이 서 있는 예랑의 태도에 놀라움을 느끼지 아니할 수 없었다.

"예."

예도는 비록 냉랭은 하나마 높은 자에 대하는 공경하는 위의는 차렸다.

"어찌하면 좋소? 나는 그대의 누이가 주몽에게 몸을 허하고, 그뿐 아니라, 주몽의 씨까지 배었다는 말에 상기하였소. 주몽은 나와는 원수야. 내가 마음에 사랑하고 내 아내로 알았던 여자를 하필 내 원수 주몽에게 빼앗기다니, 이것은 진실로 참을 수 없는 일이 아니오? 그래서 그대의 누이를 죽여버린다는 것이었어. 더군다나 저 배 속에 든 아이가 계집이라면 몰라도, 만일 사내라면 필시 내 원수가 될 것이야. 내 원수면 이 나라의 원수가 아닌가. 나는 그 아이가 칼을 들고 내 앞에 선 것을 보는 것 같아. 예도, 어찌하면 좋소? 예도는 나와 누이와 어느 편을 더 위하려는가? 누이 편을 들어서 나를 원수로 삼으려는가? 내 편을 들어서 누이를 버리려는가? 예도, 어디 말해보오."

예도는 대소의 말에는 대답 아니 하고 예랑을 돌아보면서,

"누이야, 동궁마마 말씀대로냐? 네가 정말로 주몽 아기의 씨를 배었느냐?"

하고 물었다.

예랑은 눈을 내리깔며,

"예, 그러하오. 이 몸이 주몽 아기의 아내요, 이 배 속에 든 아기가 주몽 아기의 씨라는 것은 해님, 달님, 별님이 다 아시오."

하고 눈을 들어 예도를 바라본다.

"저 말 들었나, 예도?"

하고 대소는 방바닥에 떨어졌던 피 묻은 칼을 다시 들어 예랑을 치려한다.

"참으시오, 동궁마마."

하고 예도는 죽이려거든 나를 죽이시오, 하는 듯 대소의 칼 앞을 몸으로 막는다.

대소는 와락 성을 내어,

"예도야, 비켜라. 아니 비키면 너를 먼저 죽일 테다. 예도야, 저리 비켜, 너도 대대로 이 나라의 녹을 먹은 신하가 아니냐. '내 일보다 나랏일'이라는 조상의 가르침을 너도 네 아비게서 배왔을 것이 아니냐. 반역자

의 씨를 밴 음탕한 누이를 두둔해서 감히 네가 내게 거역하는 게냐? 이놈 그래도 안 비켜? 이 칼로 네 몸을 두 동강에 내고 네 집이 쑥밭이 될 줄을 모르고."

하고 예도를 피하여 예랑을 겨누다가, 예도가 날쌔게 몸으로 예랑을 가리는 것에 더욱 화를 내어, 높은 소리로,

"이봐라, 다들 들어오너라. 예도가 나를 해하려 드니 들어와 이놈을 찍어라."

하고 부르니, 문밖에 나가 있던 대소의 호위 장졸 사오 인이 칼을 빼어 들고 들어온다.

예도는 칼을 들고 덤벼드는 무리를 거들떠보지도 아니하고 여전히 판연하게 대소를 향하여,

"동궁마마, 잠깐만 참으시오. 소인은 손에 병장기를 들지 아니하였소. 예백의 아들 예도가 아무러한 일이 있기로 동궁마마를 해할 마음을 가질 리가 있소? 소인의 가문이 비록 미미하나마 대대로 충의로 업을 삼은 것은 위로는 상감마마께서와 아래로는 천하 백성이 다 알 것이요, 천지신명이 다 알 것이오. 동궁마마께서 이 자리에서 소인의 누이를 죽이시더라도 소인은 손가락 하나도 움직이지 아니하고 곱게 받겠소. 소인의 누이도 비록 미거하나마 동궁마마의 칼에 애매하게 죽을지언정 원망하는 말 한마디도 아니 하오리다. 이 몸이 천만번 죽더라도 예씨 가문의 충의의 이름을 더럽힐 생각은 털끝만치도 있지 아니하오."

하고 잠깐 말을 끊었다가,

"동궁마마, 소인의 누이를 죽여야 하겠다고 마마께서 생각하시거든 소인더러 네 누이를 죽여라 한마디만 분부하시면, 소인의 칼로 죽이오리

다. 동궁마마께서 연약하고 애매한 여자를 둘이나 죽였다는 말이 나면, 젛사오나 상감마마께옵서는 어떻게 생각하오시며, 어리석은 백성들은 무에라고 생각하오리까. 그것을 생각하여보시오."

하고 말을 맺는다.

이 말에 대소는 칼 들었던 팔이 내리고 고개가 숙는다. 인자하기로 이름난 금와왕은 반드시 대소의 일을 가만두지 아니할 것이다. 대소 외에도 왕자가 여럿이 있으니, 대소가 왕의 눈 밖에 나면 태자의 자리도 대소에서 떠날 수도 있는 것이다. 대소의 손에 병마의 대권이 있거나 또는 나라 백성들이 대소의 덕을 사모한다 하면 금와왕과 대항할 수도 있겠지마는, 대소에게는 이 두 가지가 다 없었다. 왕이 과히 늙거나 병이 나기 전에는 병마 대권이 대소의 손에 돌아오지 아니할 것이요, 또 무구와 같은 악한 자를 좋아하여 주색을 탐하고 포학을 일삼기 시작한 대소에게 민심이 모일 까닭도 없었다. 게다가 주몽 아기에 비겨서 백성들은 대소를 못마땅하게 여기던 중 이번에 주몽 아기를 몰아낸 것으로 더욱 민심을 잃고 말았다. 대소는 결코 어리석은 사람이 아니요, 덕은 부족하나 지혜로는 도리어 영리한 사람이기 때문에, 이런 사정을 모르는 것은 아니었다. 그러던 차에 지금 예도의 참되고도 정성스러운 말을 듣고 보니, 아무리 대소의 교만으로도 수그러지지 아니할 수 없었다. 그러할뿐더러, 한편으로는 예도에 대한 두려움도 있었다. 칼 쓰기나 활쏘기로 주몽 다음에 간다는 예도가 만일 칼을 빼는 날이면, 대소로서는 그것을 당할 수 없는 줄도 잘 알기 때문이다.

주몽은 패기가 있어 왕자들과 겨룰 때에도 양보함이 없이 재주를 다 보이지마는 예도는 겸손의 훈계를 지켰기 때문에 세상에서는 예도의 재주는 깊이를 모른다고 생각하였다. 대소도 이것을 아는 것이다. 아무리 분김이라 하더라도 대소가 이 자리에서 마음 놓고 칼을 빼어서 예도 남매를 벤다고 뽐낸 데는, 예도의 충성이 결코 동궁과 대항하지 아니할 것을 알기 때문이었다.

"또 예도에게 지는구나."

하고 대소는 이를 갈았으나 예도의 말을 듣는 것이 제 이익이니 어찌할 수 없었다.

"황송하오."

하고 예도는 대소의 앞에 읍하고 무릎을 꿇으며,

"소인의 어리석은 말씀을 용납하시와 칼을 들이우시니 감격하오. 과연 장차 성군이 되실 어른이시오."

하고 머리를 조아리니 대소는 더욱 무료하여 깊이 고개를 숙이며,

"예도, 일어나오. 내 그대 아버지의 제자가 아닌가. 그대 나와 장난동무요, 글벗이 아닌가. 내 그대게 지나친 말을 하여서 무안하오. 일어나오."

하고 예도의 팔을 들어 일으켰다.

예도는 더욱 머리를 조아려 감격한 뜻을 표하고 일어나서 대소를 향하여 말한다.

"동궁마마, 소인의 원하는 것을 하나 더 들어주시오."

"무엇인가? 그대 누이의 목숨을 살려달란 말인가?"

"아니오. 소인의 누이가 마마 앞에 죄인이 되었으니, 죽이시나 살리시나 마마 처분이시라, 소인이 어떻게 살려줍소사 발괄하리까?"

"그러면 무슨 원이오? 말해보오."

"소인의 집 종 강월을 죽이신 것은 소인이 죽인 것으로 하옵고."

예도는 잠깐 말을 끊었으나 대소는 한번 한숨을 쉴 뿐 말이 없이 예도의 다음 말을 기다린다.

"동궁마마 뜻을 거스리고 주몽 아기의 씨를 밴 불충한 누이는 소인의 손으로 처치하여서 동궁마마 근심을 덜게 하겠사오니, 그것을 허하여주시오."

하는 예도의 말에, 대소는 너무 의외여서 놀라는 동시에 하도 예도의 충성과 지혜를 기특히 생각하였다. 진실로 이 자리에서 예도가 애랑의 목숨을 살려달라 할 것을 가장 겁내었던 것이다. 그래라 할 사정은 못 되고, 그렇다고 이 경우에 그 청을 거절하기는 지극히 어려웠다. 천하가 무에라 하여도, 하늘이 무에라 하여도, 애랑의 배 속에 든 주몽의 씨는 살려둘 수 없는 것이다. 그래서 대소는 이렇게 꾀를 꾸미고 있었다. 만일 예도가 애랑을 살려달라 청하면 어름어름 이 자리에서는 허락하는 모양을 보이고, 나중에 다른 꾀를 쓰자고. 그리하였던 것이 예도의 말대로 하면, 실로 게서 더 좋은 일은 없는 것이었다. 그래서 대소는 얼굴에 웃음을 가득 띠고,

"과연 충의 가문의 아들이오. 허락하고말고. 그렇게 하오. 그대 누이 처치도 예도 그대게 맡기오. 그렇게 하면 상감께서 그대 아버지 예백을 오래 믿듯이, 나는 예도를 믿을 것이오. 안 그러오, 예도? 그럼 나는 내 칼을 꽂소. 충신의 말 한마디가 천금 같아서 변할 리가 없어."

하고 호위하는 장졸을 돌아보며,

"자, 너희들도 다 칼을 거두어라. 너희들은 지금 예도의 말을 다 들었지?"

하고 대답을 구한다.

"예, 예도의 말을 다 들었소."

하고 호위 장졸들이 일제히 대답한다.

"강월은 내가 죽인 것이 아니라, 예도가 죽인 것이요, 예랑의 처치도 예도가 한다고, 다 그렇게 들었겠다?"

"예."

"인제 나는 가오, 예도."

대소는 가만히 고개를 숙이고 섰는 예랑을 한번 다시 보고 나간다.

대소를 보내고 예백은 부인과 함께 강월의 시체가 누워 있는 사랑으로 들어왔다.

예랑은 강월을 붙들고,

"강월아, 강월아."

하고 느껴 울고 있었다.

"어떻게 된 일이냐? 대체 이게 다 웬일이냐? 강월이를 누가 찌르고 무슨 일로 찔렀단 말이냐? 동궁마마가 장히 당황하시고 앞가슴에 피가 묻었길래 웬일이오, 하였더니, 아모것도 아니야, 사냥 갔다가 묻은 사슴의 피야, 하시더니, 대체 어찌 된 일이냐, 말해보아라. 예랑은 저렇게 강월의 시체를 붙들고 울고. 예도야, 네 말해보아라. 이게 모두 웬 곡절이란 말이냐?"

부인도 뒤이어서,

"원 세상에 이런 일도 있나? 다 저년이 도고하고 안차서 생긴 일인 게지. 어디 시원히 말이나 들어보자. 예랑아, 그렇게 울지만 말고 저 강월이 눈이나 감기고 무엇으로 얼굴을 좀 가리워주어라. 보기 숭하다."

하는 말에 예랑은,

"어머니, 아직 가만두게 하셔요. 아직도 강월이가 살아 있는 것 같은 걸요. 눈도 살빛도 고대로 있는걸요. 강월아, 한번 휘유 하고 숨을 내쉬어보려무나. 그러기만 했으면 살아날 텐데. 숨이 끊어지고 몸이 식는 것이 죽는 것인가. 네 코에 내 숨을 불어넣어서 너를 다시 살릴 수는 없나? 강월아, 너는 내 대신 죽었고나. 나를 아니 죽게 하랴고 네 몸으로 그 칼을 막았고나. 제 목이 찔리면서도 나를 막으랴고."

하고 아버지와 어머니 쪽을 바라보며,

"아버지, 어머니. 강월이가 예랑을 안 죽이랴고 제 몸으로 칼을 받았소. 목에 칼을 맞고도, 그러고도 칼이 이 몸에 못 오게 하노라고 뒤로 쓰러지지 아니하고 동궁마마께 매어달렸소. 제가 죽으면서도 나를 못 잊어서. 아버지, 어머니, 이렇게 제 대신 강월이가 죽었소. 이를 어찌하오?"

하고 강월의 가슴 위에 쓰러져 운다.

예랑의 말을 듣고 있던 예백은 무엇을 짐작하는 듯 고개를 끄덕끄덕하더니, 예도를 향하여 묻는다.

"저 애 말을 들으면, 동궁의 칼에 강월이가 죽은 모양이로고나."

"예, 그런 모양이오."

하고 예도는 제가 아는 대로의 사정을 예백에게 고한다.

"제 마음에도 무엇인지 모르게 마음이 안 놓여서 저 뒷문 밖에 몸을 감추고 어떻게 되는 것인가 동정을 보고 있었소. 동궁마마는 누이더러 혼인 허락을 재촉하고 누이는 다른 데 허락하였으니 동궁마마의 청을 못 들겠노라고 거절하는 모양이어서, 말이 잘은 안 들리나 대개 그런 뜻으로 말이 오고 가는 모양으로 동궁마마가 성을 내시는 소리도 들렸소. 그러더니 별안간 으악 하고 강월이가 소리를 지르기로 문을 열고 들어와 보니, 강월은 이렇게 쓰러지고 동궁마마는 피 묻은 칼을 들고 여기 이렇게 서 계시다가, 제가 들어오는 것을 보시고 내가 네 누이를 죽인다는 것이 잘못 강월을 죽였다 하셨소."

예도의 말에 예백은 깊은 한숨을 짓고, 부인은 놀람과 무서움으로 몸을 떤다.

"그래서?"

하고 예백은 예도에게 더 말할 것을 재촉한다.

"그래서 제가 누이더러 정말이냐고 물었소. 다른 사람에게 너의 마음과 몸을 허하였다는 말이 정말이냐고 누이더러 물었더니, 누이가 정말이라고 대답하였소."

"정말이라니? 몸을 허하다니? 아가, 그게 웬 말이냐. 그게 정말이냐?"

하고 예백이 소리를 높인다.

예랑은 강월의 시체의 옆에서 일어나 읍하며,

"예, 정말이오."

하고 떨리는 소리로 대답한다.

"그래, 그 사람이란 누구냐? 네가 몸을 허하였다는 그 사람이란 누구냐 말이다. 원, 저런 계집애가 있나? 그래 예백의 딸이 부모 모르게 다른 남자와 가까이한단 말이야? 백번 죽어 마땅한 일이다. 동궁마마의 칼에 안 죽었으면 이 아비의 칼에 죽어야 해. 그래 그 사내가 누구인지 바로 아뢰어라."

예백은 눈을 부릅뜨고 예랑을 노려보았다.

부인도 발을 구르며 내달아 머리채를 끌어 예랑을 땅에 쓰러트리며,

"이년아, 이 집안 망할 년아. 그래 동궁마마를 마다하고 어떤 놈을 따랐단 말이냐. 들어오는 복을 박차고 집안 망치려 드니, 이러라고 이 어미가 너를 낳아 길렀단 말이냐. 이년아, 그놈이 누구냐? 대라, 네년과 그놈을 한 매끼에 묶어놓고 내 손으로 때려죽일란다. 아이고, 하나님 맙소사. 어쩌다가 이런 년이 이 가문에 태어났단 말인가, 아이고 이년아!"

하고 저항 아니 하는 딸을 잡아 뜯고 쥐어박고 하는 것을 예도가 달려가 뜯어말린다.

"어머니, 진정하시오. 이것을 놓으시오. 누이가 홑몸이 아니오."

하여 겨우 부인을 붙들어 호피 자리에 옮겨 앉히고, 예도는 부모의 앞에 무릎 꿇고 아뢴다.

"누이의 잘못도 아니오. 누이가 몸을 허한 사람은 여느 사람이 아니라 주몽 아기시오. 주몽 아기를 누이와 알게 한 것은 이 자식이오. 천하에 인물을 고른다면야 누이의 배필로 주몽 아기를 두고 또 어디 있사오리까? 주몽 아기가 나라에서 쫓겨나지만 않았던들 예를 일러서 혼인도 하였으련마는, 갑자기 쫓겨 도망하는 몸이 되니 예를 이룰 사이가 없고, 또 누구보고 말할 수도 없어 그리된 모양이오."

이렇게 예도는 예랑을 위하여 부모께 변명하니, 예백은 듣기만 하고 말이 없이 한숨만 쉬나 부인은 딸을 버린 것이 주몽이란 말에 더욱 노하여 펄펄 뛴다.

며칠 지나서 예백의 집에서 장례 둘이 나갔다. 세상에 말하기는 예랑이 급한 병으로 죽고, 그 몸종 강월은 예랑을 따라서 죽으려고 칼을 물고 자결한 것이라 하였다.

그래서 늦은 가을 낙엽 지는 수풀 속에 가지런히 새 무덤 둘이 생겼다.

강월의 어머니는 예랑의 유모였다. 예랑은 강월과 한 젖을 빨아 먹고 자랐다.

강월보다 두 살 위로 괴유(怪由)라는 오빠가 있었다. 괴유는 기운이 장사요, 몸이 날쌔서 예도의 장난 동무요, 자라서는 예도의 사냥 동무였다. 그는 칼 쓰기로나 활쏘기로나 뉘게 지지 않는 솜씨였으나, 그 아버지는 북명(北溟) 사람이어서 부여의 귀족들과 섞일 수가 없었다. 다만 예도만이 괴유를 알아주어서, 표면은 주종이라도 친구로 대우하였기 때문에 괴유는 예도를 위하여 목숨을 아니 아낄 의리를 느끼는 것이었다. 게다가 괴유의 위인이 극히 충직하고 의기가 있어서 예도는 그를 믿음이 컸다.

강월이 죽은 날 예도는 외따로 괴유를 불러서 단둘이 만났다.

"괴유, 내 부탁이 있으니 듣겠나?"

하는 것이 예도의 첫말이었다.

"말씀하시오. 괴유가 서방님 말씀을 안 들으면 이 모가지가 부러지겠소."

"내 누이를 맡아 숨겨주게."

"아가씨를 맡아 숨겨요?"

"그래, 강월이가 내 누이를 살리랴고 제 몸을 죽이지 않나? 나는 강월을 내 누이로 작정했네. 죽은 사람을 누이로 작정하기로 무슨 소용이 있겠나마는, 그것이 내 정성야. 그러니 자네도 내 누이를 누이로 작정해주게. 그리고 그것을 다리고 멀리로 피해주게. 그러랴나, 괴유? 내 청을 들어주겠나?"

"그것은 과람한 말씀이오. 천한 괴유가 어떻게 감히 상전댁 아가씨를 누이라고 부르겠소. 마음에 생각인들 하겠소?"

예도는 괴유에게 자기의 계획을 말하였다. 그것은 이 밤으로 괴유 모자가 예랑을 데리고 가섭벌을 떠나 멀리로 달아나고, 세상에는 예랑이 죽었다고 소문을 내어서 헛장사를 지내자는 것이다. 그리고 괴유는 예랑이 낳을 아기를 보호하여서 주몽과 다시 만나게 할 날을 기다리게 하자는 것이다.

괴유는 예도의 말을 듣고 이윽히 생각하더니, 생각 깊은 낯빛으로,

"알아들었소. 그리하오리다. 아가씨를 소인의 누이로 삼아서 반드시 어느 뉘가 터럭 끝 하나 못 건드리도록 지키오리다. 하늘 두고 맹세하고, 해, 달 두어 맹세하오. 소인은 어리석은 생각에 몬저 강월의 원수를 갚으려 하였소."

하고 한번 이를 갈고 치를 떤다.

그날 밤 괴유는 그 어머니와 예랑을 데리고 배를 띄웠다. 참으로 우연하고 신기하게도 괴유가 가져온 배는 주몽이 예랑을 태우던 그 배요, 배를 맨 곳도 그때와 거의 같은 자리였다.

그러나 강월도 죽었으니 이제 그때 일을 알 사람은 예랑과 주몽뿐이었다. 그런데 주몽은 지금 어디 있는가. 죽었는가, 살았는가. 예랑은 과연 주몽과 살아서 다시 한번 만날 것인가. 만난다면 언제 어디서 만날 것인가.

늙은 부모님과 사랑하는 오빠 예도와도 만날 기약을 두지 못하고 집을 떠나는 예랑의 눈에서는 눈물이 비 오듯 흘렀다. 강월도 살아서 같이 가는 것이면 다소 위로가 될 것 같아서 더욱 슬펐다.

정도(征途)

엄체수를 건넌 주몽은 동으로 남으로 나아갔다. 동으로 가면 해 떠오르는 바다가 있고, 거기는 넓은 평지가 있어 사람 많이 사는 곳이 있다고 들은 까닭이었다. 강밖에 본 일이 없는 주몽은 바다를 무척 그리워하였다. 끝 간 데를 모르게 넓은 바다, 질펀하게 물결치는 푸른 바다, 이것은 평소에 보는 강굽이를 표준으로 생각하는 것이거니와, 주몽의 젊고 기운찬 마음에 바다라는 것은 가장 어울리는 큰 물건이었다. 게다가 바다에는 물고기가 나고 소금이 난다. 이 두 가지는 대륙 속에서는 극히 얻기 어려운 귀물이었다. 주몽은 이러한 바다를 보고 싶었다.

주몽이 또 한 가지 보고 싶고 가지고 싶은 것이 있었으니, 그것은 여름에는 시원하고 겨울에는 다사로운 나라였다. 동으로 남으로 가노라면 이러한 곳이 있다는 것은 조상 적부터 전해오는 말이요, 또 구하는 목표였다. 한 옛날 우리 조상은 얼마나 먼 북쪽에서 떠났는지 모르거니와, 추위에 쫓겨서 다사로운 데를 찾아서 동으로 흘러 내려온 것이었다. 그동안

몇백 대를 지나고 몇천 년이 흘렀는지 모른다. 이 뜻을 이어서 주몽은 동으로 바다 있고 기후 온화한 나라를 찾아가는 것이었다.

그때 요하(遼河) 이동 송화강(松花江) 이남에는 여러 작은 나라들이 있었다. 북에는 말갈(靺鞨)이 웅거하고, 황해와 발해에 면한 쪽에는 한족이 침략하고 있었다. 이 두 강적 사이에 옥저(沃沮), 예(濊), 맥(貊), 마한(馬韓), 진한(辰韓), 변한(弁韓) 등 백여 나라가 갈려 있었다. 이 여러 나라들은 본래는 부여를 뿌리로 하고 갈라진 단군의 족속이었으나 시대가 지남을 따라서 점점 서로 멀어져서 피차에 남의 집같이 되어 서로 싸우기까지 하게 되고, 그 종주국인 부여도 늙어서 국력이 쇠한 데다가 남북으로 갈린 뒤로는 더욱 위신이 떨어져서 마치 지나의 춘추전국시대의 주나라나 다름없이 되었다. 이 형세를 비겨 말하면, 어미닭 없는 병아리들이 독수리 앞에 있는 것과 같아서 당시 우리 민족의 운명은 심히 위태하였다.

알알이 흩어져서는 안 되겠다, 뭉쳐서 큰 힘을 이루어 살겠다, 하는 생각이 이때에 우리 민족 안에 나기 시작하였으니, 남에는 박혁거세(朴赫居世)를 주장으로 하는 신라(新羅)의 건설이요, 북에는 주몽이 중심이 된 고구려의 궐기였다.

나라를 쫓겨난 표표한 소년 망명가 주몽의 초초한 행색, 오이, 마리, 합보 세 사람을 데리고 산길로 말을 몰아가는 것이 큰 나라 고구려를 세우는 길이라고는 주몽 자신도 상상하지 못하였을 것이다. 그것을 미리 알았던 자가 누구인가. 아니다. 아무도 그것을 미리 알았던 자는 없다. 주몽의 생명이 그때그때 자라, 가지 뻗고 잎이 피어서 봉오리 지고 꽃이 핀 것이지, 누구의 예정도 아닌 것이다. 예정이랄 것이 있다면 그것은 민족의 요구와 거기 응하는 주몽의 마음이 있을 뿐이다.

엄체수를 건너서 얼마 아니 하여서부터 주몽은 말갈의 유적(流賊)과 싸우기 시작하였다. 유적이란 것은 열 명 스무 명 떼를 지어가지고 큰 부락으로 돌아다니며 노략질을 하는 것이다. 물이 밀어 들어오듯이 우르르 말을 타고 밀려 들어왔다가 할 일을 다 하고는 물이 빠져나가듯이 어디론지 가버린다 하여서 '흐르는 도적'이라 부르는 것이었다. 이 말갈의 유적들은 행인을 겁탈하고 동네에 들어와서는 재물을 빼앗고 불도 지르거니와, 가장 질색할 것은 젊은 부녀를 잡아가는 것이었다. 말갈이란 저 북쪽 추운 지방에 사는 백성이어서, 무지하나 기운이 있고, 말을 잘 타고 죽기를 겁내지 아니하였다.

주몽은 어떤 동네에 들어 자다가 말갈의 습격을 당한 일이 여러 번 있었고, 그럴 때마다 활과 칼과 계교로 그들을 쳐 물리치기도 하고, 더러 사로잡기도 하였다. 어떤 말갈은 주몽의 재주에 탄복하여 신하 되기를 청하고, 그러면 주몽은 목숨을 살려서 허락하였다. 꼭 죽을 줄 알았다가 용서를 받으면 그들은 더욱 감격하여서 주몽을 우러러보고, 주몽은 한번 용서하여서 부하를 만든 뒤에는 결코 의심하거나 차별하는 일이 없었다. 혹 항복한 말갈과 한자리에 자는 것을 위태하다고 말리는 사람이 있으면 주몽은,

"내가 저를 의심하면, 저도 나를 의심하지 않느냐. 제게 붙은 사람을 의심하는 것은 미안한 일이다."

하여 도무지 개의치 아니하였다.

주몽이 말갈과 싸워서 이겼다는 소문은 산을 넘어 강을 건너서 사방으로 퍼졌다. 말갈이라면 겁을 집어먹고 떨던 백성들은 주몽이 저희들의

지방에 오기를 바라고, 어떤 넉넉히 사는 큰 부락에서는 위해 사람을 보내어서 주몽을 청하기도 하였다.

말갈의 무리도 주몽의 해와 달을 그린 기를 보면 두려워하여서 주몽이 들어 묵는 동네나 골짜기는 호랑이가 새끼 친 골짜기 모양으로 도적이 얼씬을 못 하였다. 그러므로 어느 큰 부락이나 주몽을 환영하고 크게 대접하며 가장 좋은 집을 주몽의 숙소로 비워놓고 가장 좋은 옷과 음식으로 대접하여 제 딸을 바치고 예물을 드리는 자도 있었으나, 주몽은 일절 재물이나 여색에 손을 대지 아니하였다. 주몽이 어떤 동네를 도적의 손에서 건져주고 떠날 때에는 오직 사흘 먹을 양식만을 받을 뿐이었다.

이러하기 때문에 백성들은 주몽을 더욱 추앙하였다. 그래서 한 가지 재주를 가진 사람들이 주몽을 따라서 그 부하가 되려 하였다.

주몽이 차차 동으로 남으로 내려오매, 말갈의 유적은 줄었다. 그들의 근거지에서 멀어진 까닭이었다. 그러나 그 대신 한족의 도적이 많았다. 그들은 장사꾼 모양으로 배를 타고 강으로 거슬러 올라와서 큰 저자와 마을을 습격하여 재물과 젊은 여자를 약탈하고, 심하면 그 마을을 전부 제 것을 만들어 거기 들어 웅거하기까지 하는 것이었다. 주몽이 이러한 한족의 도적과 만난 것은 모둔골〔毛屯谷〕에서였다.

모둔골이란 것은 산악 지대를 나와서 보술이라는 강가에 벌어진 평지에 북으로 잔작한 산을 등진 큰 거리였다. 보술강은 아리내라는 큰 강의 북쪽으로 뻗는 지류로서 그리 큰 물은 아니나 평지를 흐르기 때문에 물이 깊고 잔잔하여서 배질하기가 좋고 또 고기도 많이 잡혔다.

모둔골은 파제(婆提)란 강이 흘러와서 보술강에 어우르는 곳에 있기 때문에 더욱 교통이 편하였고, 이 두 강이 산악 지대로 올라가기까지와 여기서 아리내의 큰 강에 들어가기까지에 상당히 넓은 벌판이 있고, 또 강가인지라 땅이 기름져서 농사가 잘되었다. 인근 산악 지대에서 나오는 물건과 멀리 바다와 큰 강에서 배로 올라오는 물건이 이곳에 모여서 흥정이 많이 되었다. 그러기 때문에 사람이 많이 모여들었다.

차차 동으로 동으로 흘러오는 한나라 사람의 침입은 근래에 모둔골에도 미쳤다. 한족의 침략하는 순서가 그러한 모양으로, 처음에 십수 명의 한인이 배에 물건을 싣고 장사한다고 칭하고 모둔골에 왔다. 그들의 물건이란 화려한 비단, 아름다운 무늬 있는 칠기, 옥으로 깎은 귀고리며 가락지, 도자기, 각색 향, 약품, 멀리 남방과 서역에서 오는 물건 등이요, 그들이 우리 사람들에게서 사 가는 것은 부여 활, 부여 검, 인삼, 꿀, 호피, 사슴의 뿔, 그리고 금은 같은 것이었다. 그중에도 특색 있는 것은 한인들이 우리네 여자들을 아름답다 하여 비싼 값을 주고 사는 것이었다. 이 지방은 졸본부여라는 나라의 지경이나 심히 국력이 쇠약하여서 법이 잘 행하지 아니하기 때문에, 우리 사람 중에 힘센 자가 남의 처녀를 막 빼앗고, 심지어는 세력을 가지고 백성을 다스리는 관리들이 핑계를 만들어서 백성의 딸들을 빼앗아 한나라 사람에게 파는 것이었다.

그런데 이 한나라 사람들은 평화로운 장사만 하는 것이 아니라, 재물 많은 데를 보면 군사를 끌고 와서 노략하고, 살기 좋은 땅을 보면 한 집 두 집 와서 끼어 살기 시작하다가 무슨 흔단이 생기면(흔단이 안 생기면 억지로 만들어서라도) 또한 배에다가 군사를 싣고 와서 그곳을 점령하여 저의 것을 만드는 것이었다. 이리하여서 낙랑, 임둔, 현도, 진번 같은 한나라 식민지가 우리 땅에 생긴 것이었다. 주몽은 말갈 침략권을 지나 이제 한족 침략권 안에 들어온 것이었다.

주몽이 모둔골 지경에 이른 것은 가섭벌을 떠나서 한겨울을 지난 이듬해 봄이었다. 그동안 말갈과 싸우기도 수십 차나 되고 말갈 아닌 같은 단군 자손으로도 세 부여의 국력이 쇠한 것을 기화로 군사를 모아가지고 양민을 해하는 무리와 싸우기도 수십 차였다. 그러나 백성들을 추호도 범치 않는 주몽은 줄곧 극히 가난한 사냥꾼의 생활을 하여왔다.

그러고 지난가을에는 산속에 움집을 짓고 도토리, 개암, 꿀 같은 것을 많이 모아 묻고, 칡뿌리, 마, 둥굴레 같은 것도 많이 캐어서 겨울날 양식을 삼고, 그러고는 사냥으로 노루, 사슴, 돼지, 꿩 같은 짐승들을 잡아서 수백 명 부하를 먹여 살렸다.

산에 눈이 녹으면 얼음 풀린 봄 강물이 붇고 뾰족뾰족 새로 돋는 갈순을 찾아서 기러기 떼가 강 언덕에 앉는다. 이때가 겨우내 산골 사람들이 지난 늦가을부터 잡아서 모은 호피, 곰의 가죽이며, 꿀, 금은, 인삼 같은 물건들이 모둔골로 모여든다.

또 이때면 한나라 장삿배들이 눈석임물을 타고 기러기를 따라서 아리내를 거슬러 비류물, 보술물 같은 내륙에 들어오는 강으로 찾아 오르는 것이다. 대개는 낙랑 배들이지마는 더 멀리 요동에서 오는 배도 있었고, 또 아리내 가에 새로 생긴 한나라 사람의 부락을 근거로 하고 오는 무리도 있었다. 이로부터 앞으로 몇백 년 한족이 이 땅에서 쫓겨날 때까지 우리와 한나라 사람과의 씨름이 벌어질 것이었다. 이 첫머리가, 모둔골에서 주몽과 낙랑 왕 최락(崔珞)과의 사이에 열리게 된 것이었다. 그 일은 이렇게 일어난 것이었다.

주몽은 삼백 명이나 되는 말 탄 군사를 거느리고 보술물을 따라 모둔골로 향하고 있었다. 주몽의 목적은 겨울을 난 군사에게 갈아입힐 옷을 구하는 것이었다. 지난겨울 동안에 사냥하여 잡은 범의 가죽, 곰의 가죽, 여우 가죽이며, 또 가섭벌에서 데리고 떠난 칼바치, 활바치가 만든 칼, 창, 활, 화살 등속을 상품으로 싣고 오니, 이것으로 군사들의 옷과 기타 필수품을 바꾸자는 것이었다.

모둔골에서 이틀 길쯤 떨어져서 보술물이라는 강이 마지막으로 산협으로 나오는 목이 있었다. 긴 산협을 추어 나오면 좌우가 깎아질린 절벽이 되어서 강가로는 통로가 없고 부득이 산으로 올라서 초목이 무성한 큰 고개를 넘어야 하는데, 그 고개 이름은 개고개였다. 길이 그리 험하지는 아니하나 가도 또 고개요 또 고개여서 피곤한 행객을 괴롭게 하였다. 겨우 고개 마루턱에 올라서서 사람과 말이 다 쉬며 짐에 가지고 오던 포를 씹어 요기를 하고 있을 때에 문득 앞으로부터 차림차림이 이상한 사람 셋이 나타나서 눈으로 주몽을 찾고 있었다. 그들은 곧 알아내서 나무뿌리에 걸터앉은 주몽 앞에 와서 무릎을 꿇고 엎드려 절하며 소리를 나직이 하여,

"하늘 아래 이름이 높으시고 덕이 두터우신 주몽 대장군마마, 저의 무리 세 사람 신하의 예로 아뢰오."

하는 말에 주몽은 황망히 일어나 읍하여 답례하고 몸소 세 사람을 하나씩 손을 잡아 일으키며,

"세 분 높으신 어른은 누구시완대 나 같은 이름 없는 소년에게 그처럼 정중하시니 도리어 송구하오."

하고 어른 대접으로 정중하게 물으니, 세 사람 중에 그중 나이 많고 삼베 옷 입은 사람이 나서서 읍하며,

"소인의 이름 재사(再思)요. 소인이 어려서 경망하다 하여서 무슨 일

이나 작은 일이나 큰 일이나 반드시 한 번 더 생각하라 하여 소인의 스승 우석 조의(于石皐衣)께서 재사라고 이름을 주셨소. 그때부터 지금까지 재사라 하옵거니와, 재사하온 덕으로 무슨 큰 공은 못 세웠사와도 경망한 실수는 아니 하였사오니 모두 스승의 은혜요."

하니, 주몽은 감동한 모양을 보이며 재사를 향하여 읍한다.

다음에는 노닥노닥한 누더기를 입은 사람이 주몽 앞에 읍하며 말한다.

"소인의 이름은 무골(武骨)이오. 소인은 어려서 몸과 마음이 다 약하야 무엇에나 남에게 지므로 우석 조의께서 이렇게 지어주셨소."

무골의 말을 듣고 주몽은 빙그레 웃으며 물었다.

"그래 무골이라는 이름을 지은 뒤로는 남에게 지지 않게 되었소?"

"소인은 무골이라고 이름 지은 후에 옳은 일에는 져본 일이 없고, 옳지 아니한 일에는 이겨본 일이 없으니 스승의 덕인가 하오. 그는 그러하거니와 스스로 저를 이기기가 어려우니 스스로 제게 지지 아니하는 공부를 하고 있소."

무골의 대답에 주몽의 웃던 얼굴은 엄숙한 낯빛으로 변하였다. 그리고 읍하여서 무골에게 절하였다. 무골은 키가 작고 약간 꼽추 같으나, 그 눈빛이 사람의 폐간을 뚫는 것 같았다.

끝으로 마름 덩굴로 짠 옷을 입은 사람이 주몽의 앞에 읍하며,

"소인의 이름은 묵거(黙居)라 하오. 소인은 어려서 말이 많고 말만 앞선다 하야, 스승 우석 조의께옵서 늘 잠자코 있거라, 하고 묵거라는 이름을 주셨소."

묵거의 말에도 주몽은 감동하여서 고개를 끄덕였다. 주몽은 예백을 떠난 뒤에는 이렇게 덕 있는 사람들을 처음 대하였다. 세 어진 사람을 만나

면 임금 될 운이 트인다던 점자의 말이 맞는 것인가 하였다.

그러나 주몽은 진중하고 겸손할 것을 잃지 아니하였다. 주몽의 마음은 왕이 되어서 권세를 잡고 호강을 하는 데 있지 아니하고 백성의 괴로움을 덜고 그들에게 즐거움을 주는 데 있었다. 주몽은 가섭벌 떠나서 천여 리를 오는 동안에 백성이 어떻게 괴로워하는 것을 잘 보았다. 혹은 짐승일래, 혹은 말갈일래, 혹은 힘 있는 악한 자들일래, 혹은 의식이 없어서, 혹은 질병으로, 혹은 도로가 미비하여, 이 모양으로 여러 가지 백성이 잘살지 못하는 원인을 보고 알았다. 이것을 볼 때에 주몽은 힘 있는 나라를 만들어 외적의 침입과 내란과 도적을 막고 백성들이 제집에 편안히 있어 저마다 제 일을 즐겁게 하게 하고 싶은 마음 무럭무럭 치밀어 올랐다.

그러나 주몽은 나라를 세우는 방법이라는 것을 몰랐다. 오이(烏伊)는,

"사람을 사랑하는 자가 왕이 되오."

하고, 마리(摩離)는,

"백성의 괴로움을 덜어주는 자가 왕이 되오."

하고, 합보(陜父)는,

"사욕 없이 저를 잊고 백성을 배부르게 하는 자가 왕이 되오."

하여서 농업과 목축과 공업을 일으켜야 할 것을 주장하였다.

주몽도 이들의 말이 다 이치가 있으나 이런 것만으로 나라가 세워질까 하고 의심이 없지 아니하였던 것이다. 그래서 주몽은 새로 만난 세 현인의 말로 일변 오랜 의심을 풀고 일변 제 운수를 점치려 하여, 세 사람 앞에 무릎을 꿇고 이렇게 물었다.

"내 보니 세 분은 어진 어른이시니, 어린 이 몸을 바로 가르쳐주시오. 지금 천하가 어즈러워 백성이 모두 괴로와하니, 어찌하면 이 어즈러움을

진정하고 괴로움을 편안하게 하겠소? 이 몸이 비록 재주와 덕이 없으나 옳은 것을 알면 힘껏 행할 마음은 가졌으니 바로 일러주시오."

하고 세 번 절하였다.

이렇게 정중하고 겸손하게 묻는 주몽의 말에 재사, 무골, 묵거 세 사람은 대답하는 대신에 일어나 팔을 벌리고 덩실덩실 춤을 추면서,

"좋다, 좋다! 얼씨구, 살아 있던 보람이 있고나. 찾아왔던 보람이 있고나. 만나자던 크신 어룬을 만났고나. 지화자 좋을시구. 주몽 아기 만만세라, 우리 임금 만만세라. 어화 좋다, 좋을시구, 만세 만세 만만세라."

하고 굿거리에 맞추어 노래를 부르니 그 소리 심히 맑고 힘차서 산이 울리고, 주몽을 따르던 사람들도 다 신이 나서 만세를 화하며 춤을 추었다.

봄 산의 숲속, 비낀 저녁 빛에 벌어진 한바탕 춤과 노래, 그것은 세상에도 드문 광경이었다. 이 자리에서 한 나라가 이루고 한 큰 임금이 나타난 것이었다. 그러나,

"쉬이."

하고 주몽은 손을 들어서 노래하고 춤추는 무리더러 그치라, 조용하라는 군호를 주니, 이 군호에 모두 잠잠하였다.

주몽은 칼을 빼어 한번 두르고,

"누구든지 다시 나를 임금이라 부르는 자는 용서 없이 버일 터이니 그리 알아라. 나는 임금이 아니라 백성을 괴롭게 하는 도적과 싸우는 사람이니, 임금도 장군도 아니요, 오직 주몽, 도적과 싸우는 사람이라 하여라."

하고 명령하였다.

주몽의 이 처분에 재사, 무골, 묵거 세 사람은 더욱 만족하는 빛을 보

였다. 주몽도 세 사람을 존경하고 그들을 만난 것은 하늘이 복을 주심이라 하여 속으로 기뻐하였다. 주몽은 왕 될 운이 가까운 줄을 짐작하였으나 아직도 두 가지 차지 못한 것이 있다고 생각하였다. 대개 왕이 되는 데는 네 가지 있어야 하는 것이 있으니, 하나는 왕의 짝이 될 어진 여자요, 둘은 백성이 왕으로 떠받들 만한 공업이요, 셋은 어진 세 사람이요, 넷은 뒤에 세 봉우리 산이 있고 앞에 큰 물이 흐르는 벌판의 서울 터다. 이 네 가지가 갖고서 비로소 왕업이 서는 것이다. 그런데 주몽이 생각하기에 이미 갖춘 것은 어진 예랑과 오늘 만난 어진 세 사람뿐이요, 아직 백성을 위하여 쌓은 공도 넉넉지 못하고 또 나라 터도 잡지 못한 것이다. 주몽은 새로 얻은 세 사람에게 그중 좋은 말을 주어 타게 하고 군사(軍師)로서 높이 대우하기로 오이, 마리, 합보에게 명하고, 또 길을 떠나서 밤 지낼 곳을 찾아서 행진하였다. 이로부터는 이곳 사정을 잘 아는 재사, 무골, 묵거가 앞길을 잡기로 하였다.

일행이 고개를 다 내려가서 평지 길을 잡아들 무렵에 멀리 모둔골 쪽으로서 석양에 먼지를 날리면서 말을 달려오는 사람 셋이 있었다. 그들은 참으로 나는 듯이 달려와서 주몽의 앞에서 말을 세우고,

"주몽 아기 아니시온지?"

물었다. 그들의 말은 땀에 젖고 그들의 얼굴에는 황망한 빛이 있었다.

마리가 말을 몰아 앞으로 나서서,

"너희는 어떠한 사람이냐?"

하고 세 사람의 길을 막았다.

세 사람은 말에서 뛰어내려 땅에 무릎을 꿇어 절하면서 아뢴다.

"저희는 모둔골 태수 을두지(乙豆智) 마마의 명을 받들어 주몽 아기마

마께 청병을 왔소."

"청병이라 하니 모둔골에 무슨 일이 생겼단 말이냐? 우리 장군마마께오서는 강한 자를 꺾고 약한 자를 도우시거니와 결코 불의한 자를 돕지 아니하시니 어디 청병하는 연유를 바로 아뢰어보아라. 태수가 학정을 하므로 백성이 반란을 일으켰단 말이냐?"

"그런 것이 아니오. 태수 을두지 마마 비록 젊으시오나 대대 명문으로 백성을 자식같이 사랑하시니 백성이 부모같이 사모하옵거든 어찌 반란을 일으킨 일이 있사오리까. 그런 일이 아니옵고 지금 한나라 군사 수백 명이 태수 아문을 에워싸고 태수와 가속을 다리고 나와 항복하라, 아니하면 모둔골을 도륙한다고 위협하고 있소."

"웬 소리냐. 모둔골 태수는 수백 명 군사를 막아낼 군사도 없단 말이냐?"

"모둔골에도 오백 명이나 군사가 있사오나, 대장 고미(古末)가 태수 마마께 원험을 품사옵고 낙랑 왕과 내통하야 거짓 한나라 군사를 막는다 하여 많은 군사를 밖으로 끌어내어서 모둔골 안에는 우리 군사가 없게 하여놓고 배 속에 숨겼던 한나라 군사를 어젯밤에 상륙시켜서 불의에 성을 에워싸니 태수는 적군 중에 갇혀서 속수무책이오. 듣사온즉 장군 고미가 낙랑 왕 최락에게 조시누〔召西奴〕 마마가 천하일색이란 말을 하야 낙랑 왕이 조시누 마마에 탐이 나서 이렇게 군사를 끌고 멀리 쳐 온 것이라 하오. 그러하옵길래로 낙랑 왕이 사자를 성중에 보내어 만일 태수 부인을 낙랑 진중으로 보내면 성을 둘러싼 군사를 풀겠다 하였소. 들으셔도 아시다시피 조시누 마마께오서는 우리 졸본나라 공주시오. 얼굴이 아름다우심보다도 마음이 더욱 고우시고 착하시와서, 만일 당신이 적군에 잡혀

가심으로 남편 되시는 태수도 무사하고 모둔골 백성도 도륙을 면한다면 가시겠노라고 눈물을 흘리시며 아마 마지막 작별을 아끼시는 것과 같이 두 아기를 안고 계신 양을 보고 떠났소. 주몽 아기마마께 저희 태수마마, 공주마마께서 사로이는 말씀이 이러하오. 우리 두 목숨은 죽어도 아깝지 아니하오나 모둔골 백성과 어린 두 아이를 장군마마께 맡기오. 원하옵건댄 무도한 한병을 쳐부수시고 또 역적 고미의 목을 버여 천하에 징계를 삼아주오. 이 말씀을 주몽 아기마마께 아로이랴고 가까스로 저희 무리 셋이 모둔골성을 벗어나 이리로 달려왔소. 모둔골 향하고 주몽 아기 행차가 옵신단 말만 듣잡고 어디서 뵈올지도 모르고 가는 길이옵더니 여기서 뵈오니 하늘이 지시하심인가 하오. 주몽 아기마마, 일월 대장군마마, 제발 저희 태수와 저희 골 백성을 살려주오."

하고 세 사람은 무수히 머리를 조아린다.

흥망(興亡)

세 사자의 말을 다 듣더니 주몽은,

"오냐, 알았다. 내 도우리라고 너희 태수께 돌아가 아뢰어라."
하였다.

주몽의 이 말을 듣고 세 사자 중에 하나는 길을 인도할 차로 주몽의 진 중에 남고, 둘은 다시 말을 달려서 모둔골로 돌아갔다.

주몽은 즉시 군중에 명하여 오늘 밤 행군을 할 터이니 군사와 말을 먹이고 또 내일도 쉬일 새 없이 싸울 수 있도록 준비를 하라고 명령한 뒤에 여섯 사람(오이, 마리, 합보와 새로 얻은 재사, 무골, 묵거)을 불러 군사 회의를 열었다.

여섯 사람이 모인 자리에 주몽은,

"모둔골 태수의 청은 들어야 하겠고 이 싸움은 꼭 싸와야 하겠소. 태수 을두지와 부인 조시누가 다 백성을 사랑하는 의인이라 하니 이들은 도와야 하고, 고미는 역적이요, 낙랑 왕 최락은 남의 나라 여색과 재물을 탐하는 불의이니 처야 하겠소. 태수 부처 생명이 경각에 달리고 모둔골 수만 명 백성이 어육이 될 위험이 있으니 이 밤으로 행동을 일으켜 하루 안에 목적을 달하도록 의논하오."

하여 전략 전술을 의논할 것을 명한 뒤에,

"아모쪼록 인명 살상 적도록, 태수 부처의 생명이 안전하도록, 낙랑 왕은 사로잡도록."

하는 세 가지 주의할 것을 일렀다.

의논이 벌어졌다. 모두 지혜 있는 여섯 사람이요, 큰 나라를 이룩하는 일꾼이 될 여섯 사람이었다. 주몽은 나이 젊으나 지혜는 여섯 사람보다 높았다. 그러면서도 그는 호랑이가 발톱을 감추듯 제 지혜를 감추어서 좀처럼 드러내지 아니하고, 대개는 부하의 의견과 공론을 좇았다. 비록 주몽 자신의 의견이라도 넌지시 오이, 마리, 합보 등의 의견을 만들어 가지고 다시 제가 채택하되 그러한 눈치를 보이지 아니하였다. 그렇게 함으로 주몽의 부하는 저마다 제 책임이 중한 것을 느끼고 저마다 주몽과 저와가 둘이 아니요 하나인 것을 느꼈다. 언제나 보면 주몽은 자기네에게 물어서 하는 것 같은데 지내놓고 돌아보면 주몽은 자기네를 이끌고 갔다고 생각될 때에 주몽의 부하는 더욱 주몽을 사모하고 그 앞에 무릎을 꿇지 아니할 수 없었다.

여섯 사람 군사 회의의 결론이 나왔다. 주몽은 몇 가지 수정과 몇 가지 주의를 더하고 그 계획을 채택하였다.

군사와 말이 든든하게 저녁을 먹고 밤참과 아침과 점심 먹을 것까지 싸서 말께 달고 나서 주몽은 군사를 셋에 노나서, 일대는 무골을 주어 멀리 앞서가서 음술물의 하류를 막아서 낙랑 왕의 함대의 물러갈 길을 끊게 하고, 일대는 재사와 묵거에게 맡겨 모둔골성의 한나라 군사를 대적하게 하고, 일대는 오이와 마리에게 맡겨 유격이 되게 하였다. 지금 아는 대로의 사정으로는 주전장이 어디가 될는지 알 수 없었다. 그러므로 모둔골성과 강을 막은 데와의 사이에 힘 있고도 날쌘 유격 부대의 필요가 있었던 것이다.

모둔골 태수의 마을(아문)은 성중 북쪽 산기슭에 있어서 망대에 오르면 시가를 건너 음술물을 굽어볼 수가 있었다.

태수라 하지마는 벌써 사오 대나 세습적으로 하는 것이기 때문에 제후와 같아서 마을이자 곧 태수의 집이요, 관속과 군사가 곧 태수의 신하였다. 지금 태수 을두지는 이름을 도마미(刀馬味)라 하여, 아직 스무 살을 얼마 넘지 아니한 소년이었다. 그는 키가 훨쩍 크고 얼굴이 동탕하여 어디 가도 번쩍 눈에 뜨이는 장부요, 또 마음이 인자하여 백성을 사랑하지마는 정치와 군사에는 흥미가 없고 노래와 춤 같은 향락을 즐겨하였다. 그리고 정치는 늙은 신하 현암(絃岩)에게 맡기고, 군사는 고미에게 맡겨 버렸다. 현암은 전대부터 오는 늙은 충신이었으나 인제는 무력하였고, 고미는 무예도 능하고 야심도 있는 인물이어서 을두지의 자리를 엿보는 자였다.

태수 을두지가 졸본 왕의 아름다운 공주를 아내로 삼은 것은 얼른 보면 복 같으나 다시 보면 화였다. 을두지가 만일 고미의 무예와 야심을 가졌다면 졸본의 왕이 될 수도 있었으니, 대개 졸본 왕은 이미 늙고 아들이 없었던 것이다. 그러나 을두지는 아름다운 아내와 날마다 밤마다 잘 먹고 마시고 놀기를 재미로 알 뿐이요, 왕이 되려는 야심도 없었다. 이러하기 때문에 야심가 고미는 을두지를 집어치워 아름다운 왕녀와 모둔골을 제 것을 만들고 나서 군사를 길러 졸본을 톨이칠 생각을 가지게 된 것이다.

이에 고미는 바깥 세력과 결합할 필요를 느꼈으니, 대개 여러 대 백성들의 인심을 산 끝이라, 제 힘만 가지고는 을두지를 집어치우기가 어려웠던 까닭이다.

해마다 얼음이 풀릴 때와 여름이 지나고 초가을이 될 때면 물건을 싣고 올라오는 한나라 배는 고미에게 제 야심을 달하는 기회를 주었다.

놀기를 좋아하는 태수 을두지는 또한 화려한 물건들을 샀다. 그래서 을두지 내외는 한나라 비단을 입고 한나라 술과 한나라 약과 한나라 향 같은 것을 썼다. 장사치들은 태수의 비위를 맞추느라고 여러 가지 신기한 물건을 선사하였고, 지난해에는 태수 부처를 배에 청하기까지 하였다. 이리하여서 태수의 아내 조시누가 천하일색이란 것이 낙랑 왕 최락에게까지 알려진 것이었다.

이에 최락은 한번 조시누를 보기를 원하여서 장삿배를 가장한 병선을 끌고 태백에 얼음 녹는 봄물을 이용하여 모둔골에 온 것이었다.

최락이 을두지의 궁에서 조시누를 한번 보매 혼이 몸에 붙지 아니하였다. 낙랑 왕의 자리와 조시누와 바꾸자면 두말없이 바꿀 것이었다. 그는 아무리 하여서라도 조시누를 제 것을 만들 것을 결심하였다.

최락은 옥과 비단과 한나라 계집 하나를 고미에게 선물하고 서로 돕는 약속을 할 것을 청하여 고미의 허락을 얻었다. 한나라 계집으로 첩을 삼는 것은 그때에는 큰 호강으로 아는 일이었는데, 최락이 고미에게 선물한 계집은 그 여러 첩 중에 하나로서 그 아름다움이 매우 고미의 마음을 끌었다. 최락의 뜻이 조시누에 있다는 것은 불쾌한 일이었으나 최락의 도움을 아니 받고는 제 목적을 달할 수 없는 줄을 아는 고미는 참고 쓸개를 삼켰다. 이리하여서 고미와 최락과 배가 맞아가지고 고미는 제 군사를 일부러 성외로 분산시키고 한병이 태수의 마을을 에워싸기를 허한 것이었다.

태수는 저녁을 먹고 나서 사랑하는 아내 조시누와 어린 두 아들의 재롱을 보고 즐기고 있었다. 그는 술을 좀 먹으나 취할 정도는 아니었다. 방에는 한나라 걸상과 와상을 놓고 한나라 기명에 한나라 과자와 과일들이 담겨 있었다.

어린애는 다섯 살 되는 계집애를 머리로 세 살, 한 살 되는 두 아들 합하여 셋이 있었고, 세 유모도 다 젊고 아름다운 사람들이어서 방 안은 모두 아름답고 평화로웠다. 은으로 만든 촛대에 굵은 촛불이 토하는 불빛이 이 행복된 사람들의 웃는 얼굴을 비추는 동안에 봄밤은 흐르고 있었다.

이때에 문득 계하에서,

"사또 안전에 아뢰오."

하고 외치는 급한 소리가 들렸다. 그 급한 소리도 이때 이 방 안에 들어와서는 화평한 음악 소리로 아니 변할 수가 없었다.

첫 소리에도 대답이 없고, 둘째 소리도 들은 체 만 체하다가, 셋째 소리에야 을두지가 와상에서 고개를 들며,

"그 누구냐? 무슨 일이 있거든 밝는 날에 들라 하여라."

하고 귀찮은 듯이 분부하였다.

"사또 안전, 큰일 났소. 지금 한나라 군사가 마을을 둘러쌌는데 창검이 별 겯듯 하였소. 그리고 한나라 장수 하나가 나타나서 이 글발을 사또 안전께 올리고 곧 답장 받아 오라고 성화같이 재촉하고 있소."

이렇게 아뢰는 것은 마을에 번을 든 호위대의 장수였다.

태수 을두지는 벌떡 와상에서 일어나서 창을 열어젖히며,

"이봐라, 네가 정신이 있느냐. 이곳이 모둔골이 분명하거든 한나라 군사가 웬일이란 말이냐. 귀신이 아니어든 한나라 군사가 소리 없이 어찌오며, 한나라 군사가 왔기로서니 모둔골 천 명 군사는 다 어디 가고 이 밤중에 한나라 군사가 여기를 온단 말이냐. 이봐라, 어디 이 불빛에 네 얼굴을 보여라. 네가 귀신이냐, 사람이냐. 사람이면 정신이 있느냐 없느냐. 좀 보자. 이리 나와!"

하는 호령에 중년 장수 하나가 칼을 떼어서 받들고 창 앞으로 나선다.

"젓사오되 소인은 귀신도 아니옵고 정신없는 놈도 아니옵고 정신 말짱한 호위장 무돌이오."

태수는 촛불에 비추인 무돌의 얼굴을 물끄러미 들여다보았다. 그것은 그가 어려서부터 늘 보던 얼굴이었다. '아랫것들'을 눈 익혀 보지 않는 귀족의 버릇으로 그런 작은 벼슬아치의 낯이나 이름을 기억할 필요는 없었으나 그래도 하도 오래 보는 동안에 알기는 알았다.

"그래, 네가 무돌이? 호위장?"

하고 을두지는 정신 나간 사람 모양으로 물었다.

"예, 그러하오. 선대감 적부터 호위장으로 모시던 무돌이오."

하고 무돌은 황송한 중에도 태수야말로 정신이 있나 없나 하고 알아보자는 숙은 고개로 눈을 치떠서 을두지를 우러러본다. 그 눈은 고생을 많이 겪은 눈이요, 슬픔을 머금은 눈이었다. 태수가 얼빠진 듯이 급한 처지에 아무 기운도 보이지 못하는 것을 보고 낙심이 된 것이었다.

"한나라 군사가 들어왔어? 그놈들이 무엇 하러 왔다는 거야? 일이 있

거든 내일 오라고 일러라, 나는 잔다고."

이렇게 말하고 을두지가 문을 닫으려는 것을 무돌은 받들고 있던 제 칼을 허리에 꽂고 무릎을 끌며 한 손으로 문을 붙들고,

"사또 안전! 가라고 하셔서 갈 나라 아닐 것 같소. 이, 이 글발을 보시고 회답이 없으면 마을을 들이친다 하오. 이 글발을 보오."

하면서 한 손으로 붉은 글자로 쓰인 큰 봉투를 품에서 꺼내어서 태수에게 받들어 올린다.

태수는 그 서간은 받으려 아니 하고,

"현암은 없느냐. 이런 것은 현암 차지가 아니냐."

하고 화를 낸다.

"현암이 나가고 없소."

"그러면 고미를 불러라. 고미도 없느냐."

"고미도 번 들지 않았소. 고미가 있다 하여도 못 믿으실 고미요."

"그건 웬 소리냐? 고미가 어떻게 되었단 말이냐?"

"젏사오되 고미가 제대로 있으면 이런 일이 일어날 리가 있겠소? 고미는 이제는 낙랑 왕의 신하라 하오. 하녀 하나 보물 많이 선물받고 낙랑 왕의 사람이 되어서 사또를 배반한다 하오."

"누가 그런 소리를 해? 그런 소리 하는 놈은 혀를 잘를 테다. 왜 모두들 고미를 모함하느냐. 내가 고미밖에 누구를 믿는단 말이냐. 고미는 재조가 있고 용기가 있고 충성이 있고……."

하다가 무돌을 노려보며,

"이놈 너는 현암의 심복이냐? 그 구찮은 수다쟁이, 그 못난 늙은이 말을 듣고 고미를 모함하는구나. 이놈, 다시는 그런 말 내 앞에서는 말렷

다. 알아들었느냐? 알아들었거든 나가거라. 나가서 고미 들라 하여라."

"소인이 사또 분부를 알아듣고, 고미가 들고 아니 드는 것이 문제가 아니오. 어서 이 편지를 보시고 답장을 나리시오. 저 보시오, 저렇게 요란하게 문을 두드리고 고함을 치오. 저 보시오, 화광이 나고 아낙네 울음소리 나는 것 보니 한나라 군사가 재물, 여자를 약탈하고 불 놓기를 시작했나 보오."

눈을 드니 과연 화광이 하늘에 오르는 것이 보이고, 귀를 기울이니 참말 부녀들의 우짖는 소리가 들렸다. 태수는 그제서야 놀라는 빛을 띤 눈으로 조시누와 아이들을 돌아보았다. 조시누는 와락 팔을 내밀어 놀고 있는 두 아들을 끌어안고, 다섯 살 된 계집애는 소리를 질러 울며 조시누의 등에 돌아가 업혔다. 촛불이 새로운 바람을 맞아서 탁탁 튀며 춤을 추었다.

"다들 들어가 자!"

태수는 가속을 보고 이렇게 말하였으나 아무도 자리에서 일어나려 하지 아니하였다. 하회를 보고자 함이었다.

태수는 점점 사태가 급박함을 인식하면서 한나라 편지를 뜯었다. 그는 일찍 무엇에 겁을 내거나 놀란 경험이 없었다. 세력 있는 늙은 태수의 만득 독자로 태어난 그는 겨우 걸음발 탈 때부터 벌써 누구에게 놀려본 일도 없고 하고 싶은 일을 막혀본 일도 없었다. 더구나 천하가 다 부러워하는 임금의 딸까지도 가지게 되니 세상은 다 자기를 위하여 있는 것같이 생각하고 있었다. 늙은이나 젊은이나 사람으로서 그의 말을 거스를 자는 없었던 것이다. 한나라가 큰 것과 낙랑의 세력이 나날이 늘어가는 것도 모르는 바는 아니나 그것도 자기를 누를 것으로는 알지 아니하였다. 그는 세상에 나서 이십여 년 거칠 데 없는 생활을 하여왔고 언제까지 세상은 이럴 것으로 생각하였던 것이다. 그러기 때문에 누구를 두려워하거나 의심하거나 미워하여본 일도 없었다. 다 제 밑에 있으니 누구를 두려워하며, 다 제 말을 들으니 누구를 미워하며, 다 제게 충성한 모양을 보이니 누구를 의심하랴. 비록 우물 밑에 개구릴 성싶어도 그는 세상에 비길 데 없이 팔자 좋은 사람이었던 것이다. 그러므로 지금 손에 든 낙랑 왕의 편지도 심상치는 아니하나 대수롭지는 않게 생각하는 것이었다.

을두지는 편지를 읽었다. 그것은 간단한 문구였다.

네 어젯밤의 네 죄를 알지라. 항복하면 네 목숨을 살리려니와 그렇지 아니하면 네 성을 불사르고 네 백성을 잡아가리라. 곧 대답하라.

하는 것이었다. 그 얼마나 오만무례한 말인고! 을두지는 낙랑 왕의 편지를 불끈 꾸겨 쥐고 부르르 몸을 떨었다. 그에게는 아직도 용감하던 조상의 피가 어느 구석에 살아 있던 것이다. "흑!" 하고 이를 악물고 숨을 소리 높이 내어쉬었다. 아내 공주도 새삼스럽게 놀라고 어린애들까지도 눈이 둥글하여서 평생에 보지 못하던 아버지의 무서운 상모를 물끄러미 바라보고 울먹울먹하였다.

그는 낙랑 왕의 편지를 또 한 번 읽었다. 어젯밤 일이 생각났다. 그것은 낙랑 왕의 사관에 청함을 받아 갔을 때에 술을 권하는 한녀의 손을 잡은 것과 그가 취하여 쓰러졌을 때에 옆에서 구원하는 그 한녀를 끌어당기었다는 것이다. 그러나 그 전날 밤 태수의 집에 청함받았을 때에 낙랑 왕도 버릇없이 공주의 손을 잡지 아니하였는가.

아무리 스스로 변호하여보아도 어젯밤 일을 생각하면 태수의 마음이 편안하지 아니하였다. 그 한녀라는 것이 아름답기도 하고, 왕비라고는 하나 행지 거동이 왕비는 아닌 것 같았다. 첩인가 하였다. 아무리 취중이라 하더라도, 또 한녀가 첩이라 하더라도 어젯밤 일은 발명할 길이 없는 허물은 허물이었다. 하고 태수는 풀이 죽지 아니할 수 없었다. 그러나 '그만 일로?' 하고 그는 억지로 되살아보았다.

다음에 그는 어젯밤의 허물 대신에 요구되는 항복의 뜻을 생각하여보았다. 항복을 한다는 것은 "청위신 처위첩(請爲臣 妻爲妾)"이다. 자기는 낙랑 왕의 신하가 되고 아내는 그 첩이 되는 것이다. 만일 항복을 한다면 태수는 머리를 풀고 제 몸을 결박을 짓고 백성들이 보는 앞에 땅바닥에 엎드려 머리를 조아리면서,

"죽여줍소사."

하고 빌어야 할 것이다. 그리고 사랑하는 아내가 자기의 눈앞에서 낙랑 왕의 품에 안기는 양을 보아야 할 것이다. 이런 일은 생각만 하여도 정신이 아뜩아뜩하였다.

"안 될 말이다, 안 될 말야! 차라리 내가 죽는다, 내가 죽어!"

태수는 미친 듯 이렇게 소리를 질렀다. 그리고 칼자루에 손을 대었다.

이것을 보고 공주가 놀라 일어나 태수의 칼을 빼려는 팔에 매어달리며,

"참으시오, 대감. 대체 무슨 일인지 알기나 합시다. 그 편지에는 무어라고 하였소?"

하고 태수의 손에 들린 편지를 빼앗으려 하나, 태수는 그것을 공주의 손에 아니 가도록 높이 쳐든다. 어젯밤의 죄라는 것도 알리고 싶지 않고,

항복이라는 말도 듣리고 싶지 아니한 것이었다. 어차피 이따가는 알더라도 그 아는 동안을 조금이라도 늘리고 싶은 것이었다.

아내와 어린 세 아이! 그들이 한없이 불쌍하였다. 태수가 죽으면 아내는 낙랑 왕의 첩이 되고 아이들은 살육을 당하거나 살아나더라도 종이 될 것이었다. 아무리 하여서라도 한병은 물려야 할 것이었다. 모둔골 군사를 다 쓰기만 한다면야 요만한 한병쯤은 문제도 안 될 것이건마는 고미는 어찌 되었길래 한병이 마을을 싸도록 모르는 체할까. 고미도 낙랑 왕의 편이 되었나? 이렇게 태수는 평생에 처음으로 부하를 의심하여보았다.

"여보아라, 네 이름이 무에라 하였지? 이름은 무에면 대수냐. 대관절 이 일을 어찌하면 좋단 말이냐. 고미는 대체 어디 갔단 말이냐. 네 고미더러 곧 들라고 일러라."

태수의 말은 귀뚱개뚱한다.

"황송하오."

"무엇이 황송하단 말이냐. 어서 고미를 불러. 우리 군사들은 다 어찌 되었단 말이냐. 고미는 한병과 싸우다가 군사들과 함께 죽었단 말이냐?"

"황송하오. 고미는 믿지 마오. 고미는 벌써 태수마마를 배반하고 낙랑 왕에게 붙었다 하오."

"무엇이?"

하고 태수는 놀라더니 곧 코웃음 하고 고개를 끄덕인다.

"그래, 고미가 나를 배반하고 낙랑 왕에 붙었단 말이지? 이놈, 너는 아직 낙랑 왕에게 붙지 아니하였느냐?"

하고 태수는 무돌을 노려본다.

"사또, 크게 말씀 마시고 가만가만히 말씀하시오. 벌써 마을 안에 번 든 군사도 누가 누구인지 알 수 없소."

"마을 안에 번 드는 놈들도 다 한나라에 붙었단 말이지? 그래 너는 어 떠냐? 너도 낙랑 왕에게서 한녀 선물을 받고 거기 붙었느냐, 아직 안 붙 었느냐? 어디 똑바로 말을 해보아라. 천하에 한 놈쯤은 믿을 만한 놈이 있어도 좋지 아니하냐?"

"죽사오되 음술물이 마를 날은 있어도 소인의 맘이 변할 날은 없는 줄 로 아뢰오."

"참말 그러냐?"

"어찌 거짓말하오리까."

"그도 그렇겠다. 지금 내게 아첨해서 무엇을 먹겠다고 거짓말을 한단 말이냐. 기특하다. 네 이름이 무엇이지? 오냐, 무돌이. 이름이야 무엇이 든지 지금 내가 그것을 알아 무엇 하겠느냐. 응, 무돌이. 네 이름이 무돌 이지. 기특하다. 너를 좀 더 일즉 알았다면 너를 호위대장을 시키는 걸 그랬다. 지금 아니 쓸데 있느냐. 저놈들 왜 저리 아우성을 하는고. 저렇 게 까닭이 없이, 옳지 어젯밤 허물이랐것다. 허, 이놈들 나를 술을 먹여 취케 해놓고 저희 놈들이 모두 꾸며놓고 더러운 소리를 내게 뒤집어씌운 단 말이지? 그래 그놈들 할 대로 하래라. 그렇지만 태수 을두지는 열 번 죽어도 한나라 놈의 앞에 항복은 아니 한다고 일러라. 옳다, 무돌아, 네 이름이 무돌이랬지, 네 나가서 한나라 도적놈들에게 그렇게 일러라. 졸 본나라 모둔골 태수 을두지는 조상 적부터 항복이란 것을 배운 일이 없다 고. 배운 건 칼 쓰기뿐이니 내일 날이 밝거든 나와 칼로 겨루자고. 낙랑 왕 최락이란 자가 몸소 나와, 나와 겨루어 승부를 결하자고. 만일 그것이 두렵거든, 모가지가 아깝거든 목을 늘이고 내 말 앞에 항복하라고. 이것이 태수 을두지의 회답이라고 일러라. 무돌아, 그렇게 일러!"

"안 되오, 사또. 그것은 안 될 말씀이오. 아무리 마마께서 칼을 잘 쓰시고 영웅이시라도 혼자서 한나라 군사와 싸우신다는 것은 안 될 말씀이오. 사또, 그것은 안 될 말씀이오."

"내가 칼을 잘 써? 내가 영웅야? 이놈, 나를 비웃는 게냐? 나는 칼로 토끼 한 마리 찍어본 일 없다. 내가 제일 싫어하는 것이 칼이다. 가만두어도 며칠 못 살 것을 왜 일부러 칼로 찔러 죽인단 말인가. 나는 죽이는 것은 싫다."

"그러면 어떻게 낙랑 왕과 싸우신단 말씀이오?"

"필경 내가 죽는 게지. 내가 죽으면 다들 속이 시원할 것 아니냐. 내 처자와 함께 다 죽는 게야. 안 그러냐?"

태수의 얼굴은 비창하게 되고 그 처자를 돌아보는 눈에는 눈물이 빛난다.

"태수마마, 그리하시면 이 백성들은 다 어찌하오? 이 나라는 어찌하오?"

하고 무돌은 두 주먹으로 눈물을 씻는다.

"그러면 어찌하느냐? 낸들 죽고 싶어 죽으며, 저 어린것들인들 죽이고 싶어 죽이겠느냐마는, 살아 있자니 욕이로구나. 아모러기로 을두지가 적장의 앞에 항복을 하겠느냐. 항복은 아니 한다. 그러니 잔말 말고 어서 한나라 사자에게 이렇게 일러라. 내일 해 뜨거든 낙랑 왕 최락더러 나와서 백성들 다 모인 자리에서 승부를 겨루자고."

이렇게 말하는 을두지의 얼굴에는 결단성 있는 장수와 같은 모습이 나타났다. 조상 적 용감한 기질의 자취가 남았다가 번쩍 빛이 나는 것이었다.

"아니 되오. 사또, 그래서는 아니 되오."

하고 무돌은 이제는 다만 말을 전하는 한 사자가 아니요, 주인 태수를 감독하고 보호하는 선배와 같았다.

"그럼 어떡허란 말이냐, 무돌아? 네게 무슨 좋은 수가 있거든 일러다오. 그런데 이 늙은이는 어찌 안 들어온단 말이냐. 현암을 부를 수 없을까. 현암은 마음이 변하지는 아니하였을 것을. 그 늙은이 말을 들었더면 이런 일이 없었을 것을. 한나라 놈들을 가까이하지 말고, 고미에게 병권을 맡기지 말라고 그처럼 늙은 눈에 눈물을 흘려가며 간하던 것을. 또 어저께만 해도 낙랑 왕의 사관에 그렇게 가지 말라고 나를 붙들던 것을. 인제 그런 생각을 한들 무엇 하느냐. 모두 내 잘못이야. 어진 사람을 멀리하고 간사한 무리를 믿은 것이 내 잘못이야. 그러나 인제 내 후회도 늦었어. 인제는 현암의 말을 들어 그대로 좇고 싶건마는, 현암이 어디 있느냐. 저 보아, 저놈들의 아우성을. 저놈들이 북까지 두들기지 않느냐. 무돌아, 그래 무슨 꾀가 있느냐? 네 말을 들으마. 어디 말해보아라."

태수는 무돌을 물끄러미 바라본다.

"어리석은 소견이오나 이렇게 하면 어떠하올지?"

"그래, 어떻게?"

"주몽 아기 말씀을 들으셨소? 동부여에서 나왔다는 주몽 말씀요."

"응, 들었지. 저 주몽 아기라고도 하고 주몽 장군이라고도 하는 그 도적 떼 말이지?"

"아니오. 주몽 아기는 도적 떼가 아니라 도적 떼를 쳐서 백성의 환을 덜어주는 의인이오.”

“응, 도적 떼는 아니야? 의인야? 활이 용하다지?”

“예, 그러하오. 주몽 장군이 의인이오. 그리고 활이 백발백중이오. 그러고도 바위를 뚫고 쇠를 꿴다 하오. 강한 자를 누르고 약한 자를 돕고 백성들의 억울한 것을 반드시 들어준다 하오. 그러하되 백성의 것은 추호불범이라 하야 지금 천하에 주몽 아기의 일월기를 모르는 사람이 없다 하오.”

주몽의 명성은 자연 민간에 높았고, 왕이나 세력 있는 자들은 의심스럽고 무시무시한 도적의 떼로 꺼리고 있었던 것이다.

“그래, 그 주몽이란 의인이 지금 어디 있단 말이냐? 그 사람이 의인이라면 나를 도와서 최락과 고미를 쳐줄 법도 하다마는. 그래, 그 주몽 아기라는 큰 도적이 어디 있다디?”

주몽을 도적 두목으로 알던 입버릇이었다.

“지금 주몽 장군의 군사가 우리 모둔골을 향하고 온다 하오. 사흘 길밖에 왔다고도 하고 이틀 길 밖에 와 있다고도 하오.”

하는 무돌의 말에 태수는,

“우리 모둔골을 향하고?”

하고 놀란다.

“예, 그러하오나 모둔골을 치러 오는 것은 아니오. 주몽 아기는 도적의 떼가 웅거하는 소굴을 쳤지, 고을이나 여염을 엄습한 일은 한 번도 없다 하오.”

“주몽이란 사람이 그렇게 의인이냐? 그래 주몽이를 어떡헌단 말이냐?”

태수는 좀 안심하는 빛을 보인다.

"주몽 아기께 사자를 보내어서 구원을 청하는 것이 어떠하올지?"

"옳아, 그게 좋다!"

하고 태수는 무릎을 친다.

"그 사람이 그렇게 의인이라면 반드시 우리를 도와줄 게다. 세상에는 승냥이를 쫓노라고 불러들인 호랑이 밥이 되는 일도 있지마는, 저 한나라 놈들만 쫓아버렸으면 뒤야 어찌 갔든지. 그럼 그 사람을 청해보아라. 체면에 내가 도적 두목에게 친히 편지를 보내어서 청할 수야 있느냐. 네가 네 의사대로 좋도록 말하려무나. 만일 그 도적 두목이, 주몽 아기가, 주몽 장군인가가 왜 내 청병하는 편지가 없느냐고 트집을 잡거든 내가 활에 맞았다거나 죽었다거나 좋도록 핑계를 하려무나."

이렇게 태수가 말하는 것을 듣고 공주는 섬뜨레하였다.

'왜 저 어른이 저렇게 방정맞은 말을 할까?'

하고 오싹 소름이 끼쳐서 안았던 애기를 유모에게 주면서,

"아니 무돌, 그렇게는 말을 마오. 사또께오서 활을 맞으셨다는 둥 돌아가셨다는 둥 그런 불길한 말은 마오. 사또께서 청병하신다는 말이 창피하거든, 내가, 공주가 청하더라고 하오. 그리고 신표로 예물로 이 가락지와 비녀를 주오. 주되, 이것을 만나는 길로 턱 내어놓지 말고 주몽 아기라는 도적 두목의 눈치를 보아서 얼른 응하거나 아조 아니 응할 눈치어든 이것을 내어놓을 것 없고, 만일 할까 말까 망설이는 눈치어든 그때에 이것을 주어보오."

하고 공주는 손에 꼈던 금가락지와 머리에 꽂았던 금비녀를 빼어 무돌에게 내어준다. 봉채를 빼니 공주의 구름 같은 머리가 가냘픈 허리에 수르르 풀려 내렸다.

무돌은 공주의 비녀와 가락지를 받아 주머니에 간직하고 일어나 절하며,

"갔다 오리다. 사또, 부디 소인이 청병하여 돌아올 때까지 진중하시오. 공주마마, 사또께 아무 일이 없도록 지혜를 쓰시오. 그러면 소인 무돌 하직이오."

하고 눈물이 솟는 눈을 들어 태수와 공주를 바라보았다.

"횡 나는 듯이 댕겨오렷다. 네 공은 태수 을두지 지하에서라도 아니 잊을 것이다. 네가 돌아올 때까지 내가 못 살더라도 부디 내 원수라도 갚고 공주마마와 이 아이들을 네가 잘 맡아다고."

하는 태수의 말끝에 공주도 일어나 무돌 가까이 와서 엎드린 무돌을 굽어보며,

"아무리 하여서라도 주몽 장군인가 한 사람을 불러가지고 오오. 나는 태수 모시고 꼼짝 아니 하고 여기서 청병 오기만 기다리겠소. 그럼 부디 잘 다녀오오. 충신 무돌을 하늘이 도우소서."

무돌은 비창한 중에도 황공하여서 이마를 땅에 굴린다.

무돌은 낙랑 왕에게 주는 대답을 더 태수에게 물으려 아니 하였다. 묻더라도 태수는 내일 해가 뜨면 승부를 결하자는 한마디를 반복할 것이었다. 그래서 무돌은 이렇게 태수에게 진언하였다.

"한나라 군사에게는 이렇게 대답하는 것이 어떠하올지? 내일 해 뜰 때라고 마시고 모레 해 뜰 때에 만나자고, 이렇게 대답하심이 어떠하올지. 모레 해 뜰 때가 멀다 하오면 내일 해 질 때까지에 대답하마고 하면 어떠하올지. 그렇게 대답을 써주시면 소인이 낙랑 왕께 가서 그럴듯하게 말을 꾸며대어 보오리다."

"그래, 옳아. 청병이 올 때까지는 늘여야 할 것이야. 그래, 그러자. 이렇게 중대한 일을 갑자기 결단할 수 없으니 모레 아츰으로 기약 삼자 하고 쓰라? 무돌이, 네 생각에 어떠냐?"

"그것이 좋을 줄 아뢰오. 아모쪼록 체면 상하지 아니할 만큼 저쪽의 마음을 느꾸는 것이 좋을 줄 아뢰오."

"그래, 참 옳은 말이다. 이쪽 체면 상하지 않을 만치, 그리고도 저놈의 마음을 느꾸도록. 참 지혜로운 말이다."

이렇게 말하고 태수는 손수 붓을 들어,

이러한 큰일을 갑자기 결정하기 어려우니 모레로 기약하고 몸소 탑
전에 나아가 대답하오리다. 자세한 말씀은 사자 무돌이 사뢰오리이다.

하고, '태수 을두지'라고 서명하고 인을 찍어 무돌에게 내어주었다.

무돌은 태수의 답장을 받아가지고 심복 부하들과 말을 타고 삼문 밖에 나아가,

"우리는 태수가 낙랑 왕께 보내는 답장을 가지고 가는 사자다."

하여, 마을을 에워싼 한나라 장수의 물금패(勿禁牌)를 얻어가지고 낙랑 왕의 사관으로 달려가서 문을 지키는 장수에게 태수의 편지를 전하였더니, 왕 최락이 보고 무돌을 부르라 하여 친히 만났다.

무돌이 낙랑 왕의 앞에 나아가니 옆에는 고미가 앉아 있었다. 무돌은 분이 치밀어 당장에 달려들어 치고 싶었으나 큰일을 위하여 참고, 낙랑 왕께 절한 뒤에 좋은 낯으로 고미에게 상관에 대한 예로 읍하였다.

낙랑 왕은 크게 성을 내는 모양으로,

"그래, 너희 태수가 오지 아니하고 어찌해 네가 왔어? 모레까지 기다리라는 것은 괘씸한 말이고, 또 편지 언사가 불공하거든."

하고 호령한다.

"대왕마마, 노여우심을 참으시옵고 소인의 말씀을 들으시오. 태수 사또께서는 대왕의 엄명을 받으시고 황망하여 몸을 떨으시고…….'

왕은 무돌의 말이 끝나기도 전에,

"그래, 너희 태수가 내 글발을 보고 황망하여 떨더냐?"

"예."

"하하하, 그렇겠지. 못난 놈이다, 너희 태수가. 그래 또 말을 해라."

"우리 태수께서는 황망하여서 떠시면서, 곧 달려와 대왕께 뵈옵고 사죄를 하신다 하시나 이렇게 밤이 깊고 또 태수께서 신양이 있으시와, 병든 몸으로 대왕께 와 보입기도 황송하옵고, 그래하와서 모레 아침에는 꼭 대왕께 나아와 죄를 사하신다 하오."

이 말에 왕은 다시 쇠며,

"요놈, 어느 안전이라고 거짓말을 해? 너희 태수의 편지 속에는 병이란 말은 없는데."

하고 발을 구른다.

왕이 발을 구르고 성내는 양을 보고 무돌은 더욱 공손히 허리를 굽히며,

"소인이 어찌 감히 거짓말을 아뢰오리까. 여기 계신 소인의 상관 고미 장군이 소인의 우직하온 줄을 증명하시리다."

하고 눈을 들어 고미를 보니 고미가 빙그레 웃으며,

"이놈은 우직한 놈이오. 못난 놈이오."

하고 왕의 앞에 증명한다.

고미가 증명하는 말을 듣고 나서 무돌은 말을 계속한다.

"우리 태수는 어젯밤 연회에서 촉상하시와 본래 병석에 누워 계시던 차에 대왕의 엄명을 받으시고 너무 황망하시와 긴 글을 못 쓰시옵고 소인 보고 자세한 말씀 대왕께 아뢰라 분부하셨소."

낙랑 왕은 무돌의 말이 그럴듯한 모양이어서 태수의 청을 들어줄 마음이 동하여서 고미에게 눈짓하는 것을 무돌은 고개를 숙인 채로 훔쳐보았으나 고미의 눈대답이 분명치 아니하였다.

왕은 고미가 동의 아니 함을 보고 설레설레 고개를 두세 번 천천히 흔들더니,

"태수가 병으로 못 오면 공주도 못 보낼까. 네 곧 돌아가서 냉큼 공주더러 대신 와서 항복하라고 일러라."

하고는 고개를 슬쩍 돌려 고미를 보고 씩 웃고 나서 다시 무돌을 보고 거만하게 빈정대는 낯으로,

"내행이 밤에 혼자 올 수 없다고 하거든 군을 보내어 묶어 온다 하여라. 호랑의 수염을 건드린 토끼라, 체면이 무슨 체면이냐. 너희 공주더러 냉큼 오라고 일러라. 밤이 깊어서 못 온다고 너희 공주가 말하거든 여기 푸근한 잠자리도 마련되어 있다고 일러. 내가 잡아 오랴면 금방이라도 잡아 오겠지마는 특별히 제 발로 걸어오기를 허한다고 일러라. 한 시간 안에 아니 오면 용서 없이 태수는 죽이고 공주는 잡아 온다고 일럿!"

하고 최후의 단안을 내렸다고 눈을 부릅뜨고 입을 한일자로 힘을 준다.

"대왕마마, 소인이 아뢰는 말씀에 거짓이 있으면 소인이 금시에 고미 장군의 칼에 죽겠소. 아뢰옵기 황송하오나 공주마마는 어제부터 보일 것이 보여서 자리에 누워 계시고, 기동을 못 하오. 공주마마를 뫼시는 소인

의 누이 나인에게 들었사오니 적실하오. 그러하오니 우리 태수의 글발대로 하룻밤만 느꾸시와 대왕의 너그러우신 인덕을 보이시옵소서."

하고 무돌은 엎드려 머리를 조아렸다.

최락도 탐재호색은 하나 본래가 포악한 사람은 아니었다. 고미의 꼬임이 아니었더면 이런 일까지는 아니 꾸몄을지도 모르는 것이다. 게다가 '인덕'이라는 말에 약간 마음도 흔들려서,

"그래라. 너희 태수의 원을 들어주니 다시 기약을 어기지 말라."

하고 낙랑 왕의 쾌락이 있을 때에 고미가,

"대왕마마."

하고 팔을 들어 막는 시늉을 하며,

"다시 생각하시오. 그렇게 기약을 느꾸었다가 그동안에 무슨 음모가 있으면 어찌하오. 인덕도 좋소마는 다 잡던 꿩을 놓치신가 저어하오. 태수는 숙맥이어니와 공주는 그렇지 아니하야 꾀가 있는 줄로 아오."

하고 말리는 것을 낙랑 왕은 껄껄 구레나룻을 쓸고 뚱뚱한 몸집을 흔들어 웃으며,

"꾀? 까투리의 꾀가 매 잡겠나. 고미 장군 당할 장수가 졸본부여를 다 떨기로 또 있겠나. 어젯밤에도 너무 늦도록 마셨으니 오늘은 고만 자지. 장군도 오희에게 신정이 미흡일 것이라 돌아가 자오. 조롱에 든 새가 달아날 리 만무하지. 안 그런가? 하하하하."

하고 될 일 다 된 것같이 소리를 크게 하여 웃고 나서 무돌을 대하여,

"임금의 말은 땀과 같아서 한번 나온 것은 도로 주워 담지를 못하는 법이야. 내가 한번 그래라 한 것을 다시 거두겠느냐. 모레 아츰까지 너무 머니 내일 해 지기까지 느꾸어준다 하여라."

하고 무돌의 절도 못 본 체 자리에서 일어선다.

낙랑 왕이 자리에서 일어나 나가매 무돌이 고미를 향하여,

"소인 물러가오."

하고 하직하고 나오려 할 때에 고미는 주저하다가,

"무돌아."

하고 불렀다.

"예."

하고 무돌은 되돌아섰다.

고미는 달래는 낯으로,

"너 태수께 나를 여기서 보았노라고 하지 말렷다."

하고 당부하였다.

무돌은 이 경우에 하고 싶은 말이 많았으나 주몽한테 갈 길이 바빠서 참았다. 또 고미와 같은 불충불의한 놈하고 말을 한댔자 부질없는 일이라고 생각하였다. 마음 같아서는 한칼로 고미 놈의 배때기를 찔러 그놈의 창자를 꺼내어서 개와 돼지 밥을 만들고 싶었으나 지금 그런 짓을 하다가는 큰일을 그르치고 말 것이었다. 그래서 무돌은 꿀꺽 참고 간단하게,

"예."

하고 대답하였다.

"이봐라."

"예."

"태수가 나를 찾더냐?"

"예, 간절하게 찾으셨소."

"무에라고 찾더냐?"

"고미가 웬일일까? 고미가 왜 안 보일까? 고미가 설마 날 배반할 리는 없으려든, 그러시오. 웬만하면 태수마마께도 한번 찾아가 뵈이시오."

하고 무돌은 마침내 고미를 미워하는 말을 꺼내고 말았다.

"쉬!"

고미는 손을 들어서 무돌의 말을 막았다. 차마 무돌의 말을 듣기도 거북하였거니와 누가 문밖에 오는 인기척이 들렸던 것이다. 고미는 거의거의 졸본부여 왕이 다 된 것같이 생각하고 있어서 지금 조금이라도 실수를 하여서는 아니 되는 것이었다.

'어떻게 공주까지 가질 수 없을까.'

하고 고미는 그 어여쁜 공주를 낙랑 왕 최락의 돼지같이 뚱뚱한 품에 안겨줄 것을 생각하면 피가 끓어올랐다. 최락은 고미를 이용하고 먹이고 계집까지 주어서, 주는 데는 부족이 없지마는 사람대접이 부족하였다. 그 거만, 그 무례, 지금까지 을두지의 인정 있는 대우를 받아온 고미로서는 참으로 거북하였다. 최락은 고미 같은 것은 사람으로 아니 여기는 모양이어서 옆에 고미를 놓고도 못 하는 일이 없었다. 이러한 아니꼬운 꼴도 고미는 제 일을 위하여서 참는 것이었다. 최락의 발바닥보다 더한 것을 핥으라 하여도 핥을 작정이요, 최락이 구역하여 토해놓은 것을 들이마시라 하여도 마실 작정이었다.

'나는 왕이 된다. 이 좋은 판에 왕이 된다. 왕만 되면 내 발바닥 막 핥으게 하고 나 토한 것 막 먹이게 한다. 하고 싶으면 학정도 마음대로 하고 심심해서 마음이 나면 선정도 해본다.'

하면서도 태수를 생각하면 고미의 마음 한편 구석에 찜찜한 데가 아직 남아 있었다. 아직 사람의 심장을 다 잃어버린 것은 아니었다.

　기연가미연가로 무돌을 떠나보내고 태수는 시시각각으로 한병의 침
입을 고대하다시피, 바싹하는 소리만 나도 소스라쳐 놀라면서 밤을 보내
었다.

　공주는 공주대로 잠든 어린것들을 무시로 들여다보고는 이 어린것들
의 운명이 장차 어찌 되는가 하고 생각에 잠겼다. 만일 태수와 세 아이를
건질 길만 있다면 저 한 몸 버려도 좋고 죽어도 좋다고도 생각하였다. 공
주는 자기의 존재가 이 불행의 근원인 것을 짐작하였다. 태수가 지난밤
낙랑 왕의 사관에서 한녀와 동침하였다는 말을 들을 때에 여자의 본능으
로 질투의 불길이 일지 아니함은 아니었으나 지금 처지에 그런 것을 교
계할 수 없다고도 생각하여, 미안하게 여기는 태수를 친절하게 위로하
였다.

　태수는 공주에게는 결코 만족한 남편은 아니었다. 공주는 남편이 좀
더 사내답기를 바랐다. 지금 천하가 주인을 잃고 백성이 새로운 큰 임금
의 출현을 갈망할 때에 남편이 왜 거기 응하여 일어나는 사람이 못 되는
가 하고 안타까웠다. 을두지의 아버지만 해도 용감한 사람이었다. 그가
살아 있는 동안에는 아무도 졸본나라를 침범하지 못하였다. 그는 그러한
공로로 졸본 왕의 신임을 받아서 모둔골 태수인 채로 졸본나라의 마리지
〔莫離支〕가 되어서 임금에 다음가는 높은 지위에 앉아 임금의 권세를 대
신 부리기를 십 년이나 하였다. 그래서 마리지는 일변 정사를 개혁하고
군비를 정비하여서 졸본부여로 삼부여를 통일할 야심까지 가지고 일하
였으나, 첫째로는 왕이 기백이 없고 또 늙었고, 둘째로는 귀족들이 부패
하여서 나랏일을 잊고 제 몸과 제 집의 안락만을 탐하여서 잘났거나 못났

거나 제 족속과 비위에 맞는 자를 중요한 벼슬에 쓰고, 심지어는 아무 재주도 없는 자를 장수로 삼으려 하여 일마다 마리지의 정치에 반대하고 마리지를 몰아내려고 음모하였다. 늙고 착하기만 한 왕은 귓문이 넓어서 아침에는 이 사람의 말에, 저녁에는 저 사람의 말에 귀를 기울이기 때문에 마리지로도 어찌할 수가 없었다.

마리지도 다른 것은 좋으나 용단력이 부족하여 옳지 아니한 자를 죽이거나 물리칠 용기가 없어서 뱀을 설죽이는 일이 많았다. 숫제 안 죽이거나, 죽이거든 아주 죽여버리지를 못하고 반쯤 죽이다가 놓아주기 때문에 그 뱀이 상처가 나아서 다시 움직이는 날에는 저를 죽이려던 자에게 대어들었다. 말년이 될수록 마리지의 이 약점이 더욱 커졌다.

국운이 진한 나라가 되어서 그러한가. 새로운 인물이 나오지 아니하고 또 쓸 만한 인물이 나더라도 썩은 귀족들이 국정을 농단하기 때문에 나설 수가 없었다. 그래서 곧은 사람은 미움을 받아 법에 걸리거나 산으로 들로 물러가 몸과 이름을 숨기고, 아첨하고 추세하는 무리들이 조정에 차게 되었다.

왕은 연일 풍류로 소일하였고 권문세가에서도 주색의 향락으로 일을 삼아서 졸본은 태평연월의 풍류 도시가 되고 말았다.

중앙이 그러하기 때문에 태수와 같은 지방 장관들도 그러하였다. 군인들조차 무예는 아니 배우고 백성의 재물과 아내와 딸을 엿보기로 일을 삼았다. 딸을 바치고 벼슬을 구하는 자와 아내를 주고 죄를 면하는 자가 있으나, 이것을 바로잡을 법이 없었다. 마리지마저 죽은 뒤에는 왕은 백성의 질고를 들을 길이 없었다. 왕은 날마다 꼭 같은 사람만 만나서 꼭 같은 소리를 듣기 때문에 세상일을 몰랐다. 왕의 주위에 있는 사람들은 왕이 듣기 싫어할 일은 쉬쉬하고 감추었다. 왕의 귀에 들어가는 말은 모두 좋은 말뿐이었다. 그래서 늙은 왕은 자기가 다스리는 나라가 태평성세라고 생각하고 있었다. 지방에 도적이 일어나 백성들이 삼 슬듯 죽고 동네들이 추수 마당에 티검불같이 타버려도 왕은 알지 못하였다.

이러하는 동안에 권세 잡은 소수 귀족의 전지는 넓어가도 나라 영토는 해마다 줄어들고 탐관오리의 몸에는 살이 너무 쪄도 백성들의 뱃가죽에는 주름이 잡혔다. 외국 사람 주몽의 수백 명 부대가 자유로 국내에 횡행하여도 이것을 막을 생각을 하는 자가 없을뿐더러 졸본 조정에서는 다만 하잘것없는 한 초적의 떼로 여기고 있는 것이었다. 왕은 이러한 초적의 떼가 있는 줄도 모르고 있었다.

모둔골은 이러한 졸본의 한 고을이요, 을두지는 이러한 졸본의 팔십여 명 태수 중에 하나였다.

이럭저럭 무서운 밤이 새벽에 가까웠을 때에 공주는 태수의 침실에 들어와서 태수를 보고,

"어떻게 이 밤은 무사히 지내나 보오."

하고 빙그레 웃었다. 하염없는 웃음이요 애써 남편의 마음을 편하게 하려는 웃음이었다.

"좀 잤소?"

"온조(溫祚)에게 젖을 물리고 자리에 누웠다가 잠이 들었더니 이상한 꿈을 하나 꾸었소."

"무슨 꿈이오? 이 판에 좋은 꿈이 있을 리도 없겠지마는 어디 말해보오."

태수도 공주가 빙그레 웃는 양이 대견도 하고 귀엽기도 하여서 손을 잡

으며 물었다.

"아주 큰 대궐인데, 졸본 대궐보다도 더 큰 대궐인데, 온조가 끼끗한 장부가 되어서 쌍룡을 수놓은 비단 황포를 입고 용상에 걸터앉아서 백관의 조회를 받고 있는 꿈이오."

"글쎄, 그렇게 되었으면 작히나 좋겠소마는 그야말로 꿈같은 소리요. 그런데 비류(沸流)는 어떠오? 몸이 좀 덥다더니, 잘 자오?"

젊은 태수도 아버지다운 걱정을 한다.

"과히 보채지는 않아요. 나 보기에는 온조가 비류보다 잘난 것 같은데 대감 생각에는 어떻소?"

"나 보기에도 그래. 살아나기만 하면 다 무엇이 될 것 같소마는 무돌이가 빠져나가서 과연 주몽을 불러올는지. 인제는 날도 새는 모양인데 오늘 안으로 주몽이 아니 오면 다 허사가 아니오? 비류나 온조나 주몽이가 아니면 살릴 사람이 없지 아니하오? 무돌의 말 같으면 주몽은 의인이니 내가 죽더라도 공주는 아이들을 다리고 주몽에게 의탁하시오. 공주가 주몽에게 시집을 가도 좋아. 자손이나 살려야 하지 않소."

하고 태수는 천연하여진다.

"왜 그런 말씀을 하시오? 우리들이 다 살아서 온조가 큰 임금이 되는 것을 보아야지."

하고 공주는 남편의 목을 껴안는다.

태수도 공주를 얼싸안았다. 서로 안은 두 사람의 마음은 뜨거웠으나 촛불에 비추인 두 얼굴은 얼음장같이 찼다. 열일곱 살 동갑으로 혼인한 지 육 년, 이제 서로 스물세 살이 되기까지 태수와 공주와 두 내외의 금실도 좋았다. 고생이라 할 만한 고생도 없이 길고 긴 봄날과 같은 즐거운 세월을 보냈었다. 근래에 와서 공주는 남편이 좀 더 사나이답고 영웅다웠으면 하는 은근한 불만이 생겼으나 그것을 제하고는 내외간의 정분에는 실만 한 틈도 없었다. 그러다가 천만뜻밖에 당한 이 불행. 원래 주변 없는 태수는 말할 것도 없거니와 매양 지혜로운 꾀를 내는 공주도 이번에는 어찌할 바를 몰랐다.

그리고 두 사람은 무돌이 주몽을 끌고 돌아오기만 기다리고 있는 판이라, 더욱 아무 요량도 없어지고 사공이 뜨는 바람과 물결이 끌어다 주기를 바라고 앉았는 배 탄 손님과 같은 심사로 있었다. 그렇다고 터억 마음이 놓이는 것도 아니다. 불안과 초조는 있으면서도 앙탈을 한댔자, 몸부림을 한댔자 쓸데없는 줄 알아서 사지에 맥을 풀고 있는 그러한 상태였다. 사람이 이러한 상태에 있을 때에는 모든 욕심 근심을 다 떠난 맑고 무인지경을 보아 마음의 때가 일시라도 벗겨지고 맑은 하늘, 깨끗한 땅을 보는 것이다. 태수와 공주는 바야흐로 이러한 심경 속에 있어서 서로 안고 서로 사랑하는 참된 즐거움을 있는 그대로 맛볼 수가 있었다.

"사또."

"공주."

이렇게 서로 외마디 소리로 부를 뿐이요 더 말이 없었으나 그 속에 모든 말이 다 있었다. 태수는 공주의 눈을, 공주는 태수의 눈을 물끄러미 들여다보면 그것은 깊은 하늘과도 같고 고운 꽃과도 같아서, 전에는 의식하지 못하던 알 수 없는 정다움과 아름다움이 안개와 같이 피어올랐다.

"여보시오."

"예."

"질겁소?"

"꿈같아."

"언제까지나 이랬으면."

지아비, 지어미 두 사람은 한없는 애정을 느꼈다.

주몽이 오나? 주몽이 아니 오면 오늘이 마지막일는지 모른다. 제 운명의 길을 한 치 앞도 못 내다보는 사람의 가엾음! 태수에게, 또는 공주에게 오늘 하루가 무엇을 가져오려나.

창에 푸른빛이 돌고 바지런한 참새 소리 나면 밤이 새는 게다. 후원 고목에서 무엇에 놀랐는고, 까치와 까마귀 요란하게 짖는다.

공주는 까치 소리에 귀를 기울이고 태수는 까마귀 소리에 한숨을 쉬었다.

"사또, 까치가 짖소. 반가운 손님이 오나 보오. 주몽 장군이 오려나. 혹시 졸본에서라도 무슨 도움이 오려나. 깍깍깍깍 요란히도 짖소."

"까마귀는 왜 저리 울까? 뱀을 보았나?"

이 순간에 태수와 공주를 생각하는 한 사람이 있었으니 그것은 옥중에 갇힌 현암이었다. 고미가 낙랑 왕의 앞이 되어 태수에 대하여 모반을 일으키려 할 때에 먼저 습격한 것이 현암의 집이었다. 현암은 충성 있는 사람이요 또 고미의 가지가지 죄상을 다 아는 사람이어서 고미가 항상 눈엣가시와 같이 미워하던 사람이라 이런 기회에 없이해버리자는 생각도 생각이려니와, 충성된 사람으로 백성의 공경을 받는 현암을 그대로 두었다가는 백성들이 그를 따라서 고미를 적으로 할 것이 두려워, 현암을 잡아 옥에 가두고 심복 군사를 명하여 이를 지키게 한 것이었다.

현암은 칠십을 바라보는 늙은 몸으로 축축한 흙방, 오줌똥 냄새나는 감방에 갇혔다. 분격과 태수 내외에 대한 걱정과 또 나라를 위하는 근심으로 밤을 새웠다. 가끔 고미의 군사가 와서는 현암을 조롱하고 후욕하고 현암이 못 들은 체하면 손으로 쥐어박고 발길로 질러 굴리고 각가지로 욕을 보였다. 그것은 아마 현암이 잠이 들지 못하게 하려는 고미의 심사인 것 같았다.

현암은 고미에게 천벌이 내리기를 빌었다. 제 나라 제 임금을 배반하고 어진 사람을 모해하는 자에게는 천벌이 내리기를 빌고, 또 그러할 것을 현암은 믿었다.

새벽녘에 또 군사 하나가 현암의 감방에 왔다. 그는 다른 군사들이 의례히 현암에게 하는 욕설도 아니 하고 김이 나는 미음 한 그릇을 들고 들어와서,

"얼른 자시오."

하고 현암 앞에 내밀었다.

"이건 무에냐. 먹고 죽으라고 고미가 보내는 거냐?"

하고 현암은 미음 그릇 든 군사를 노려보았다.

미음 든 군사는 깜짝 놀라는 듯이 손을 벌려서 현암의 입을 막는 시늉을 하며,

"소리 내지 말고 이걸 자시오. 미음이오."

하는 어성이나 낯빛이나 참되었다. 현암은 그 젊은 사람의 정성에 감동되고 호의 가진 사람을 의심한 것이 미안도 하여, 미음을 받아서 마셨다. 그리고 그릇을 젊은 군사에게 돌려주며,

"잘 먹었다마는 너는 뉘길래 다른 군사 모양으로 나를 욕설도 아니 하고 구타도 아니 하고 이렇게 따뜻한 먹을 것까지 갖다가 주느냐. 내가 밤

새 몇십 번인지 수없이 욕을 당한 끝에 혼곤히 잠이 들어서 이것이 꿈이란 말이냐. 너는 꿈에 나타난 사람이란 말이냐. 그렇지 아니하면 귀신이란 말이냐. 세상에 아직도 너 같은 사람이 한둘은 남아 있단 말이냐?"
하고 반쯤 정신없는 사람과 같이 지절대었다.

젊은 군사는 허리를 굽신하며,

"황송하오. 소인은 꿈에 나온 사람도 아니요 귀신도 아니오. 늙으신 어른이 춥기도 하고 허기도 지신 듯하길래 내가 먹을 조반을 좀 갈라 드렸소."
하고 심상하게 대답하였다.

현암은 아직도 이 젊은 군사를 꽉 믿을 수는 없었다. 혹은 고미의 염탐꾼일지도 모른다고 생각하기 때문이었다. 처음에 미음을 물리친 것도 그 속에 독약이 있을 것을 의심함이었다. 그러나 목마른 자에게 물 먹이기 쉽듯이 지금 처지의 현암으로는 사람을 얼른 믿기가 쉬웠다.

"얘, 다들 나를 욕하는데 왜 네가 내게 인정을 두노?"

"세상에는 이런 사람도 있고 저런 사람도 있지 않소? 꿀 먹는 벌레가 있으면 쑥 먹는 벌레도 있지 않소?"

현암과 젊은 군사와 사이에 이 모양으로 회화가 시작되었다. 한가하다면 무척 한가한 회화다. 귀신도 잠이 든다는 닭 울 녘에 침침한 옥 속에서 단 두 사람의 하염없는 담화다. 그러나 긴장하다고 보면 이 이상 더 긴장한 광경도 없을 것이다. 피차에 목숨을 내걸고 하는 교섭이다.

"그래, 너는 쑥 먹는 벌레로고나."
하고 현암의 주름 잡힌 얼굴에는 웃음이 떴다.

"어떻게 되었느냐?"

"무엇이오?"

"대관절 무슨 일이 생겼느냐?"

"소인네도 무엇인지 모르겠소. 한나라 군사들이 골목골목 지키고 큰 집들을 뒤져서는 젊은 여자와 재물을 막 가져가는 모양이오. 그 오라질 한나라 군사 놈들이 남의 안방에 막 뛰어 들어가서 자리에서 자는 아낙네를 막 끌어낸단 말요. 소인넨 못 보았으나 벌써 음술물 가에 댄 한나라 배에는 더 싣지 못할 만큼 우리나라 여자와 재물을 실었다 하오. 제기랄, 나 같은 놈은 나이 삼십이 넘어도 여지껏 애꾸 계집 구경 하나 못 하는데 아끼고 아끼던 큰애기들을 모두 한나라 놈헌테 빼앗긴단 말야, 제기랄."

"마을은 어찌 됐느냐? 태수마마 어찌 되신지 아느냐?"

"마을에는 한병이 꼭꼭 둘러싸서 쥐 한 마리 꼼작 못 한다 하오."

"그럼 공주마마 태수마마 안부는 모르느냐?"

"소인네야 알 수가 있습니까?"

"내 집 소식도 모르느냐. 너는 내가 누군지 아느냐?"

"누구신지 아오. 모둔골에서 현암 대공형(大公兄)을 모르는 사람이 어디 있겠소? 영감마님이 이런 데를 오시니 세상은 뒤집혔는가 하오."

"내 집은 어찌 되었느냐?"

"며느님 따님네는 다 한병에게 잡혀가시고 댁은 불을 놓아서 다 타버렸다 하오. 이런 말씀은 안 드릴 말씀을 드렸나 보오."

현암은 이 젊은 군사의 말을 듣고 삼연히 눈물을 흘리며 한참 말이 없었다.

이윽고 현암은 떨리는 손을 내밀어 젊은 군사의 손을 잡으며,

"네가 내 아들이다. 나를 아비로 알고 내 부탁을 하나 들어주려느냐?

내가 살아 나가면 내 몸으로 네 신세를 갚고 내가 여기서 죽으면 신령님
께 네 신세를 갚으셔지이다고 빌 터이니 이 늙은것의 원을 네가 들어주려
느냐?"

"무슨 부탁이시오? 말씀해보시오. 소인네가 할 것이면 사양 아니 하
겠소."

"너 말 탈 줄 아느냐?"

"말타기는 밥 먹기 담에는 가게 좋아하오. 졸본 이백 리 당일 댕겨온
일이 있소. 그까진 졸본 이백 리쯤은 떡 싸 허리에 차면 걸어서라도 아침
먹고 떠나서 해전에는 들어가서 볼일 보고 이튿날 해 뜨게 돌아오기쯤 식
은 죽 먹기요."

"정말 그러냐?"

하고 현암의 눈은 기쁨으로 빛났다.

"정말이지, 소인이 무엇 하러 거짓말하겠소?"

"그러면."

하고 현암은 갑자기 기운을 얻어서,

"내 아들아, 너 그럼 졸본 좀 댕겨와주랴?"

하고 젊은 군사를 껴안았다.

"아마 그런 일인가 하였소."

"네 어찌 알았는고?"

"한병은 태수부를 둘러싸고 모둔골은 어육이 되는 판이니 이제 졸본
에 사람을 보내어 상감님께 주달할 길밖에 없지 않소?"

"네 어찌 그렇게 잘 아는고?"

"큰 벼슬 하시는 양반님네는 호강에 겨워서 얼떨떨하여서 모르지마는

소인네와 같이 배 고름하게 먹고 정신 말짱한 놈들이야 왜 모르겠소? 우리네는 벌써부터 이런 일이 있을 줄 알았소."

"너 같은 사람이 있는 줄을 모르고 쓰지 아니하였으니 모두 내 죄다. 이 무딘 눈은 두어서 무엇 하리."

하고 현암은 번개같이 손가락으로 제 눈을 후비어 두 눈알을 뜯어낸다. 젊은 군사는 어안이 벙벙하였다. 현암의 눈에서는 피가 줄줄 흘렀다.

얼마 후에야 현암은,

"내 아들아, 그럼 어서 졸본으로 가거라. 가서 할 말은 내가 이를 것도 없이 네가 잘 알 것이다. 이제 나는 글발도 쓸 수 없으니 네가 가서 좋도록 아뢰어라. 될 수 있거든 상감께 뵈옵고 모둔골이 망한다고, 공주 태수 두 마마 생사를 알 수 없나이다고. 곧 천병(天兵) 나리시와 한병 물리치시고 반신(叛臣) 버입소사고. 어리석은 신하 현암은 사람 못 알아보아 나라를 욕되게 하온 죄로 두 눈알을 뽑아서 죄를 상감 앞에 사하나이다고. 네 그럼 부리나케 댕겨오렷다. 알았느냐?"

"다 잘 알았소. 여태껏 가라고 명하는 이가 없어서 못 간 내요. 영감의 눈알을랑 소인네게 주시오."

"그건 무엇에 쓰는고? 멀쩡하게 살아서도 볼 줄을 모르던 눈알, 이제 그것은 해서 무엇 하려는고? 네 집 고양이에게 먹이려는가?"

"아니오. 편지 대신 가지고 가랴오. 가서 그 두 눈알을 당로 대관들께 보이고 금방 영감마님께서 하신 말씀을 전하려오. 그러면 아마 소인이 돌아올 때에는 사람 잘못 보는 눈알을 수백 알, 한 짐 지고 돌아와서 집 잃은 모둔골 고양이에게 한바탕 포식을 시킬 것 같소. 그러면 소인 가오. 부대 성급히 돌아가실 생각은 마시오. 흙을 쥐어 자시고라도 살아서 악한 놈들이 천벌을 받는 양을 보고 돌아갈 생각을 하시오. 그러면, 아버지, 댕겨오겠소."

"그래, 부대 중로에 고미 놈의 군사에 붙들리지 말고."

"그걸랑은 염려 마오. 고미가 내 손에 잡힐지언정 고미의 손에 잡힐 다라미 아니오."

하고 젊은 군사는 현암의 눈알을 현암의 옷자락을 뜯어서 싸서 허리에 차고 감방에서 나간다.

"다라미? 네 이름이 다라미더냐?"

하고 현암이 두어 걸음 나가며 외치나 벌써 그는 나가고 없었다.

다라미는 한편 허리에 현암의 눈알 싼 것을 차고 다른 편 허리에 떡 뭉치를 차고 일변 먹어가면서 휭 하게 졸본 이백 리 길을 달렸다. 개울가에는 버들 푸르고 산이마에는 진달래 붉었다. 바쁜 다라미건마는 버들피리를 불며 흥겨워하기도 하였다.

석양의 비낀 빛 자욱한 아지랑이 속에 다라미의 눈앞에 졸본 서울이 나타났다. 버드나무 장림 있는 졸본물의 서쪽 언덕, 비록 쇠하였다 하더라도 오백 년 옛 고읍이라 고루거각도 있고 잘나고 잘 차린 사람들도 길로 다니고 있었다.

다라미는 졸본물 가 버들 장림 그늘 길로 성문 있는 데를 향하고 올라갔다. 바람결에 둥둥 하고 울려오는 풍악 소리가 들렸다. 물굽이를 돌아서서 바라보니 강상에는 사오 척 배가 연복하여 떠 있는데, 그 배에는 붉은빛과 누른빛으로 색동을 이은 장막이 둘려 있고, 배 돛대에는 높이 청·황·적·백·흑 오색 깃발이 기다랗게 봄바람에 나부끼고 있었다. 장막이 터진 틈으로 춤추는 여자의 오색 한삼이 펄렁거리는 것이 보였다.

성밖 강가에는 이것을 구경하는 군중이 사람 성을 쌓고, 각색 음식 가가가 벌어져 있었고, 술이 취하여 비틀거리는 군사들과 한량들도 보였다.

"봄굿이오. 산에서 사흘, 물에서 사흘, 상감님께서 거동 납셔서 봄굿이오."

다라미가 구경꾼에게 물을 때에 얻은 대답이 이것이었다.

"언제 이 굿이 끝나오?"

하면,

"산굿이 끝나고 오늘이 물굿 첫날이오. 상감마마와 만조백관이 사흘 밤 나흘 낮은 배에서 아니 나리시오."

하는 것이었다.

봄에는 삼월, 가을에는 시월, 이 모양으로 나라에 큰굿이 있는 것은 어느 부여에도 있는 일이었으나, 세상이 말세가 되매 굿으로 신명의 은혜를 갚는다는 본의는 잃어버리고 남녀가 한데 어울려 진탕 먹고 놀고 하는 것이 굿이 되고 말았다. 산굿 사흘, 물굿 사흘에는 정사도 다 폐해버리고 오직 음탕으로 지내는 것이었다.

다라미는 큰일 났다고 생각하였다. 오늘이 물굿 첫날이라면 내일모레까지 기다리고, 글피라야 마을에서 정사를 볼 터이니 그때까지 기다릴 수는 없는 것이다.

다라미는 그 아버지 친구로서 대궐을 지키는 호위대에 백부장으로 있는 개마(盖馬)라는 늙은이를 찾아갔다. 그는 대궐에서 가까운 호위대 영문 옆에 살고 있었다.

"너 이놈, 어째 왔느냐. 무슨 일 저지리를 하고서 도망을 왔느냐?"

하고 개마는 다라미를 보고 반겨하였다.

"그렇기나 했으면 좋겠소마는, 일 저지르기는 낙랑 왕 놈이 하고 뛰기는 다라미 제가 뛰었으니 걱정이오."

하고 다라미는 허리에서 현암의 눈알 꾸러미를 끌러서 개마의 앞에 내어 놓으면서,

"모둔골은 큰일 났소. 한병이 온통 태수 마을을 에워싸고, 공주마마나 태수마마는 죽었는지 살았는지 쥐 한 마리, 새 한 마리 얼씬 못 하니 알 수 있소? 그나 그뿐인가. 한병은 민가에 댕기면서 이뿌장한 젊은 아낙네 막 잡아가고, 쓸 만한 재물 막 실어 가서 배에다 처싣는데, 아마 공주마마도 잡혀가서 낙랑 왕의 장중에 들어갔다는 말이 있소."

개마는 놀라며,

"모둔골 천 명 군사는 무엇 하고?"

하고 분개한다.

"그것 참 이상하오. 모둔골 천 명 군사는 부지거처요. 들건댄 고미 장군이 어디다가 감추었다 하오."

"고미는 어디 있고?"

"고미는 낙랑 왕 모시고 잘 노나 봅데다. 세상 모두 거꾸로 되었소."

"현암 대공형은 어찌 되었니?"

"인제는 벌써 뻗었겠소. 옥에 매운 몸은 올 수가 없어서 눈만이 여기 왔소. 엇소, 끌러보시오. 바로 이 싼 헌겊이 현암 대공형의 옷자락이오. 아자씨가 한번 물어보시오. 현암 대공형, 왜 그 꼴이 되었느냐고."

개마의 손에 매듭이 풀려서 헝겊 속에서 눈알 둘이 나온다. 아직 썩지는 않은 모양이어서 비린내가 홱 풍긴다.

"이게 무에냐?"

하고 개마는 징그러워 뒤로 물러앉는다.

"그게 눈알이오. 사람 몰라본 죄로 자기 손가락으로 막 후벼서 뜯어내인 눈알이오. 글발 대신으로 신표로 가지고 왔소."

"사람을 몰라보닷게?"

"바른 사람 버리고 왼 사람 골라 써서 나라 망쳤단 말이지요."

"허, 그런 눈깔 뺄 양이면 소바리 뱃짐이 될 것이다."

하고 개마는 현암의 눈알 싼 것을 두 손으로 받들고 그 속에서 무엇을 알아보려고나 하는 듯이 물끄러미 들여다보고 있더니, 빈정대는 어조로,

"그래, 이것은 갖다가 파묻기나 하지 무엇 하러 졸본까지 차고 왔니? 지금 졸본에 이런 것 알아볼 눈깔 있는 줄 아니?"

"그래도 졸본서 구원병이 내려가기 전에는 공주나 태수나 모조리 잡혀가지 않소? 그러니 이 소식을 속히 상감께 아뢰이도록 아자씨께서 힘을 쓰셔야겠소."

"그거 하늘에 별 따기만큼 어려운 일이지."

"왜요?"

"네나 내나 무슨 재주로 상감께 뵙니?"

"우리가 직접은 못 뵈와도 상감께 뵈올 수 있는 큰 벼슬아치는 볼 수 있지 않소?"

"높은 벼슬아치는 무슨 재주로 만나니? 그것도 하늘에 별 따기지."

"그럼 이 기별을 어떻게 상감께 알려드리오?"

"글쎄 말이다. 나도 생각이 안 난다. 들기 좋은 기별 같으면 우으로 올라갈 수도 있는가 보더라마는, 네가 가지고 온 것 같은 흉한 기별은 하늘

에 올라가기만치나 힘이 드는 거야. 까딱 잘못하다가는 그 기별 가지고 온 녀석의 모가지가 거꾸로 달리기가 십상이야. 지금 세상에는 천하태평이요, 태평성세요, 하는 말만이 행세를 한단 말이다."

"그럼 어떡허오?"

"어떻게 해? 할 수 없지. 게다가 오늘이 물굿 첫날이니 사흘 안에는 무가내하다."

"그럼 모둔골은 망하지 않소? 어떻게 좀 방책을 생각해보오."

다라미의 눈에는 현암의 눈 빠지고 피 흐르는 얼굴이 어른거렸다.

다라미는 이 사람 저 사람과 의논해도 쓸데없을 것을 알았다. 첫째로는 좋지 아니한 기별을 상감께 전할 길이 없었고, 둘째로는 이 나라가 망하는 것을 아까워하는 이가 없었기 때문이었다.

백성들은 이 무너져가는 늙은 나라와 못나고 제 욕심만 채우려는 벼슬아치들에게 지긋지긋하게 진력이 난 것이었다.

"좋다."

"잘 논다."

"얼씨구."

강상에서 치는 굿거리장단이 바람결에 들려오면 거리의 사람들은 이렇게 흥에 겨운 듯이 춤을 추었으나 그 끝에는 코웃음 하고 입을 삐쭉하였다.

군사들이란 것도 맨 늙은이들이요, 간혹 젊은 놈이 있더라도 날탕패로 놀기를 좋아하고 권세 부리기에 재미를 붙일 뿐이지 적과 싸울 마음도 기운도 재주도 없었다.

"모둔골 기별을 상감의 귀에 들리게 한댔자 별수 없다. 군사가 몇 명

안 되기도 하거니와 모둔골 이백 리를 가는 동안에 다 달아나고말고. 더러 적 있는 데까지 간댔자 모두 살려주오, 하고 항복을 하거나 뛰다가 개죽음할 것이 뻔한걸. 그까진 것들은 청병해 가서 무엇 하는 거야. 청병을 할 테면 주몽이를 청하는 게 좋지 않아? 주몽이네 군사는 당해낼 수도 없거니와 추호불범이래. 인제 며츨 안 해서 졸본에도 들어올걸. 벌써 한 패가 졸본에 들어와 있는지도 몰라. 저렇게 굿에나 미쳐서 지랄하는 동안에 무슨 일이 생길지 아나."

이것이 졸본 서울이 다라미에게 일러주는 말이었다. 다라미는 낙심하였다. 그는 그래도 졸본에만 오면 무슨 좋은 일이 생길 것으로 믿고 있던 것이다. 천하에 제일 좋은 데가 졸본이요, 천하에 가장 힘 있는 이가 상감으로 알았던 것이다. 그런데 백성들의 마음은 벌써 그 임금을 떠난 것이었다. 백성의 마음을 잃은 임금은 한 필부다. 그에게는 힘이 없을뿐더러, 천하의 미움이 있었다. 실상 졸본의 임금은 착한 늙은이였다. 그의 밑에 그 둘레에 있는 벼슬아치들이 백성의 미움을 받기 때문에 임금도 미움을 받는 것이다. 왜 그런 나쁜 신하들을 내어쫓지 못하느냐고, 왜 좋은 사람들을 골라 쓰지 못하느냐고, 이렇게 임금은 원망을 받는 것이었다. 이렇게 인심 잃은 임금을 위하여서 재물을 바칠 마음도 아니 나려든, 하물며 목숨을 바치랴.

다라미도 화가 나고 속이 상하였다. 이러한 사정을 듣고 보면 제가 앞장을 서서 이런 나라를 둘러엎고도 싶었다. 그러나 다라미는 현암을 생각하였다. 모둔골을 생각하였다. 아무리 하여서라도 제가 맡은 일을 하지 아니하면 아니 되었다. 가지고 온 기별을 벼슬아치들과 상감께 전하지 아니하면 아니 된다. 어느 벼슬아치 하나에게만 전하여서는 아무것도 안 되는 줄을 안 그는 여러 벼슬아치와 임금께 한꺼번에 알려야 한다고 생각하였다.

다라미는 이 일에 대하여서 사람의 도움을 얻을 수 없는 것을 알았다. 다라미가 하려는 일을 중요하게 아는 이도 없고, 또 그 기별이 임금께까지 올라가서 군대가 모둔골로 가지리라고 생각하는 사람도 없었다.

밤이 들기를 기다려서 다라미는 옷을 벗고 현암 눈알 싼 것을 목에 매고 졸본 물에 뛰어들어서 임금의 배를 향하여 헤었다. 아직 물은 찼다. 비록 죽기를 결단한 다라미요, 또 젊고 기운찬 다라미건마는 물속에서 흑흑 느껴지고 팔다리에 자개바람이 일 것 같았다.

배에서는 밤굿 한 거리를 하느라고 막 치고 불어서 다라미가 배 곁으로 헤어 오는 것을 아는 이가 없었다. 아직 달이 아니 오른 봄밤은 칠을 부은 것 같았다.

다라미는 뱃전을 붙잡고 몸을 추어올랐다. 배가 움찍할 때에 웬일인가 하던 사람들은 다라미의 벌거벗은 몸뚱어리가 배 위에 나타날 때에, 춤을 추고 장단을 치던 무당들은,

"아, 물귀신이다!"

하고 악 소리를 치고 나가자빠지거나 남자의 품속으로 기어들고, 수염이 허연 높은 벼슬아치들도 입을 딱 벌리고 몸이 한편으로 쏠렸다. 그래도 늙은 임금과 그의 막내딸 비오라(比烏羅)만은 태연하게 다라미를 바라보고 있었다. 비오라는 조시누의 동생이요, 임금이 눈알과 같이 사랑하는 딸이었다.

"상감마마께 아뢰오."

하고 다라미는 힘껏 소리를 질렀으나 몸이 얼어서 소리는 약하고 떨렸

다. 그것이 더욱 귀신의 소리와 같았다.

사람들이 자기를 귀신으로 여기는 것을 한끝 다행하게 여겼다. 만일 자기를 사람으로 알 양이면 단박에 죽거나 입을 틀어막아서 제가 할 말도 다 하지 못하고 말 것을 겁냈기 때문이다.

"상감마마께 아뢰오."

다라미는 몸을 푸르르 떨며 한 번 더 소리를 질렀다.

"네 어떠한 귀신인지 모르거니와, 할 말이 있거든 하여라. 임금은 사람과 귀신의 임금이라 하였으니, 네 무슨 억울한 일이 있어서 나타났느냐?"

왕은 이렇게 당당하게 말하였다. 왕의 이러한 태도를 보고 대신들도 정신을 차리고 쓰러졌던 몸들을 일으켰다.

"황송하오. 간밤에 한병이 모둔골을 에워싸서 태수 부중에 쥐도 새도 통치 못하오니 공주마마 소식도 묘연하옵고 낙랑 왕이 거느리고 온 한병들은 민가에 침입하와 젊은 아낙네와 재물을 막 겁탈하여서 음술물에 닿인 배에 싣고 있소. 호위대장 고미는 낙랑 왕과 통하였삽고, 대공형 현암은 고미의 손으로 옥에 갇혀 있소. 고미 같은 놈 알아보지 못한 눈깔이라 하와 현암 대공형이 제 손으로 두 눈알을 후비어낸 것이 여기 있소. 이 보자기는 대공형의 웃옷자락이오. 상감마마, 곧 청병을 보내시지 아니하시면 공주마마께서도 낙랑 왕에게 붙잡혀 가실 것 같소."

하고 현암의 두 눈알을 끌러 내어놓으니 죽은 두 눈알이 촛불 빛에 빛을 낸다.

다라미의 말에 왕이나 신하들이나 모두 어안이 벙벙하여서 한참 동안 말없이 다라미를 바라볼 뿐이었다. 바라보면 바라볼수록 다라미는 귀신인 것만 같았다. 촛불에 비추인 다라미의 몸을 보고 있는 동안에 자꾸 커져서 어두운 하늘까지 올라가는 것만 같았다. 몸에 묻은 물방울이 불에 번쩍이는 것이 용의 비늘인가 싶었다.

마리지 이무기〔伊牟只〕는 다라미의 모양과 번쩍거리는 현암의 눈알이 무서워서 허연 수염을 덜덜 떨며, 그러나 대신의 위엄을 잃지 아니하려고 억지로 몸을 펴고,

"듣거라. 네 어떠한 귀신인지 모르거니와 상감마마와 공주아기 앞에 감히 뻘거벗은 몸으로 나타나니 그만하여도 죽을죄여든, 태평성대에 밤에 개 한 마리 아니 짖고 날짐승 길버러지도 상감마마 하늘 같으신 은혜 손에 서로 다투는 일이 없거든, 모둔골 같은 큰 고을이 한병에게 싸였다는 허무맹랑한 말을 지어내어 상감마마를 놀라시게 하고 민심을 소란케 하니 네 죄 백번 죽어 마땅하다. 그나 그뿐인가, 나라에서 하시는 거룩한 큰굿 대감마노라, 여러 신상마노라 질거이 노시는 자리에 감히 부정한 것을 들고 들어와 굿자리를 더럽히니 네 죄 백번 죽어 마땅하다. 네 왕법의 칼과 신명의 벼락이 무섭지 아니하냐. 네 어떠한 귀신인지 모르거니와 이 부정한 것을 집어가지고 냉큼 물러나렷다. 하늘로 오르거나 물속으로 나리거나 썩 스러지지 못할까."
하고 제 호령에 점점 기운을 얻어서 되살아나며 눈을 부릅떠 그 귀신과 눈알이 사라지기를 기다리나, 눈알은 더욱 빛나고 귀신은 스러지기는커녕 더욱더욱 험상을 나타내었다.

마리지의 말에 기운을 얻은 두상대감 도가비(兜加非)는 그래도 대장군다운 위엄을 나투며,

"상감마마, 젛사오되, 마리지 말씀이 옳소. 모둔골에 고미의 군사 천

174

명이 있거든 낙랑 왕이 아니라 한나라 황제가 오기로니 까딱이나 하오리까. 만일 그런 일이 있다면 소인의 목에 칼을 얹으시오. 설사 한병이 물밀 듯 들어오더라도 소인의 한칼로 이렇게 물리치겠소. 상감마마, 아예 저런 요괴의 말에 경동하지 마시오."

하고 허리에 찬 호피 칼집에서 긴 칼을 쭉 빼어 들고 현암의 두 눈알과 다라미를 번갈아 노려본다.

다라미는 어이없어,

"허허허허."

하고 큰 소리를 내고 몸을 흔들며 웃었다.

다라미가 무서워하는 빛이 없이 도리어 몸을 흔들며 웃는 통에 두상대감의 손에 비껴들린 칼이 덜덜 떨리며 내려오고 으쓱하였던 몸이 움츠러진다.

왕의 낯빛이 파랗게 질리고 공주 작은아기[小阿只]가 왕의 등 뒤로 몸을 숨긴다.

이에 검은 긴 옷에 검은 수건으로 머리를 동인 조의대선(皂衣大仙) 두루미[豆留彌]가 나서며,

"상감마마."

하고 나앉는다.

마리지는 정사를 맡은 머리요, 두상대감은 군사를 맡은 머리요, 조의대선은 학문을 맡은 머리로서, 졸본나라의 세 머리다. 동부여의 예백에 상당한 것이 조의대선 두루미다.

조의대선은 평거에는 세력이 없지마는 무슨 어려운 일이 생길 때에는 그의 지혜를 빌리게 되기 때문에, 왕의 등 뒤에 숨었던 작은아기까지도

두루미의 붉은 얼굴 흰 수염 속에서 무슨 신통한 말이 나오나 하고 잠시 무서움도 잊고 나앉는다.

조의대선 두루미는 옴팡눈을 반작반작하고 말이 나오다가 걸릴 것을 두려워하는 듯이 두 손으로 수염을 가르면서 말을 시작한다.

"상감마마께 아뢰오. 그것이 그렇지 아니하오. 저기 나타난 것이……." 하고 손을 들어 다라미를 가리키며,

"저기 나타난 것이 사람이 아니면 귀신이요, 귀신이 아니면 사람이옵지, 사람도 아니요 귀신도 아닐 리는 없을 줄 아뢰오."

이 말에 마리지 이무기는 못마땅한 듯이 미간을 찡기고, 두상대감 도가비는 더욱 못마땅한 듯이 고개를 돌린다. 또 조의 두루미의 잔소리가 나온다 하고 진저리를 내는 것이었다. 두루미는 잔소리는 하나 또한 귀에 거슬리는 바른 소리를 하여서 큰 권세를 가진 두 사람을 갉죽갉죽 긁고 핀잔을 주는 일이 있기 때문이었다.

두루미는 말을 이어,

"두 분 대감은 내 말에 매양 낯을 찡기고 고개를 돌리지마는 내 말이 못마땅한 것이 아니라 대감네들 생각이 못마땅한 것이오. 대감네는 상감마마의 귀요 눈이요 손이요 발이니, 천하의 소리를 다 들어서 상감마마께 아뢰어야 하고, 상감마마의 거룩하신 뜻을 받자와 천하 백성의 아픈 데를 만져주고 가려운 데를 긁어주어야 하오. 그러하거늘 대감네는 귀에 달가운 소리만 들으려 하고, 귀에 거슬리는 소리를 안 들으려 하여서 듣기 좋은 말씀만 상감마마께 아뢰고 듣기 거북한 말씀은 아니 아뢰이니, 이것은 우으로 임금을 속이고 아래로 백성을 업수이여기는 것이오. 어디 이래서야 나라가 되겠소? 이래서 임금은 백성의 마음을 모르시고 백

176

성은 임금의 뜻을 받잡지 못하게 하면 임금과 백성이 서로 떨어지니, 이러고 나라가 되는 법이 없소. 대체 천하에 백성 아니 사랑하는 임금이 없고, 나라 사랑 아니 하는 백성이 없소. 이 사이를 떼는 것은 옳지 못한 신하들이오."

하고 두루미는 더욱 목소리를 가다듬어서,

"지금 저기 나타난 것으로 말하여도, 저것이 귀신이 아니면 사람이요, 사람이 아니면 귀신인 것은 분명한 일인데, 만일 저것이 사람이라 하면 저렇게 추운 것과 죽을 것을 무릅쓰고 밤 강물을 헤어서 여기까지 왔으니 무슨 중대한 일이 있을 것이 분명하고, 또 만일 귀신이라 하면 더구나 큰일인가 하오. 조상님네 혼령이 나라에 무슨 큰일이 있을 것을 알리시려고 보내신 것이 아니겠소? 게다가 저렇게……."

하고 현암의 눈을 가리키며,

"충신이 눈을 빼어 신표를 삼아서 보낸 사자를 이렇게 대접해서 쓰겠소? 젫사오대 지금 상감마마께오서는 필시 그 인자하오신 마음에 저 충성된 사자가 추울 것을 어여삐 여기시와 벗은 몸에 옷을 덮어주시고, 저 충신의 두 눈알을 쟁반에 받들어 그 충혼을 위로하고 싶으실 것으로 아오."

하고 한 번 왕의 앞에 절한 뒤에 이에 대한 계책을 아뢴다.

"젫사오되."

하고 조의대선 두루미는 바닥에 이마를 조아리며,

"저기 나타난 것이 귀신이 아니면 사람이요, 사람이 아니면 귀신이오니, 그것을 사람으로 봅시고 그 말을 사실로 들읍시고 성단을 나리시오셔 즉각으로 두상대감을 명하시와 이천의 군사를 거느리고 성화같이 모둔골로 가게 하오시고, 고주대감을 명하시와 낙랑 왕의 옳지 아니함을 책망하게 하오시오. 병귀신속(兵貴神速)이라 하오니 일각을 지체할 수 없는 줄 아뢰오."

하였다.

왕은 조의대선 두루미의 말에 고개를 끄덕끄덕하며,

"조의대선의 말대로 하라. 저 사람에게 옷을 주고, 저 충신의 눈알을 정한 종이를 깐 쟁반에 담아 내 앞에 올리어 그 눈으로 뉘가 충신인가 알아내게 하리라. 두상대감은 졸본에 있는 삼만 명 군사를 반을 갈라 거느리고 즉각으로 모둔골로 가고, 고주대감도 같이 가 낙랑 왕과 만나 말하라. 이 봄물굿은 이것으로 끝내고 모둔골이 평정되고 군사가 개선하거든 큰아기 조시누도 함께 큰물굿을 다시 베풀리라. 배를 뭍으로 저으렸다."

왕업(王業)

무돌의 인도를 받은 주몽의 군사는 저녁을 먹고 나서 질풍같이 모둔골을 향하고 몰아왔다. 모둔골이 내려다보이는 두텁고개에 다다랐을 때에는 훤하니 먼동이 텄다.

주몽은 여기서 군사를 머물러 아침을 먹고 잠깐 졸고 쉬게 한 뒤에 음술물 아랫목을 막을 부대와, 거기와 모둔골의 중간을 지킬 부대를 먼저 떠나보내고, 모둔골 시가를 엄습할 주력 부대는 더 오래 머물러 넉넉히 쉬게 하였다. 군사들은 개잘량을 깔고 덮고 수풀 속에 몸을 숨기고 흠씬 자게 하였다. 격렬한 전투 준비를 함이었다. 주몽도 말안장에 기대어서 쉬고 있었다. 그도 개잘량 하나를 깔고 하나를 덮었다.

주몽은 먹는 것이나 입는 것이나 거처하는 것이나 부하 장졸과 똑같이 하였다. 어디서 큰 도적의 굴을 쳐서 많은 재물을 빼앗아도, 많은 계집을 빼앗아도 제 주인을 찾아주고, 남은 것은 모조리 부하에게 골고루 노나 주고 자기는 하나도 가지는 일이 없었다. 주몽이 위에서 이렇게 하기 때문에 아래 있는 사졸도 무엇이나 좋은 것이 있으면 '우리 아기', '장군마마'께 갖다 바치는 것이었다. 가을 산길에 굵은 아람을 주워도, 익은 머루 한 송이를 얻어도, 그것을 주몽에게 바쳐 조금이라도 입에 대었과저, 손에 들어 한번 보기라도 하였과저 하는 것이었다. 인제 겨우 스무 살 갓 넘은 소년으로서 어떻게 그렇게 마음이 돌아갈까, 하고 나 많은 부하들은 더욱 주몽을 존경하여서 하늘이 낸 양반이라고 마음으로 입으로 칭송하였다.

이 모양으로 주몽 아기를 위하여서는 죽어도 좋다는 사람이 지난 이태 동안에 만 명도 넘을 것이다. 동부여 사람, 말갈 사람, 졸본부여 사람 할 것 없이 한번 접한 사람이면 주몽을 사모하였다. 누가 보기에나 주몽은 제 욕심이 없이 나를 위하니 어찌 아니 사모하랴. 제 힘과 제 수고로 얻은 것을 아낌없이 다 노나주니 어찌 아니 따르랴. 높고도 교만치 아니하니 어찌 아니 정이 들랴. 행군하다가 곤란할 지경을 당하는 때도 많았으나 주몽이 자기네와 똑같은 고생을 하고 있는 것을 보면 사졸들은 마음이 든든하였다. 장군 주몽이 같은 것을 먹는다 하면 날도토리를 씹어도 꿀맛이 나고, 눈 위에 몸이 얼 때에도 주몽 아기도 똑같이 언다 하면 도리어 황송하였다. 이렇게 이 년 동안에 정들이고 길들인 수만 명 사졸은 지나온 천 리 길에 곳곳이 흩어져 있어, 사람을 대하는 대로 주몽을 칭송하면서 아무 때나 주몽을 위하여 일어날 날을 고대하고 있는 것이다.

이처럼 큰 인심을 얻은 것이 물론 주몽 혼자의 힘이 아니요, 오이, 마리, 합보의 도움이 큰 것은 말할 것도 없다. 주몽은 제가 하고 싶은 일이면 무엇이나 세 사람에게 물었고, 세 사람이 하자고, 또는 말자고 진언하는 것이면 무엇이나 귀담아들었다. "호문이호찰이언 은악이양선 집기양

단 용기중어민(好問而好察邇言 隱惡而揚善 執其兩端 用其中於民)"을 주몽은 몸소 행하는 것이었다. 무엇이나 물어, 무슨 말이나 귀 기울여 들어, 좋은 일은 내세우고 나쁜 말은 못 들은 체, 이곳저곳 양쪽 말을 다 들어서 그 중간을 백성에 쓴다는 것이다. 천하의 말을 다 들어 만민의 마음으로 내 마음을 삼으려는 것이 큰 임금 주몽의 뜻이었다.

주몽도 몸의 피곤을 느껴서 한잠을 자고 싶건마는 이날은 도무지 잠이 들지 아니하였다. 적과 싸우기 몇천 번이라, 닥친 싸움일래 잠을 못 잘 주몽도 아니건마는 이날은 이상하게도 생각이 많이 일어나서 억제할 수가 없었다.

안장에 기대어서 눈을 뜨면 별 반짝거리는 새벽하늘이 있었다. 먼동이 터서 동쪽이 훤하면 도리어 다른 쪽은 잠시 더 어두워지는 그러한 때였다. 한없이 멀고 깊은 검은 하늘에 지극히 깨끗한 빛을 발하는 샛별 하나. 주몽은 그것이 저와 무슨 관련이 있는 것같이 생각했다.

'나는 새 빛이 되어 이 세상을 밝힌다.'

주몽은 불현듯 이러한 생각을 하였다. '나는 큰 임금이 된다.'는 평소의 희미하던 생각이 빛이 되어 발하는 것이었다.

이날의 싸움은 뜻이 큰 싸움이었다. 왜 그런고 하면, 한나라 군사와 싸우는 것이기 때문이다. 한나라라면 굉장히 크고 한량없이 군사도 많고 물자도 많은 나라로 알아서 그에 대하여 모두 무서움을 품고 있는 이때에, 주몽이 많지도 못한 병력을 가지고 처음으로 한병과 접전을 하려는 것이었다. 그런데 오늘 일어날 싸움은 오이의 말과 같이 결코 주몽에게 이로운 조건으로 되는 것은 아니었다. 왜 그런고 하면, 이 싸움에 이긴다고 한나라를 이기는 것도 못 되는 한편, 이 싸움에 지면 지금까지 쌓은 장군의 명성을 떨어뜨릴 것이요, 낙랑 기타 한나라와는 적이 될 것이니, 되도록 이 싸움은 피하는 것이 유리할 것이었다.

이러한 반대가 있건만도 주몽이 이 싸움을 맡은 이유는 따로 있었다. 첫째로, 하늘의 뜻을 받아 백성의 괴로움을 덜기로 사명을 삼는 주몽이, 무돌이 전하는 조시누 공주의 말과 예물을 받고 이해득실을 교계할 수 없다는 것이니, 이것은 주몽 혼자만 속속 깊이 감춘 이유였다. 둘째로는, 아무리 하여도 이 땅으로 물밀듯 먹어 들어오는 한족을 쳐 물릴 운명에 있는 우리 민족임을 아는 그는, '한병 무섭지 않다.'는 기운을, 사실을 본보기로 하여 동포의 마음에 넣어주는 것이 필요하다고 생각한 것이요, 셋째는, 낙랑 왕이 계집과 재물을 탐하여 군사를 거느리고 남의 나라 속에 들어온 것이라 하니, 그렇게 경솔하고 교만한 낙랑 왕일진댄 자기 꾀와 재주의 좋은 밥이 될 것이라, 이것을 사로잡아서 정치적으로, 외교적으로 이용하자는 것이었다.

주몽의 이 뜻은 설명하더라도 알아들을 사람이 없으니 홀로 샛별을 바라보며 빙그레 웃을 뿐이었다.

불그레 먼 동쪽 산으로 햇발이 올려 쏘아도 주몽은 군사의 행진을 명하지 아니하고 의외에도 일제히 불을 때어 밥을 지으라는 영을 내렸다.

"밤을 놓친 것도 아까운데 새벽까지 놓치고 어찌하시랴오! 대낮에 적이 웅거한 성을 들이치면 우리 편에 손해가 많지 않겠소?"
하고 오이가 출발을 재촉하나 주몽은 가만히 고개를 흔들어서 듣지 아니하였다.

"지금 밥을 지어 연기를 내이면 우리 군사가 여기 있는 것을 적이 알지 않겠소? 군법에, 나 있는 곳을 감초라 하였거늘, 일부러 알리려 하시오?

밥 먹은 지도 얼마 안 되니 불만은 아니 때이는 것이 좋을 것 같소."

하고 재사가 말하여도 주몽은 가만히 고개를 흔들 뿐이요 아무 변명이 없었다.

주몽은 혼자 생각하는 바가 있는 것이었다.

아니나 다를까, 두텁고개에서 난데없는 연기가 오르자 모둔골로부터서 말 탄 군사 수십 명의 일대가 주몽의 진을 향하고 달려오는 양이 보였다.

주몽은 계교를 일러 척후 두어 명을 내려보내어 길가에 숨어서 모둔골서 오는 군사를 기다리게 하였다. 모둔골 군사가 고개 밑까지 달려와서는 말 걸음을 늦추고 조심조심히 사방을 둘러보며, 일부는 고개 밑에 머무르고 일부는 천천히 고개로 오르기 시작하였다. 이때에,

"거 누고?"

하고 주몽의 척후가 마른 풀 속에서 뛰어 나서며 칼을 겨누었다.

놀란 모둔골 군사들 중에 더러는 말을 돌려 달아나고 더러는 떨어지는 듯 말께서 내렸다. 그중에 하나가 칼을 빼어 들고 마주 나서며,

"게야말로 누고?"

"우리는 일월지자 하백지손 주몽 아기마마의 군사여니와, 게는 누고?"

하는 말에 고미의 군사는 깜짝 놀라며 뒤로 물러선다.

"주몽 아기라고?"

"그렇다. 주몽 아기."

"저 일월기 날리는 도적 두목 말이지?"

"이놈아, 입을 함부로 놀려? 주몽 장군마마라고 여쭈어라."

"장군이라면 우리 고미 장군이 계시다."

"오, 고미? 그놈 죽일 놈! 졸본나라 녹을 먹고 낙랑 왕의 앞잡이가 되어 마을을 쑥밭을 만들고, 모둔골 젊은 아낙네와 계집애들을 한병에게 팔아먹는 그 찢어 죽이고 저며 죽여서 개밥, 매 밥, 구데기 밥을 하여도 아깝지 아니한 그 역적 놈 고미가 네 두목이란 말이야? 에 튀퉤, 더럽다. 너 같은 놈들하고 말하기도 더러워! 우리 장군마마로 말하면, 일월기를 받으시고, 약한 이 억울한 이를 도우시고, 악한 이 억센 이를 꺾으시며, 계집이나 재물에 하나 손대시는 일 없고, 먹을 것 마실 것도 당신 잡수시기 전에 우리네 군사들을 먼저 주시니, 이런 거룩하신 어른이 어디 또 있느냐 말이다. 너희 놈들도 사람의 심장을 가졌거든 고미 놈을 버리고 우리 주몽 아기 밑으로 오란 말이다."

이 말에 모둔골서 온 두 군사는 서로 돌아본다. 말을 듣고 보니 옳기는 옳다는 것이다. 그중 하나가,

"그렇지만 우리 처자가 다 모둔골에 있으니 그것을 어찌하고 너의 두목헌테 간단 말이냐?"

하고 걱정스러운 얼굴이다.

"흥, 오늘 저녁에는 우리 주몽 장군마마께서 모둔골 성중에서 주무실 게다. 너희 놈들 마음대로 해. 고미 놈헌테로 가고 싶거든 가고, 여기 있고 싶거든 있고. 배때기가 고프거든 밥이라도 처먹고 가."

"너 우리를 속여서 사로잡는 거 아니냐? 밤참도 못 먹은 배가 꼬루룩거리기는 한다마는."

"너희 놈을 속여서 사로잡아? 흥, 저기 섰는 너희 군사 놈들은 한 놈 살아 돌아갈 줄 아느냐? 우리 장군마마께서 너희들을 잡으랴면야 모조리 염통을 뚫어서 잡으실 게다. 그렇지마는 그 어른은 호생지덕이 있으

시와서 아무쪼록 나는 새 한 마리도 안 죽이시랴는 거야. 그렇지마는 고미 같은 역적 놈이나 그놈을 끝까지 따라댕기는 놈들은 용서를 못 받을 것이다. 아마 이 해가 지기 전에 너희 눈깔로 그것을 볼 것이다."

고미의 두 군사는 잠시 머뭇머뭇하더니 말을 내버리고 도망하여 저 뒤에 물러가 기다리고 있는 동무들께로 간다.

"이 못난 놈들아, 말이나 타고 가거라."

하고 주몽의 군사는 도망하는 군사들의 뒤에서 소리를 질렀다.

고미군에서 왔던 수십 명의 척후대는 모둔골로 달려가는 것이 보이고, 주몽은 두 척후에게서 고미의 군사와 교환한 이야기를 들었다. 그러고는 주몽은 전군에 출발 명령을 내렸다.

선두에 붉은 바탕에 검은 해와 흰 달을 수놓은 일월기를 날리며 일렬종대의 긴 행렬이 천천히 움직였다. 금으로 장식한 투구와 갑옷을 입고 말 위에 앉은 주몽의 몸은 아침 볕에 빛났다. 주몽의 몸이 움직이는 대로 번쩍번쩍 여러 방향으로 빛을 뻗치는 것이 십 리 밖에서도 보였다. 누가 보아도 이것은 싸움하러 가는 무리라고 할 수는 없었다. 천천히 천천히 한가하게 주몽의 장사진은 모둔골을 향하여 행진하고 있었다.

모둔골을 앞으로 오 리나 두고 작은 개울 하나가 가로 흐르고 있어 주몽의 군사는 그것을 건너야 하게 되었다. 주몽은 이 개울가에 군사를 머무르고, 혹은 말께 물을 먹이며 혹은 군사들에게 씨름을 붙이며 또 혹은 마음대로 말을 달려 장난 모양으로 또는 미친 모양으로 들로 돌게 하였다. 아무쪼록 규율 없이 마음 놓고 유산하는 양을 보이는 것이었다.

오이와 기타의 부하들은 주몽에게 급히 모둔골성에 진격할 것을 재촉하였다. 적이 준비하기 전에 들이치자는 것이니, 이른바 출기불의(出其

不意)하자는 것이었다. 그러나 주몽은 무엇을 생각함인지 듣지 아니하였다.

날씨는 따뜻하것다, 배는 부르것다, 모래도 포근하것다, 군사들은 마음껏 즐기고 있었다. 저쪽 아지랑이 밑에는 적병이 있는 줄을 아나, 주몽을 믿는지라 아무도 겁이 없었다. 이렇게 유산을 시키는 것도 주몽 아기의 병법이라고 믿는 것이었다.

말들도 대장의 뜻을 아는가 싶어, 으흥 소리를 지르며 덜미 털을 흔들고 뛰놀았다. 뽀얗게 먼지가 올라 아지랑이와 어울렸다.

주몽은 홀로 모둔골 성중에서 일어날 일을 상상하고 있었다. 오늘 아침 왔던 고미의 척후들은 겁이 나서 돌아간 것이 분명하였으니, 그들은 필시 주몽의 군사가 수없이 많더라고 보고하여 아무쪼록 접전이 없도록 고미를 위협하였을 것이다. 낙랑 왕은 재물과 계집이 소원이요 모둔골 땅이 소원이 아니니, 얻은 것을 배에 싣고 달아나면 고만이지, 위험을 무릅쓰고 피 흘려 싸울 생각이 없을 것이다. 고미는 한사코 싸워서 모둔골을 제 것을 만들고 싶겠지마는 한병이 배에 올라 꽁무니를 빼는 것을 보면 고미의 군사들도 싸울 뜻을 잃을 것이다. 설혹 고미가 군사를 몰아 주몽의 군사를 저항하려 하더라도 그 군사는 목숨을 내어놓고 싸울 뜻이 없을 것이다. 이리되면 많은 피를 아니 흘리고 모둔골에서 적병을 쫓을 것이요, 배에 오른 적병은 물목을 막고 지키는 군사의 손에 패할 것이다.

이것이 주몽의 생각이었다. 주몽의 생각은 옳았다. 그는 싸우기 전에 벌써 이긴 것이었다.

주몽은 고미의 군사가 싸우러 나오기를 기다렸으나 해가 낮이 되도록 열, 스물의 군사가 이쪽 형세를 정찰하려는 모양으로 빠끔빠끔 내다볼

186

뿐이요, 대부대는 나오지 아니하였다. 그도 그럴 것이, 고미는 태수가 만일 밀사를 보낼 수 있었다면 구원병이 졸본에서 올 법하지 서쪽으로 오리라고는 생각지 아니하였기 때문에, 대부대의 군사를 동쪽 졸본으로 통하는 세 길목에 배치하고 서쪽으로는 겨우 백여 명의 소부대를 남겨두었을 뿐이었다. 아까 두텁고개에 갔던 척후병이 그 부대의 일부였다.

두텁고개에 갔던 척후병은 고미에게 주몽의 군사가 두텁고개 수풀 속에 가뜩 차서 아침 먹을 쌀 씻은 물로 개울물이 온통 뻘겋게 수수 씻은 쌀뜨물이더라고 보고하고, 그 군사들은 동부여와 말갈 사람들이 섞여서 모두 키가 구 척이요, 인물이 호랑이나 곰 같더라고 보고하였다. 그들은 이렇게 엄포함으로 고미가 싸울 뜻을 안 가지게 하려 함이었다. 그것이 저희들이 죽지 아니할 꾀였다.

과연 이들의 보고는 고미의 기운을 꺾었다. 그는 곧 낙랑 왕에게 달려가서, 주몽이라는 무서운 도적의 떼가 구름같이 모둔골로 밀려온다는 것을 척후의 말에 더욱 보태어서 말하였다. 낙랑 왕은 조시누만 잡아가면 목적은 달하는 것이어서 여기서 피를 흘리고 싸울 뜻은 없었기 때문에 한병 한 떼를 주어 고미를 태수부로 보내어, 태수 부처와 화친하고 떠나겠노라고 속여서 데려다가 배에 싣고 곧 배를 떠나기를 명하였다.

낙랑 왕이 태수 부처와 한병과 많은 젊은 여자 포로와 재물을 싣고 음술물에 나뜨는 것을 보고 고미의 군사와 백성들은 어안이 벙벙하였다. 그리고 딸들과 젊은 아내들을 빼앗긴 백성들은 물가로 따라 내려가며 몸부림하고 아우성하였다.

한병이 떠난 후에 모둔골의 치안은 갑자기 혼란하였다. 백성들은 고미의 집을 습격하였으나 그 가족은 없었다. 그들은 역적 놈의 집을 부숴라,

하고 고함을 치면서 가장집물을 막 두들겨 깨트리고 집에는 불을 싸놓았다. 무기를 가진 고미 군사들은 막 약탈을 시작하였다. 그리고 무뢰한들의 손에 여기저기 불이 일어났다.

주몽 장군은 왜 안 들어오느냐고 뜻있는 백성들은 고대하면서 뒷산으로들 기어올랐다. 그래도 아무도 주몽의 군중으로 갈 용기는 아니 났다. 무서웠던 것이었다. 소문으로는 주몽이 의인이라 추호불범한다고 들었지마는 제 나라 군사도 믿지 못하게 된 오늘에 도적의 떼를 더 믿을 수는 없었던 것이다. 백성들은 오늘이 세상의 마지막 날인 것 같았다.

모둔골에서 불이 일어나고 피난민이 산으로 올라가는 것을 본 주몽은 전군에 행진을 명하였다. 무돌이 앞장을 서고 삼백 명 말 탄 군사는 질풍같이 순식간에 모둔골에 들어왔다. 물론 아무 저항도 없었다.

일(一). 집에 불을 놓는 자
일(一). 부녀를 겁탈하는 자
일(一). 재물을 약탈하는 자
일(一). 군에 거역하는 자

는 추호도 용서 없이 죽인다고, 말 탄 군사들이 시가로 달리며 지위하였다.

무돌은 주몽을 인도하여 태수부로 갔으나 거기는 우짖는 나인들과 늙은 비부뿐이요, 공주도 태수도 없었다. 그러나 인심을 잃지 아니하고 천성의 사모함을 받던 태수부라 약탈이 여기까지는 들어오지 아니하여서 태수의 세 어린아이와 유모들은 있었다.

공주와 태수를 고미가 한병을 데리고 와서 데려갔단 말을 듣고 무돌은 발을 구르며 통곡하였다. 무돌은 천신만고로 기약한 오늘 해 지기 전에 주몽을 데려왔건만 공주와 태수는 잡혀간 것이었다.

주몽은 공주와 태수는 도로 찾아올 터이니 태수부를 잘 지키라 하고, 오이에게 모둔골 시가의 치안을 회복할 것을 명한 뒤에 몸소 활 잘 쏘는 한 부대의 군사를 끌고 재사의 인도로 낙랑 왕의 함대를 잡으려고 말을 몰았다.

모둔골에서 지름길로 이십 리쯤 내려간 물굽이에서 낙랑 왕의 다섯 척 배는 미리 매복하고 있던 무골이 거느린 군사와 만나 싸우고 있었다. 이쪽의 진지는 높은 언덕이요, 배는 이 언덕 밑으로 지나가야만 하였다. 두 배의 돛은 화전(火箭)을 맞아 타고 있고, 배 위에서 키 잡는 사람과 상앗대를 잡은 사람들이 있으나 이쪽의 화살에 연해 맞아 쓰러져서 미처 보충할 새가 없었던 것은, 배 위에 널브러진 시체와 피를 흘리고 구르는 군사들을 보아서 알 것이었다.

주몽은 목소리 큰 사람을 시켜,

"낙랑 왕아, 배를 돌려라. 항복하면 살고 달아나면 죽는다. 일월지자 하백지손 주몽 장군이 여기 있다."

하고 소리를 치게 하였다.

그러나 배는 키를 돌리려고도 아니 하고 세우려고도 아니 하고 이 목정이만 벗어나면 살겠다는 듯이 연해 죽으면서도 연해 아래로 내려갔다.

주몽의 활에서 떠난 살이 연해 세 사공을 꿰니 사람이 미처 번갈 새 없어 배가 방향을 잃어 서로 부딪치고 서로 밀치면서 흘렀다. 그래도 낙랑 왕 최락은 항복하려 아니 하고 이번 물굽이를 지나 화살 오는 목을 벗어나려 하였다. 그러나 개울이 멀리 남쪽으로 휘돌아서 다시 동북으로 굽어드는 목은 두 산 틈바귀요, 좌우는 가파른 언덕인 데다가 소나무 잣나무 같은 잎 푸르고 키 큰 나무가 빗살같이 들어서고, 게다가 바위와 돌까지 많았다. 마리가 거느린 부대는 키 큰 나무를 여럿 찍어 굴려서 뱃길을 막아놓았는데, 낙랑 왕의 함대는 이것을 모르고 빠른 산 옆 물을 따라 내려오다가 여기 걸려버렸다. 배 위에 사람의 그림자만 얼씬하면 좌우 언덕으로 살이 날아오고 돌이 굴러오고 도끼날같이 서슬이 선 돌팔매가 날아와서 한 사람도 살려두지는 아니할 것 같았다.

낙랑 왕은 마침내 흰 기를 내어걸기를 명하였다. 마리는,

"배를 돌려 모둔골로 가거라. 그러면 살린다. 이것은 우리 장군 주몽 아기의 명령이다."

하는 지령을 주었다.

"활과 돌팔매를 거두시면 배를 돌리오리다."

하는 한병의 탄원에 마리는 그것을 허락하였다. 낙랑 배 위에는 한병들이 개미 떼와 같이 나와서 상앗대로, 노로 배를 저어 돌려서 도로 물을 거슬렀다. 그날 해가 두텁고개에 올라앉을 때쯤 낙랑 왕의 배가 모둔골 선창에 올라와 닿았다. 주몽은 위의를 갖추고 군사와 백성에게 옹위되어 물가에 진 치고 있었다.

한병은 활과 창과 칼을 묶어서 먼저 배에서 내려 주몽의 앞에 바치고, 다음에 낙랑 왕은 조시누를 앞세우고 목에 끈을 매어 늘이고 두 팔을 등 뒤에 얽매이어서 고개를 숙이고 주몽의 앞으로 와서 무릎을 꿇고, 그 뒤에는 꼼짝 못 하도록 결박을 진 고미가 한병에게 개 끌리듯 끌려와 엎드리고, 그러고는 포로로 배에 실렸던 젊은 아낙네와 아가씨들이 놓여 내

려와 주몽의 앞에 절하고 일어날 줄을 모르고, 다음에는 한병들이 모두 맨손으로 땅바닥에 무릎을 꿇고 목을 늘이고 있었다. 마음대로 칼이나 도끼로 찍어줍소서, 하는 항복의 뜻을 표하는 것이었다.

일월기 밑에 임시로 단을 모으고 높이 앉은 주몽은 일어나 조시누를 맞아 위로하고, 태수는 어찌 되었느냐고 물으니, 조시누는 비창한 낯으로 모른다 하였다.

주몽은 낙랑 왕의 결박을 끄르고 앉을 자리를 줄 것을 명하였다. 최락은 땅바닥에 머리를 조아리며 무수히 고맙다 하고, 금후 자기의 자손은 영원히 주몽의 자손에 대하여 친선할 것을 맹세하였다.

주몽은 다음에는 몸을 소스라치며 고미를 불렀다.

고미는 잔뜩 뒷짐을 지고 머리를 풀어 뒷짐 진 손에 비끄러매어서 턱을 땅에 고이고 엎드리고, 칼 든 군사들이 각각 한 발로 고미의 덜미를 누르고 명을 기다리고 있었다.

"이놈, 네가 고미냐?"

하는 주몽의 음성은 컸다.

"그러하오."

"태수는 어찌하였느냐?"

"태수는 죽었소."

"네가 죽였지?"

"태수는 물에 뛰어들어 죽었소."

이 말에 조시누는 기색하여 쓰러진다.

"이봐라, 이 역적 고미의 목을 베어 소금에 절여 높이 달고 그 몸뚱일 랑 들에 버려 짐승의 밥이 되게 하여라. 그리고 저 한병에게 잡혀갔던 아낙네들은 다 제집을 찾아주고, 한병의 배에 있는 재물도 다 주인을 찾아주되, 주인을 못 찾을 재물은 오늘 싸움에 죽은 자의 유족과 불에 타 집 잃고 의지 없는 백성에게 노나주어라."

하는 분부를 내리니 누가 먼저 불렀는지 모르나,

"우리 임금 만세야!"

하고 군사와 민중이 함께 외치고 한병들까지도 저의 말로 만세를 불렀다.

주몽은 사흘 동안 군사들을 쉬어가지고 모둔골을 떠났다. 조시누는 말할 것도 없고 모둔골 백성들도 주몽이 모둔골 태수로 머물기를 바라고, 주몽의 부하 중에도 지난 이 년간의 방랑 생활에 진저리가 나서 모둔골같이 물산 풍부한 곳에 머물고 싶었으나, 주몽은 동으로 동으로 가는 길을 계속하였다.

모둔골서 동으로 음술물을 내려가면 백 리쯤 하여 졸본물과 합하고, 거기서 또 백 리쯤 동으로 가면 비류물〔沸流水〕이라는 강이 있다. 이 강은 음술물이나 졸본물과는 딴 줄기로, 서는 연안에 꽤 넓은 평야를 이루고 서남으로 흘러서 직접 아리나리에 들어가는 강이다.

비류에 이르러서 주몽은 여섯 신하를 거느리고 뒷산과 앞산에 올라 지형을 살피더니,

"좋다!"

하고 외쳤다.

"여기가 무에라는 데냐?"

하고 물으니 어떤 늙은 나무꾼이 대답하기를,

"여기가 흘승골(紇升骨)이라는 데요. 저기 저 성이 흘승골성이오."

하고 손을 들어 한 곳을 가리키니 산마루를 돌아서 오랜 토성이 보인다.

"저것은 어느 때 성인가?"

하고 물으니 그 늙은 나무꾼은,

"낸들 아오마는, 옛 어른들 말씀이 단군께서 세 아드님을 데리시고 쌓으신 것이라 하오. 그래서 이 산을 아들메[三郞城]라 하고, 저 뒤에 높은 봉우리가 함박[太白], 낮은 봉우리가 쪽박[小白], 그리고 이 봉우리가 아들메요. 여기 큰 나라가 들어앉는다 하오."

하고 눈을 들어 주몽을 슬쩍 살피고는 어디론지 가버리고 만다.

뒤에 세 봉우리 산이 있고 앞에 비류가 흐르고 물을 건너서는 큰 벌이 있어 양식도 넉넉하고 교통도 편하고도 흘승골의 요해가 지키기 쉽고 치기 어렵게 생긴 곳이었다.

주몽은 이곳에 머물기로 뜻을 정하고 재사, 오이의 무리를 시켜 터를 잡아 집을 짓게 하였다.

산을 등지고 강을 앞으로 두게 하면 남향이었고, 어디나 땅을 파면 좋은 샘이 솟아 물이 달았다.

주몽이 흘승골에 웅거한다는 소문을 듣고 사방으로서 백성들이 모여들어 주몽의 집 곁에 집을 지었다. 모둔골에서도 조시누 공주를 머리로 하여 수천 호가 주몽을 사모하여 따라오고, 졸본에서도 가족과 세간살이를 끌고 오는 이가 많아서 비류물 벌 흘승골 앞에는 불과 한두 달 사이에 수천 호의 집이 생겨서 큰 도시를 이루었고, 누가 언제 부르기 시작하였는지 모르나 이 새 도시를 '나라내'라고 부르니, 이것이 후세에 '국내성(國內城)', '평양(平壤)'이라고 한자로 부르게 된 어원이었다.

백성들 사이에는 나라내는 살기 좋은 데요 피난처였다. 세도 있는 계급이나 탐관오리의 학정 협잡이 없으니 벌면 버는 대로 내 것이요, 죄만 안 지으면 자유천지였다. 또 도적도 관군도 감히 주몽을 못 건드리니 나라내는 언제나 태평세계의 피난 곳이라는 것이었다.

조시누 공주는 남편이 다스리던 고을 모둔골을 주몽에게 바치고 어린 세 아이를 끌고 흘승골로 왔다. 제 재산으로 가지고 있던 금은과 다른 보화도 모두 주몽에게 바쳤으나 그것은 물리치고 조시누가 주몽의 의복과 음식을 맡는 것만을 허하였다.

이때에 졸본에서는 큰 문제가 일어났다. 주몽을 어떻게 대우할 것인가 하는 문제였다. 한병의 손에서 모둔골을 회복하고 조시누 공주를 구한 것은 졸본 왕으로서 가상할 일이거니와, 주몽이 제 마음대로 흘승골을 점거하여 한 나라를 이룰 기세를 보이는 것은 용서할 수 없이 불온한 일이었다.

모둔골 일이 있은 후에 졸본 조정에서는 주몽으로 모둔골 태수를 삼을 터이니 졸본으로 오라고 불렀으나 주몽은 회답도 아니 하였다. 눈알을 가지고 갔던 다라미의 말을 좇아 왕명으로 수천의 군사가 모둔골을 향하여서 떠났으나 중로에서 그 반수도 못 되는 고미의 군사에게 패하여 칠분 오열이 되어 달아나버린 것으로 졸본나라의 위신은 더욱 땅에 떨어진 졸본 왕의 부름에 주몽이 응할 까닭이 없었다.

주몽이 흘승골에 웅거한 가을에는 이상하게도 흘승골 사방 백 리 안에는 무전대풍이 들어서 백성들은 이것이 다 주몽 장군의 덕이라 하여 칭송하여서, 그중 큰 수수 이삭, 조 이삭 같은 것을 먼 곳에 사는 백성들도 예물로 가져다가 주몽에게 바쳤다. 곡식만 잘된 것이 아니라 소도 돼지도, 닭, 개 짐승도 다 무병하게 번식하였고, 흘승골 백 리 안에는 큰 도적 떼는 말할 것도 없거니와 좀도적도 주몽의 위엄에 눌려서 그림자를 감추고, 호랑이와 범조차 인축을 해함이 거의 없었다.

주몽은 엄하게 부하를 단속하여 백성에게 행패하는 자가 없고, 또 백성들에게도,

일(一). 사람을 죽인 자는 죽인다.

이(二). 부녀를 겁간하거나 남의 부녀와 간통하는 자는 죽인다.

삼(三). 도적질하는 자는 죽인다.

사(四). 남의 집에 불을 놓거나 남의 집을 허는 자는 죽인다.

오(五). 남을 때리거나 남을 욕설하거나, 남을 속여 재물을 얻는 자는 볼기와 형문을 때린다.

이러한 간단한 법률을 주어 추호도 용서함이 없으므로 치안이 잘 유지되어서 누구나 흘승골에 와 살기를 좋아하였다.

이래서 졸본에서까지도 몰래 가족과 재물을 끌고 흘승골로 오는 사람이 나날이 늘게 되니, 졸본으로서는 시급히 흘승골에 대한 대책을 아니 세울 수 없었다.

국가의 체면으로 보아서 가장 적절한 방책은 주몽이 왕명을 받지 않고 국토를 찬탈한다는 이유로 군사를 보내어 이를 토벌하는 일이지마는, 이 때 졸본으로서는 이것은 엄두도 못 낼 일이었다. 고미의 오합지졸에게 짓밟히는 졸본의 병력으로 주몽을 어찌 당하랴. 그러면 남은 길은 모략이나 항복이 있을 뿐이었다.

모든 쇠망하는 나라가 다 그러한 모양으로, 졸본 조정에서는 음모만

일삼고 성의가 없었다. 날로 강해가는 주몽의 세력에 대하여 성의 있는 대책을 세우지 못하고, 마리지 이무기, 두상대감 도가비 등은 속으로는 주몽을 무서워하면서도 임금 앞에 모여서 말할 때에는 대의명분을 내세우는 고담준론을 할 뿐이요, 주몽을 베어야 된다고만 하지마는 벨 계책도 없어서 아무 결론에 달하지 못하고 마는 것이었다.

시월 상달을 잡아서 주몽이 왕위에 오를 준비를 하고 있다는 기별이 오매 졸본 조정에서는 장히 황망하였다. 시월 상달이라면 앞으로 한 달도 남지 아니하였으니 사정은 극히 촉박하였다. 졸본 조정에서는 어찌할 줄을 모르고 있는 동안에 또 둘째 기별이 왔다. 기별이란 것은 흘승골에 보낸 염탐꾼의 기별이었다. 그 기별은,

"주몽은 군사를 발하여 졸본을 들이쳐서 이달 안에 졸본을 점령하고 시월 상달에는 졸본에서 주몽이 등극한다."

하는 것이었다.

이에 졸본 조정에서는 어전회의를 열고 밤을 새워 의논한 결과, 병력을 가지고 주몽을 대항할 의도를 버리기로 작정하고 왕의 막내따님 작은아기를 주몽에게 주어 왕과 주몽과 옹서의 관계를 맺음으로 이 급한 고비를 넘기자는 것이니, 이것은 노회한 이무기의 계교였다. 왕은 그것을 반대하지 아니하였다. 주몽이 군사를 끌고 졸본으로 들어와서, 오랜 나라의 늙은 임금으로서 새파랗게 젊은 도적 두목 주몽의 앞에 항복하는 수치만은 면할 것 같았다. 그래서 조의대선 두루미를 특사로 하여 왕의 친서를 주어서 흘승골로 보내니, 이날에 벌써 졸본의 사직은 망한 것이었다.

주몽은 오이, 마리, 합보, 재사, 무골, 묵거 등을 좌우에 놓고 위의를 가진 자리에서 조의대선을 인견하고 졸본 왕의 국서를 받을 때에는 주몽

은 공손하게 자리에서 내렸다. 겸손은 주몽의 특색이었고 이것이 인심을 얻는 데 가장 큰 덕이었다.

조의대선은 거만한 젊은 장수의 버릇없는 태도를 상상하였다가 그의 위엄에 놀라서 도리어 공손하게 주몽의 앞에 절하였다.

"대선, 과공이시오."

하고 주몽은 몸소 두루미를 붙들어서 자리를 권하였다.

두루미는 황송하다 아니 할 수 없었다. 그는 한번 주몽을 보매 그 해와 달의 정기를 받은 듯한 환한 얼굴과 웅장한 음성과 무거운 행동과, 그리고 겸손한 중에도 위엄이 있는 것이 제왕의 덕을 가진 큰 인물임을 느꼈다. 과연 명불허전이라고 속으로 칭찬하였다. 그리고 좌우에 모신 여섯 사람이 다 의젓한 도인인 데 놀랐다. 이무기와 같이 간사하고 음험하거나, 도가비와 같이 거만하고 탐욕스러움이 없었다. 비록 모두 야인이라 궁정에서 오래 닦인 우아함은 부족하다 하더라도 거개 도인의 높은 풍도를 가진 것이 놀라웠다. 두루미는 딴 세상에 온 것 같은 명랑함을 느꼈다.

주몽은 두루미를 자리에 앉히고 자기의 자리에 돌아와 앉아 졸본 왕의 친서를 읽고 나서,

"선생이 원로에 오시노라 수고하셨소."

하고 흔연히 두루미를 향하여 인사말을 하였다.

"장군의 성화를 오래 듣다가 오늘 지척에 뵈오니 과연 명불허전이라, 영웅 기상이시고 겸하여 애인하사하시는 덕을 뵈오니 못내 칭송하오."

하고 조의대선은 기분이 상쾌하여 활달하게 말하였다.

"천만에 말씀이오. 내 들으니 조의대선은 도학이 높다 하시니 나같이

젊은 사람에게 많은 가르침을 드리우시오."

하고 화두를 돌려,

"그래, 선생께서는 무슨 일로 이렇게 원로에 내림해 계시오?"

하고 용무를 물었다.

두루미는 상쾌하던 낯빛을 거두고 옷깃을 여미어 엄숙한 태도를 지으며, 그러나 장히 미안한 듯이 좌우에 앉은 여섯 사람을 돌아보더니, 사신이란 이렇게 우물쭈물할 수 없다 하여 용기를 내어가지고 말을 꺼내어,

"아뢰옵기 황송하오나 일에는 여럿이 알아서 좋은 일도 있고 여럿이 알아서는 좋지 아니한 일도 있사온데, 장군은 어떻게 생각하시오?"

하고 희끗희끗 센 긴 눈썹을 쭝긋 올리며 주몽을 바라본다.

"과연 지혜로운 말씀이오. 나도 그렇게 생각하오."

하고 주몽은 빙그레 웃음을 머금는다.

"그러하온데 지금 소인이 장군께 아뢰려는 말씀은 장군께서만 아시고 다른 사람의 귀에는 들어가지 않는 것이 좋다고 생각하옵는데."

"여기는 다른 사람은 없소."

"어인 말씀이시온지. 지금 좌우에 여섯 분 현인이 있거늘 다른 사람은 없다 하시니 어인 말씀이시온지?"

"어, 이 여섯 사람 말씀이오? 이 여섯 사람은 남이 아니오. 이 여섯 사람의 눈이 모여서 주몽의 눈이 되고, 이 여섯 사람의 귀가 모여서 주몽의 귀가 되오. 주몽이 무엇을 한다 하면 이 여섯 사람이 하는 것이니, 밥은 주몽이 혼자 먹어도 일은 이 여섯 사람을 빼고 주몽이 혼자 하는 일이 없소. 이 여섯 사람을 물리라 하신다면 그것은 마치 주몽더러 눈을 빼고 보고, 귀를 막고 들으라는 것과 같소."

주몽의 이 말에 재사, 오이 등 여섯 사람은 일어나 절하고, 두루미도 눈을 크게 뜨고 고개를 끄덕끄덕하더니 자기도 일어나 한 번 깊이 읍하고 나서,

"장군! 과연 갸륵하시오. 어수지교(魚水之交)라는 것을 옛글에서만 보았더니 오늘날 장군 막하에서 처음 보오. 과연 갸륵하시오. 소인의 실언을 사례하오."

하고 또 한 번 주몽에게 깊이 읍하고, 다음에 재사, 오이 등 여섯 사람을 향하여도 가볍게 읍한다.

"그러면 소인이 우리 상감마마께오서 장군께 전하라 하신 말씀을 아뢰오리다."

이 말에 주몽은 일어나 읍하여 졸본 왕에게 경의를 표한다.

두루미는 자리에서 일어나 두 손을 읍하여 앞가슴에 붙이고 약간 고개를 숙이고 주몽에게 졸본 왕의 말을 아뢴다.

"첫째로는, 상감마마께오서는 장군께서 모둔골 적병을 물리치시고 공주 조시누 마마를 구원하신 공을 깊이 가상하시노라 하오신 뜻을 장군께 아뢰라 하시오. 둘째로는, 상감마마께오서는 아드님이 없으시고 끝엣공주 작은아기마마 한 분을 두시와 이제 나이 열여섯이시온데 이 아기로 비류 공주를 하이시고 장군으로 비류 부마를 하이실 뜻이시니 장군의 뜻을 물어 오라 하시오. 셋째로는, 상감마마께오서 이미 춘추 높으시고 또 태자 아니 계시니 상감마마 만세후에는 보위(임금의 자리)를 장군께 전하실 뜻이니 장군의 뜻이 어떠하신가 알아 아뢰라 하시오. 이 세 가지 사명을 받들어 소인이 장군 막하에 왔사오니 무엇이라고 상감마마께 돌아가 아뢰올지 장군의 말씀을 기다리오."

하고 한 번 읍하여 말이 끝난 뜻을 표하니 주몽도 자리에서 일어나 읍하여 왕의 말에 경의를 표한다.

공식 회견은 이것으로 마치고 그날 밤에 주몽의 마을에 잔치를 베풀고 두루미 대선을 접대할새, 역시 재사, 오이 등 여섯 사람을 부르고 조시누 공주도 이 자리에 나오게 하였다.

조시누 공주가 태수의 거상을 입어 소복으로 천천히 방에 들어오매 주몽을 제하고 일동은 다 일어나서 맞고, 두루미는 공주가 좌정하기를 기다려서 그 앞에 나아가 절하고 머리를 조아려 조상하는 뜻을 표하고, 뒤따라 유모에게 안겨 나온 온조, 비류 두 아기와 또 한 유모의 손에 끌려 들어오는 보슬 아기의 앞에도 읍하였다. 이때에 말이 막힌 두루미 대선의 늙은 눈에서는 눈물이 줄줄 흘렀고, 다른 사람들도 이 충성스러운 두루미의 행동에 감격되어 같이 울었다.

얼마 뒤에야 두루미는 조시누 공주의 발밑에 무릎을 꿇고 눈물에 젖은 공주를 우러러보며,

"공주마마, 아뢰올 말씀이 없소. 그러나 이렇게 마마께서와 세 분 아기 다시 뵈오니 그만 고마운 일이오. 상감마마께오서도 마마를 생각하오시고 낙루하심을 소인네도 매양 뵈와 황송하기 그지없소. 이번 소인이 홀승골에 올 때 하도 상감마마께오서는 소인을 가까이 부르시와 목메인 말씀으로 부디 주몽 장군께 청하여서 마마께와 세 분 아기 뵙고 오라 하오시고, 주몽 장군께 여짜와 아기네 다리시고 마마께서 부디 한번 졸본에 오시와 상감마마 만세 전에 부디 한번 대면하시게 하라 분부 계시었소."

하고 소매로 눈물을 씻었다.

공주는 억지로 눈물을 삼키며 두루미의 말을 다 듣더니,

"이 몸과 이 세 아이 오늘에 살아 있는 것은 다 장군마마 덕택이오. 장군마마곧 아니시더면 이 몸은 벌써 무슨 욕을 당하고 어떤 죽음을 하였을지 모르오."

하고 주몽을 향해 한 번 일어 절한 뒤에 다시 말을 이어,

"이 몸과 세 아이만 살려주신 은혜도 크려든 태수 을두지의 원수를 마저 갚아주셨으니 장군마마의 은혜는 하늘보다도 넓고 땅보다도 두텁소. 이 몸이 무엇으로 그 은혜를 갚으리마는 평생에 장군마마 잡수실 것을 여투고 입으실 것을 지어드리다가 이 몸이 백골이 되거든 넋이라도 장군마마를 따라 끝없는 은혜를 갚으려 하오. 대선, 졸본에 돌아가시거든 이 뜻으로 상감마마께 아뢰어주오."

하고 고개를 돌리고 흐느껴 울었다.

"그러하시더라도."

하고 두루미는 조시누에게,

"그러하시더라도 한번 졸본에 들어가셔서 상감마마 애자지정을 풀어드리시는 거야 못 하실 리 없을 것이오. 너그러우신 주몽 장군께서는 그것을 용납하실 줄 아오."

하고 주몽을 향하여,

"장군, 공주께서 한번 졸본에 귀녕(歸寧)하시기를 허락하시오리까?"

하고 물었다.

주몽이,

"허락하고 말고가 있소? 공주는 나를 도와주시는 은인이시니 공주가 원하시는 일을 막을 사람이 없소."

하는 말에, 공주는,

"황송도 하오서라."

하고 일어나 주몽을 향하여 절하고, 두루미도 공주를 따라서 주몽에게 절하고,

"장군마마는 과연 성인이시오. 소인은 장군의 덕이 이대도록 높으신 줄은 몰랐소."

하고 진정으로 머리를 조아렸다. 그는, 조시누는 주몽의 포로로서 벌써 첩이나 종이 되었을 것으로 알았던 것이다.

"그러면, 공주마마."

하고 두루미는 다시 공주를 향하여,

"장군께서 저렇게 허락하시니 이번 길에 소인이 뫼시고 가오리다. 사흘이면 졸본에 가시고 사흘이면 흘승골에 오시니 나흘쯤 귀녕하시와도 모두 열흘이면 족할 거 아니오니까?"

하고 공주가 이번에 자기와 같이 졸본에 들어가기를 간청하였다.

공주는 살랑살랑 고개를 흔들며,

"아니오. 이 몸은 상감마마 앞에 나아갈 몸이 못 되오."

하고 극히 비창한 표정을 한다.

"그건 어이한 말씀이시온지?"

하고 두루미 대선 언뜻 공주가 주몽에게 몸을 허하여 과부로서의 절개를 더럽힌 것이나 아닌가 하고 공주의 눈을 들여다본다.

공주는 이윽히 머뭇머뭇하다가,

"지아비가 큰 고을에 태수로 나라 땅과 나라 백성을 잘못 지켜 싸와도 못 보고 적군에 잡혀 나라를 욕되게 하고 죽었으니, 그 아내 된 이 몸

이 무슨 낯으로 상감마마께 뵈오리까. 마땅히 지아비의 뒤를 따라 죽을 거이로되 세 어린거이 있어 못 하고 이제는 지아비를 대신하야 장군마마 은혜를 갚을까 하고 살아 있는 몸이오. 부부일신이라 하니 지아비가 죄인이면 아내도 죄인이라, 나라의 죄인의 몸으로 무슨 낯으로 다시 아바마마께는 뵈이며 졸본 사람들을 대하겠소? 불효 불충한 이 자식을 잊으시도록 대선은 상감마마께 좋도록 아뢰어주오. 그리고 다시는 졸본으로 가잔 말씀은 말아주오. 그런 말 들을 때마다 이 가슴을 칼로 어이는 듯하오."

하고 주몽께 물러간다 하직하고 아이들 데리고 방에서 나가버린다.

두루미는 말할 것도 없거니와 다른 여섯 사람과 주몽까지도 측은한 마음에 한참이나 추연하여 말이 없었다. 그들의 마음눈에는 눈물에 젖은 소복한 조시누 공주의 아름답고 갸륵한 모습이 박혀 스러지지 아니하였다.

이윽고 행배(잔을 돌리기)가 시작되어 조시누 공주로 하여 슬폈던 기분이 가실 때쯤 하여 주몽은 두루미를 향하여 이렇게 말하였다.

"졸본나라는 쇠하였으나 대왕께서는 덕이 높으신 모양이오. 공주가 저러하시고 신하가 대선 같으시니."

"부끄러운 말씀이오."

하고 두루미는 이무기, 도가비 등을 생각하였다. 그들이 생각하는 것은 계집이요 재물이요 제 권세였고, 그들의 밑에 있는 사람은 모두 그들을 본받고 그들을 속이고 그들에게 아첨하는 무리였다. 그중에 누가 나라와 임금을 생각하는고? 누가 백성을 생각하는고? 대신들이 이러하니 작은 관리들도 그러하고, 대장들이 이러하니 밑에 졸병까지 그러하여서, 백성들은 이리 쪼이고 저리 뜯기고 하여 어느 힘 있는 집에 등을 대지 아니하고는 부지할 도리가 없었다. 졸본 왕은 천성이 인자하여서 백성을 아들과 같이 사랑하는 마음이 있고, 향락은 좋아하였으나 탐학하는 마음은 없었다. 그러나 인자한 마음만으로 백성이 편안할 수는 없는 것이니, 백성이 편안하려면 탐관오리를 숙청하고, 청백하고 충의로운 인물을 써서 인자한 정사가 밑에까지 내려가야 할 것인데, 왕은 늙기도 하였거니와 천성이 인자하여 측근에 있는 사람들을 소인인 줄 알면서도 차마 물리치지 못하고, 죄 있는 줄을 알면서도 차마 벌하지 못하니, 결과에 있어서는 왕의 인자한 것은 소인들에게만 밎고 백성에게는 내려가지 못하는 대신에, 백성들은 이리와 같고 여우와 같고 뱀과 같은 소인의 무리의 밥이 되는 것이었다. 조의대선은 이 병을 모름이 아니었으나 그에게 말하는 혀가 있으되 왕의 좌우를 깨끗이 할 아무 힘도 없었다.

조의대선은 속으로, 주몽 같은 사람을 임금으로 모셨으면 얼마나 좋으랴 하였다. 그래서 진정으로 작은공주와 주몽과의 혼인을 일러서 주몽으로 왕의 후계자를 삼고 싶었다.

"상감께서는 진실로 성군이시오. 그저 인자하오시고, 조시누 공주께서도 인자하시고 명민하시지마는 작은공주께서는 아마 언니마마보다도 더욱 현철하시고 숙덕이 있으시다고 생각하오. 용모로 보나 심덕으로 보나 진실로 후비의 기상이 있으신 줄로 아오."
하여 두루미는 주몽의 비위를 돋우고 나서 주몽의 눈치를 엿보았다.

그러나 주몽의 얼굴에는 아무 욕심의 움직임도 나타남이 없었다. 주몽은 두루미가 졸본 작은공주의 아름다움을 찬양하는 것을 들을 때에 가섬벌에 남기고 온 예랑을 생각하는 것이었다. 떠난 지 이제 이태, 예랑은 어찌 되었는가. 천하를 경영하는 몸으로서 처자를 그리워하는 빛을 사람의 눈에 띄게 할 주몽이 아니거니와, 낮에도 말에도 드러내지 않은 심사는 속으로 타는 불과 같은 것이었다. 그리움을 능히 억제할 힘 있는 마음인지라, 사랑하는 이를 그리는 정도가 더욱 강한 것이다.

연회가 파하여 객이 다 흩어진 후에 약간 주기를 띤 주몽은 혼자 촛불 밑에서 조잔한 벌레 소리를 들으며 예랑과 그가 낳았을 어린아이를 생각하고 있었다.

주몽은 비류강 가에 집 하나를 짓되 모두 자기가 설계를 내었다. 그리고 후원에는 강을 연하여 버드나무를 심었다. 동부여는 대개 평지여서 버들이 많았으나 졸본은 산이 많고 벌이 좁아 소나무와 참나무가 많으나, 버드나무도 없는 것은 아니나 그리 많지 아니하였다. 그런 것을 주몽은 가섭벌 예백의 집을 모본하여 집을 짓고 예랑이 나아가 놀기를 좋아하던 버들 숲을 만들자는 것이었다. 금년에 심은 애버들이 십 년이면 족히 그늘을 이룰 것이다. 버들 그늘에 거니는 예랑을 주몽은 속으로 그리워하였다.

예랑이 병으로 죽었다는 풍설도 있고 대소의 손에 죽었다는 풍설도 있으나, 주몽은 그것을 믿으려 아니 하였다. 주몽은 예랑이 그렇게 만만하게 죽을 사람이 아니라고 믿고, 겸하여 자기와 짝지은 사람이 그렇게 박복하지 아니하리라고 자신하였다. 주몽은 어려서부터도 제 운명에 대하여 자신이 있었거니와, 일월기를 들고 나오는 동안에 여러 번 위태한 경우를 당하면서도 매양 승리하는 것으로 보아서 자기는 과연 하늘과 땅과 해와 달의 신임을 받는 사람이라고 자처하게 되었다. 그러므로 그가 하고자 하는 것이 다 이룰 것을 믿는 한편, 그의 하고자 함이 의에 어그러질 때에는 하늘의 벌을 받을 것이라고 두려워하였다.

주몽의 지난 이태 동안의 생활에는 짝을 그리워할 사이도 없었거니와, 모둔골을 지나서 흘승골에 자리를 잡으면서부터는 몸이 편할 날이 있는 만큼 젊고 건장한 몸이 짝을 구하는 마음이 없을 수 없었다. 게다가 천하에 한꺼번에 셋도 있기 어려울 듯한 미인 공주가 옆에서 시중하고, 시중할뿐더러 지극히 사모하는 정을 퍼붓고 있으니 조시누의 그 마음이 주몽에게 통하지 아니할 리가 없어서 이것이 더욱 주몽에게 예랑을 그리워하는 생각을 자극하였다.

이 모양으로 정히 예랑을 생각할 즈음에 비류의 유모가 들어와 주몽께,

"공주께서 장군마마께 잠깐 아로일 말씀이 있으니 나아와 뵈옵기를 허하시오리까 여쭈시오."

하고 물었다.

"그래, 애기를 다리고 옵소서 하여라."

이윽고 공주는 세 아이와 유모들을 데리고 들어와 주몽께 절하고,

"장군마마, 낮에는 정사로 군사로 늘 바쁘시옵고 계집의 몸으로 밤에 뵈옵기도 어려워 사뢰고 싶은 말씀 여태 사뢰지 못하였소. 오늘은 아모리 하여서라도 장군마마께 이 말씀을 사뢰고저 버릇없이 나왔으니 과히 허물 마시고 들어주시올지?"

"무슨 말씀이나 하시오. 그래 무슨 말씀이오?"

하고 유모더러 가까이 오라 하여 세 아기의 머리와 손을 만진다.

"다름 아니오라."

하고 조시누는 낯을 붉혀 수삽하며,

"요사이 온조가 처음으로 아빠를 찾소. 세상에 아빠라고 여짜올 어른

이 없는 고아의 정경이 가련하지 아니하오니까. 우으로 두 아이도 그러하오. 세상에서 어미 없는 어린아기도 가여워라 하거니와 아비 없는 자식은 새 짐승도 숙본다 하오. 아조 염치없고 빤빤스러운 말씀이오나, 우으로 두 아이까지는 몰라도 이제 처음으로 아빠를 부르는 온조만이라도 장군마마를 아버지라 여쭙게 하여주실 수 없사올지. 아이들은 장군마마를 아버지라 여짜옵고 소인은 어미라고 부르는 것이 못마땅하오면 소인은 어미라고 아니 불러도 좋을까 하오. 장군마마, 긍휼히 여기시는 처분만 기다리오."

하고 조시누는 숙인 고개를 들지 못하였다.

조시누의 말에 주몽은 가슴이 뭉클하였다. 주몽 자신도 아비 없는 설움을 당하였고, 그래도 금와왕은 자기를 아들처럼 사랑하여주었다. 대소와 그 칠 형제 아들들의 시기와 학대를 받았으나, 금와왕만은 그렇지 아니하였다. 그러기 때문에 그 은혜를 생각하여 금와왕의 나라 동부여는 건드리지 아니할 마음을 먹은 것이었다.

또 만일 강상의 달밤의 인연으로 예랑이 아들을 낳았다 하면 그 아들도 주몽 자기와 같이 아비라고 부를 사람 없는 고아로 자랄 것이다. 그런 것을 생각하면 주몽의 가슴이 아팠다.

그래서 주몽은 먼저 일어나 유모에게서 온조를 받아 안고,

"온조야, 내 아들이다."

하고 얼렀다.

온조는 주몽의 말뜻을 알아들을 리는 없지마는 팔과 다리를 버둥버둥하면서,

"아빠, 아빠, 아빠."

하고 세 번이나 부르며 주몽의 얼굴을 쳐다보고 웃었다.

주몽은 이 어린아기에 대하여 깊은 애정을 느꼈다. 아무리 주몽이라 하더라도 이 핏덩이가 자라서 그로부터 이십 년 후에 백제라는 나라를 세우는 칠백 년 왕업의 큰 시조가 될 줄을 몰랐을 것이다. 이것은 나중 이야기거니와, 온조는 그 생부 을두지 우태〔優臺〕, 또는 구태〔仇臺〕와 같이 주몽, 즉 동명왕을 종묘에 같이 모시어 끝까지 주몽을 아버지로 섬겼다.

주몽이 온조를 아들이라고 불러서 안아주는 것을 보고 세 살 먹은 비류도 부러운 듯이 지척지척 걸어와서,

"아빠, 나도."

하고 주몽에게 매어달렸다.

주몽은 비류도 아들이라 부르고 안아주었다.

다섯 살 먹은 보슬 아기는 죽은 아버지를 잘 기억하는지라 주몽을 아버지라고 부르지 아니하였으나 손가락을 물고 역시 주몽에게 매어달렸다.

주몽은 재사, 무골, 묵거, 오이, 마리, 합보, 여섯 사람을 불러 졸본 문제를 토의하고 조의대선 두루미에게 이렇게 대답하였다.

"대왕께서 작은공주를 내게 허하신다는 뜻은 고마우나 나는 동부여에 두고 온 아내가 있으니 다시 혼인할 뜻이 없다고 아로이시오. 또 나는 인자하신 대왕의 졸본을 건드리지 아니할 것이니 안심하시고, 만일 어떠한 우환이 있거든 내게 말하면 언제나 도와드린다고 아로이시오. 그리고 조시누 공주가 지성으로 나를 공궤하시니 고맙다고 아로이시오."

이 회답을 받아가지고 두루미는 홀승골을 떠나 졸본으로 돌아갔다. 졸본 왕은 주소로 근심으로 기다리다가 두루미의 회보를 듣고 안심하였다.

주몽의 생각에는 졸본이 그렇게 탐나는 것은 아니었다. 주몽은 졸본을

가지려면 언제나 가질 것을 알았고, 왕위에 관하여서도 남의 것을 전해 받지 아니하여도 제가 언제나 만들 수 있다는 자신이 있었다. 그러므로 주몽은 동부여와 같이 졸본도 건드리지 않기로 하였다. 졸본을 잘 보호하는 것이 조시누의 정성에 대한 갚음이라고도 생각하였다.

주몽의 뜻은 동으로 남으로 바다 있는 데까지 나아가는 데 있었다. 그러므로 뒤로 대륙을 돌아보는 마음보다 앞으로 반도를 내다보는 마음이 더욱 간절하였다. 그것은 주몽 혼자의 생각인 것보다는 민족 전래의 희망이었다. 더 따뜻한 나라, 더 아름다운 나라, 바다에 닿은 나라를 찾아 동으로 남으로 나아가는 길이었다.

주몽은 반도의 남쪽에 신라(新羅)라는 나라가 벌써 새로 일어난 것을 들어 알았다. 이때에 벌써 신라의 박혁거세왕이 즉위한 지 이십일 년이었다. 주몽은 서에 한(漢)이 있고 동에 신라가 있어 내 눈을 막는구나 하고 한탄하였다. 그래서 주몽은 다소 바쁜 마음을 가지고 갑신년 시월 초사흘 단군께서 태백산 단목 하에 신시(神市)를 세우고 등극하던 날을 택하여 흘승골성 서리 찬 밤에 즉위의 대례를 행하였다.

즉위식장은 궁궐이 아니라 솔밭 속이었다. 늙은 소나무 숲속에 나무 몇 포기를 베어내어 단을 모으고, 넓은 마당을 닦으니 모두 누런 흙이었다. 이날은 밤하늘이 맑고 별이 빛났다. 때때로 우수수 솔밭을 울리던 첫 겨울 바람도 한밤중이 되면서는 자버리고 이 큰 제터에 모인 군사와 백성의 두목들도 나무로 깎은 듯이 소리도 없고 움직임도 없었다.

큰 나라가 나기 전, 큰 임금이 자리에 오르기 전 순간의 고요함이었다. 움직이는 것은 네 귀에 피워놓은 네 무더기 솔강불의 춤춤이었다. 검붉은 불길은 한 아름이나 굵고, 천 갈래로나 갈려서 능실거렸다. 그 빛에 사람들과 나무들이 보였다 숨었다, 컸다 작았다 하였다.

즉위식이 행할 둥근 단만이 비어 있었다.

이윽고 북이 울고 쇠북이 울고 주라 소리가 길게 났다. 갖은 풍악이 고요한 솔숲의 밤을 흔들었다. 화톳불 빛도 이에 한층 더 밝은 것 같았다.

이 풍악은 졸본과 낙랑에서 보내어온 것이었다. 졸본 왕은 주몽의 즉위식을 축하하기 위하여 작은공주와 그를 따르는 세 처녀와 함께 오십 명 악공과 침모들과 숙수들과 많은 종들을 보낸 것이었다. 이는 조시누를 건져준 일에 대한 감사의 뜻을 표하는 것도 있거니와 무력한 늙은 나라가 새로 일어나는 힘찬 나라의 환심을 사려는 정책도 되었다.

또 낙랑 왕도 그 왕녀라는 소녀와 함께 아름다운 한녀 셋과 악공과 악기와, 한나라의 자랑인 비단과 칠기와 기타 많은 사람과 물건을 배에 가득 실어 모둔골 사건에 대한 감사와 장래의 친선을 청하는 뜻으로 보내어 왔다.

부여악과 한악이 한바탕 끝난 뒤에 주몽은 재사와 오이 등 여섯 사람을 거느리고 소복으로 단상에 나타났다.

풍악도 그쳤다. 다시 고요하였다.

주몽은 북향하여 천지신명의 앞에 베와 종이로 폐백을 바치고 임금으로서 백성을 다스릴 것을 서약한 뒤에 오이와 재사가 받들어 드리는 왕관을 쓰고 졸본 왕녀와 낙랑 왕녀 두 소녀가 받들어 올리는 황포를 입었다. 관은 태백 소백의 두 봉우리를 상징한 검은 관에 장끼의 깃 둘을 꽂은 것이요, 포는 누른 바탕에 해와 달과 용을 수놓아 일월지자 하백지손(日月之子 河伯之孫)을 상징한 것이었다.

두 왕녀가 용포의 띠를 매고 절하고 물러나며, 모인 군사와 백성의 두

목들은 일제히,

"어아, 어아, 우리 임금."

을 부르고 세 번 절하였다.

그러고는 다시 풍악이 일고 부여의 춤과 한나라의 춤이 시작되었다.

이리하여서 주몽은 스물두 살 되던 갑신 시월 삼일에 고구려의 시조로 등극하였다. 이로부터 그는 주몽 장군이 아니요 상감마마며 대왕이요, 그가 사는 집은 궁궐이요, 그가 하는 말은 법률이었다.

주몽는 궁에 돌아와 자리에 누웠으나 흥분으로 잠이 들지 아니하였다. 불과 이 년 동안의 근고로 왕업을 이뤘으니 대장부로 쾌한 일도 되거니와 천하를 통일하리라는 대업으로 보면 이제 겨우 첫걸음이었다.

주몽은 동으로 치고 서로 거두어 자기의 일생에 기어이 목적을 다하고야 말 자신과 결의가 있었다. 그의 피는 끓고 가슴은 뛰는 것이었다.

천하를 위하는 흥분이 가라앉는 대로 가슴에 일어나는 것은 예랑 생각이었다.

'예랑은 어찌 된고! 죽었는가 살았는가.'

옆에 예랑이 없는 것을 생각하면 왕이 된 기쁨도 스러지고 적막함을 금할 수 없었다.

'예랑, 예랑.'

하고 주몽은 수없이 돌아누웠다.

지금 궁중에는 조시누 형제를 비롯하여 낙랑 왕녀와 그들을 따라온 자 등 십여 명의 젊은 미인이 주몽의 잠자리에 모시기를 기다리고 있었다. 주몽은 그중에 누구나 마음대로 할 수가 있는 것이다. 그러나 주몽의 마음에는 오직 예랑이 있을 뿐이었다. 가섭벌의 달밤의 버들 숲과 달밤의 강상의 예랑! 주몽은 큰 나라를 세우는 것과 아울러 예랑을 찾는 것을 인생의 목표로 할 것이다.

재회(再會)

주몽이 즉위 후 얼마 아니 하여 졸본 왕이 돌아가매 졸본은 고구려 왕 주몽에게로 돌아왔다.

왕은(이로부터 주몽을 왕 또는 동명성왕이라고 부르기로 한다) 졸본을 북경이라 칭하여 때때로 그곳 궁전에 머물렀다.

이듬해에는 비류국 왕 송양왕(松讓王)이 그 나라를 바치고 항복하니 동명왕은 이것을 받아들이고 그 땅을 다물(多勿)이라 하고 송양왕으로 그 주인을 삼으니, 다물이란 것은 고구려말로 "옛 땅을 도로 찾는다(復舊土)." 하는 뜻이다.

왕이 즉위한 지 사년 칠월에 성을 쌓고 궁실을 지었다.

육년 겨울 십일월에 왕이 오이와 부분노(扶芬奴)를 명하여 태백산 동남에 있는 행인국(荇人國)을 쳐 고구려의 고을을 삼았다.

십년 부위염(扶尉厭)을 명하여 북옥저(北沃沮)를 멸하고, 그 땅으로 고구려의 고을을 만들었다.

십사년 팔월에 왕의 어머니 유화 부인이 동부여에서 돌아가니 그 왕 금와는 동명왕을 위하여 이를 태후의 예로 장사하고 사당을 세워 제사케 하고 고구려에 사람을 보내어 기별하니, 이것이 고구려와 동부여와의 첫 교섭이었다. 동명왕은 오이로 하여금 방물을 가지고 가 태후 묘에 제사하고 금와왕께 감사한 뜻을 표하며 예랑의 거취를 수탐하게 하였다.

오이의 회보는 절망적이었다. 예랑은 벌써 죽어 장사한 지 십육 년이나 되었다. 오이는 예백의 집을 물었으나 예백은 이미 죽은 지 오래고 예도는 간 곳을 몰랐다. 오이는 사람들의 가르침을 받아 예랑의 무덤에 참배하였다. 늦은 가을 두 여자의 무덤은 쓸쓸하기 그지없었다.

이러한 보고를 듣는 왕의 눈에서는 눈물이 흘렀다. 진실로 애를 끊는 설움이었다.

왕은 전에도 예랑이 죽었다든가, 대소가 예랑을 죽인 것이라든가 하는 풍문을 들었으나 그것을 믿으려 아니 하였다. 그러나 오이의 보고를 듣고는 아니 믿을 수가 없었다.

'예랑은 죽지 않는다, 언제나 다시 만난다.'
하던 자신을 잃어버린 왕은,
'아아, 내 운수도 다로고나.'
하는 낙심을 하게 되었다.

만일 목전에 무서운 적이 있었다면 왕은 싸우려는 용기로 이 설움을 잊었을는지 모른다. 그러나 말갈과 옥저도 이미 내 것을 만든 오늘에는 가까운 이웃에는 염려될 만한 적은 없었고, 이로부터 영토를 넓힌다면 북으로는 동부여, 북부여, 남으로는 새로 일어난 신라와, 오랜 나라 마한(馬韓), 그리고 서로는 낙랑과 선비(鮮卑)가 있을 뿐이다. 그런데 동부

여나 북부여는 모두 아버지의 나라라 칠 수 없고, 신라 같은 애송이 나라
는 아직 눈에도 차지 아니하거니와, 그보다 먼저 고구려와 신라와의 중
간을 막은 낙랑의 한족을 쳐 물려야 할 터인데 최락이 살아 있는 동안 낙
랑과는 친선한 관계에 있을뿐더러, 새로 서는 나라에 아직 그만한 실력
은 없으니 아직은 잠자코 힘을 기르기에 전력할 때이기 때문에 왕의 슬픔
을 돌릴 사건이 없었다.

이 모양으로 선비를 제하고는 당장 침노할 만한 외적은 없었다. 졸본,
비류, 행인, 옥저 등 네 나라나, 합병한 고구려의 서울 나라안(흘승골)은
비록 선 지 이십 년도 못 된 어린 도시건마는 인총이 많기로나 물화가 풍
성하기로나 졸본이나 가섬벌보다도 더하였다.

건국의 오랜 싸움에 시달리던 장병들은 계속하는 태평에 마음을 턱 풀
어놓고 부귀를 누리게 되었다. 이렇게 되면 야심 있는 자는 반역의 음모
를 꾸미고, 그렇지 아니한 자는 향락에 즐겨 세월을 잊어버리는 것이다.
역사상에 이른바 퇴폐의 시작이다.

건국 원훈의 한 사람으로서 군사의 두목인 무골은 새로 왕의 신임을 얻
은 장군 부분노를 미워하여 반란을 일으키다가 사형을 당하였거니와, 그
밖에도 혹은 백성의 재물을 빼앗은 죄로, 또 혹은 백성의 집 아름다운 딸
이나 아내를 탐내다가 사형을 당하는 자, 제공과 왕의 신임을 믿고 행학
하다가 혹은 목을 잘리고 혹은 매를 맞고 또 혹은 벼슬을 떼이는 자도 날
이 갈수록 수가 늘었다.

그런 중에서도 동명왕만은 엄숙하고 소박한 생활을 버리지 아니하였
으나, 오이가 동부여에 다녀와서 예랑이 분명히 죽은 것을 안 후로는 왕
의 마음도 풀리는 빛이 보였다. 왕은 술을 마시고, 술이 취하면 계집을

희롱하는 버릇이 났다.

왕이 이렇게 주색의 향락에 빠지는 것을 가장 슬퍼하는 이는 재사와 조시누였다.

재사는 여러 번 왕께 주색을 절약하기를 간하였다. 주색에 빠진 사람이 모두 그러한 모양으로, 왕은 처음에는 재사의 말을 부끄러워하였으나, 차차 그 말을 귀찮아하게 되고 나중에는 그 사람을 미워하게 되었다. 그리되면 재사도 할 수 없이 입을 다물고 만다.

조시누는 왕의 몸이 상하지 아니하도록 식절과 의복 거처를 주의하기에 전력을 다하였으나 왕의 몸은 날로 수척하고 서른아홉 살 되는 봄이 되어서는 왕은 밭은기침을 하고 잘 때에 땀을 흘리며 꿈자리가 사나웠다. 왕은 사오 년 주색 생활에 마침내 부족증이 생긴 것이었다.

왕은 겨우내 봄내 밖에 나간 일이 없어 침전에 칩거하고 있었다. 본래 희던 얼굴이지마는 오랫동안 볕을 못 보아서 옥과 같이 희게 되었다. 조시누의 정성으로 잠시 주색을 줄이고 인삼과 녹용과 복령과 잣과 꿀과 사슴의 고기 같은 것으로 몸을 보하여 삼월이 끝나고 사월이 잡혀서부터는 왕은 훨씬 기운을 회복하였다.

그래서 사월 어느 날 유궁(柳宮)에 납신다는 분부를 내렸다. 하루, 늦은 봄 이른 여름의 풍경을 완상하자는 것이었다.

이날은 비류, 온조 두 왕자(왕도 이들을 왕자로 대우하였고, 백성들도 이 두 분을 왕자라고 부르고 있었다)와 조시누, 이와 왕의 궁중에 있는 부인들과 재사, 오이 등 가까운 신하들도 불렀다. 주식과 풍악이 따를 것은 말할 것도 없었다.

백성들은 오래 거둥 납시는 것을 못 뵈온 끝이라 모두 왕의 모습을 우러러보려고 벼르고 이른 아침부터 연도에 모여서 거둥이 지나기를 기다렸다. 송양왕이 항복하던 때며, 행인국 왕이 사로잡혀 왔을 때며, 옥저왕이 비빈을 이끌고 끌려올 때며, 이러한 영광스러운 개선 행렬에서 젊은 왕의 씩씩한 모습을 우러러뵙기에 눈 익은 나라안 백성들이 이날 왕을 뵈옵기를 그리워하는 것은 당연한 일이었다.

왕이 주색에 침면하는 것이나 근래에 병이 있는 것이나 그 소문이 백성의 귀에도 아니 들어간 것은 아니지마는, 원체 영특한 임금으로 믿어오던 터이라 왕은 반드시 앞으로도 몇 개선의 영광을 더 보여줄 것으로 생각하고 있었다.

이날의 연회의 처소 유궁이란 것은 왕이 즉위한 첫해에 벌써 예랑의 집을 본떠서 강가에 지은 그 집이었다. 그때에 심어놓은 버들이 벌써 십구 년이나 되었으니 제법 터진 몸집에 퍼진 가지에 가섭벌을 연상케 하였다. 왕은 해마다 버들 푸른 봄과 버들 누른 가을에 여기 와서 하루를 보내는 것이 예가 되어, 이것을 궁중과 민간에서는 유궁 거둥, 또는 유궁 놀이라고 불렀다. 오늘도 유궁 놀이였다.

사람들은 상감이 경치를 취하여서 유궁에 난다 하건마는 왕은 예랑을 생각하느라고 유궁에 나는 것이었다. 예랑이 죽어 장사한 줄을 오이로 말미암아 분명히 알았다고 믿은 지 이제 다섯 해, 그동안에는 유궁 놀이도 없었고 오직 때때로 미복으로 유궁에 와 멀리 예랑의 무덤을 생각하고 낙루하였던 것이다. 그러하던 왕이 어찌하여서 이날 유궁 거둥을 할 생각이 났을까. 그것은 알 수 없는 일이다. 그저 불현듯 그런 생각이 났던 것이다. 알 수 없는 흥이 일어났던 것이다.

유궁 거둥을 바라보는 군중 가운데 극히 허술한 남녀 네 사람으로 된 일행이 섞여 있었다. 하나는 머리 세고 볼에 주름 잡힌 노파요, 하나는 스무남은 살이나 되었을 듯한 젊은 사람이요, 나머지 두 사람은 다 사십 세 내외인 남자와 여자였다. 모습으로 보아서 노파와 중년 남자, 중년 여자와 청년이 모자인 성싶으나, 중년 남자와 중년 여자와는 어떠한 관계에 있는 사람인지 알기가 어려웠다. 그들은 얼굴로 보아서 남매가 아닌 것은 확실하다. 그렇다고 내외라고 할 수도 없었다. 의복 차림으로 보아서는 다 한 가족인 듯하나, 중년 여자의 눈찌나 몸가짐에는 그 차림차림과 아울리지 아니하는 데가 있었다. 그는 필시 고귀한 피와 마음을 가진 사람으로서 애써서 제 행색을 감추려는 것 같았다.

이 네 사람 일행이 자리를 옮길 때마다 따라서 움직이는 세 사람 한 떼가 있으니, 그들은 다 중년 남자들로서, 차림차림이나 몸가짐으로 보아서 산중에 숨어서 공부하고 도를 닦는 조의들인가 싶었다. 그들은 모두 등에 보따리를 지고 지팡이 하나씩을 짚고 있었다.

이 일곱 사람이야말로 예랑의 일행이었다. 중년 부인은 예랑이요, 소년은 예랑이 낳은 주몽왕의 아들 유리(琉璃)요, 노파는 예랑의 유모요, 중년 남자는 유모의 아들 괴유(怪由)요, 그리고 뒤에 따르는 세 조의는 유리를 도우려는 옥지(屋智), 구주[句雛], 도조(都祖)였다.

그들은 숨어 있던 북부여를 떠나 말갈 땅을 돌아서 며칠 전에 나라안에 들어와 행색을 감추고 왕의 사정을 염탐하고 있었던 것이다. 그들이 알려는 것이 무엇이었던고?

예랑이 첫째로 알고 싶은 것은 주몽왕이 자기를 받을까 함이었다. 고구려 지경에 들어서서 그가 들은 것은, 주몽왕은 졸본 공주 형제에게 장가를 들었고, 그 밖에도 낙랑 왕의 딸이며 여러 한녀의 비빈이 있다는 것이었다. 만일 그것이 사실이라 하면 자기가 나타나는 것은 주몽왕에게는 불쾌한 일일는지 모를 것이요, 적어도 주몽왕의 집에 큰 불화를 일으킬 빌미가 될 것이었다. 이십 년이나 혼자 참고 살던 자기가 아니냐, 좀 더 참으면 그만일 것을 지금 나타나서 남에게는 괴로움을 주고 제게는 망신을 청할 것은 없다고 생각하였다.

둘째로 알고 싶은 것은 주몽이 유리를 받아들일까 함이었다. 여기까지 오는 길에 들은 바에 의하면, 주몽과 조시누 공주와의 사이에는 비류와 온조와의 두 아들이 있다는 것이었다. 그것이 사실이라면 유리가 나타나더라도 왕위를 계승할 수 없을뿐더러 자칫하면 유리의 생명까지 위태할 것이었다. 사삿집이라면 유리가 쫓겨나면 고만이겠지마는, 나랏집이란 그러고만 말 수가 없는 것이니, 태자의 자리를 다투는 마당에는 피가 흐를 근심이 있는 것이었다.

이렇게 생각하기 때문에 예랑은 잘 사정을 알아보아서 나타날 만하면 나타나고, 그렇지 아니하면 유리를 데리고 더욱 동방으로 내려가서 새로운 나라를 세우려는 생각이었다.

예랑은 가섭벌을 떠난 뒤로 실로 갖은 고생을 다 하였다. 처음 몇 해 동안은 가섭벌에서 그리 멀지 아니한 곳에 숨어서 때때로 집과도 연락이 있어 살았으나, 예랑 모자가 살아 있다는 풍설이 대소의 귀에 들어가매 예도는 예랑의 거취를 대라 하여 대소의 손에 악형을 받아서 죽고, 예랑 일행은 배를 타고 강에 떠서 물 가는 대로 흘러서 북부여 해모수의 나라로 갔다〔주: 지금 송화강 하류 가목사(佳木斯) 근방일 것이다〕.

주몽이 해모수의 아들이라고 들은 예랑은 이곳에 의탁하려 한 것이었으나 예랑 모자가 북부여에 갔을 때에는 해모수왕은 벌써 죽어서 없고,

그뿐더러 그 신하들 사이에 서로 나라를 차지하려고 큰 싸움이 일어나 몸을 붙일 곳이 없었다.

할 수 없이 다시 강을 거슬러 올라와 말갈 지경의 산속에 피신하여 괴유의 사냥으로 연명하며 유리를 기르고 있다가 유리가 차차 자라서 아비를 찾게 되매 다시 동으로 동으로 주몽을 찾아 떠난 것이었다. 아들이 아비 없는 자식이라는 말을 듣는 것이 설웠던 것이다.

다시 동부여 지경에 들어서 비로소 주몽이 나라를 세우고 왕이 되었다는 소문을 듣고 찾아갈 마음은 불 일듯 하였으나, 유리가 몸으로나 재주로나 성인이 되기를 기다려서야 길을 떠났다.

천신만고로 졸본 지경까지 오니 주몽왕은 벌써 많은 비빈과 두 아들이 있다는 것이었다(북부여와 고구려가 불과 수천 리 상거였으나 이천 년 전 당시에는 교통이 터지지 못하고 중간이 온통 깊은 삼림과 맹수와 도적의 소굴이어서 백 리 밖에 가는 것도 필생의 사업이었다. 하물며 예랑과 같은 부녀가 수천 리 길을 다닌다는 것은 비록 괴유와 같은 힘 있는 보호자가 있다 하더라도 거의 불가능에 가까운 일이었다. 유리가 자라서 큰 장수의 자격을 갖춘 어른이 되었길래로 비로소 고구려로 올 용기를 내었던 것이다).

나라안 백성들은 오래간만에 거둥 납시는 왕의 모습을 우러러보고 반가워하고 기뻐하여서,

"어아, 어아, 우리 임금 만만세야."

하고 환호의 소리를 질렀다.

왕은 눈같이 흰 백달마 위에 높이 앉아 있었다. 비록 수척은 하였으나 늠름한 기상은 여전하였다. 흰 얼굴에 검은 수염이 첫여름 볕에 눈에 띄어 아름다웠다.

행차가 예랑의 앞에 다다랐을 때에 예랑은 유리의 어깨에 손을 걸고 쓰러졌다. 하도 억색하였던 것이다.

유리는 처음 보는 아버지의 얼굴이 꿈과 같았다.

'저이가 정말 내 아버질까?'

"어머니, 어머니."

하는 유리의 소리에 예랑이 정신을 차려서 고개를 들었을 때에는 벌써 왕의 말은 지나가고 그 뒤를 따르는 후비(기실은 후비는 아니나 예랑은 그렇게 생각하였다)들의 가마를 탄 행차가 왔다. 맨 앞에 조시누 형제는 누가 가르쳐 말하지 아니하여도 소문난 졸본 공주인 줄 알 것이다. 그들의 화려한 차림차림과 자기의 초라한 행색을 예랑은 비겨보고 마음이 언짢았다.

다음에 역시 말 타고 오는 것이 비류와 온조 두 왕자였다. 그들은 흰 바탕에 검은 단을 두른 위아래를 입고 꿩의 깃 꽂은 뾰족한 검은 관을 쓰고 허리에는 금장식이 번쩍거리는 칼을 차고 있었다. 말들은 내가 태운 양반이 뉘신지 아느냐 하는 듯이 고개를 번쩍 들고 가끔 네 굽을 들고 달렸다. 둘이 다 유리와 비슷한 연배였다.

"저리로 가십시다."

하고 괴유가 앞섰다.

"어디로?"

하고 예랑은 눈물을 씻었다.

"유궁으로 상감 행차를 따라가시지요."

하고 괴유가 서두르는 것을 옆에서 보던 사람이 이상하게 여겨,

"여보, 당신네들 어디서 온 사람인데 상감 거둥을 보고 울기는 왜 우오?"

하고 물었다. 과연 수상쩍기도 할 것이다. 예랑과 유리와 유모는 말할 것
도 없거니와, 괴유와 세 조의의 눈에도 눈물이 있었던 것이다.

예랑은 유궁이라는 것을 보고 아니 놀랄 수 없었다.

"아이구머니!"

하고 먼저 소리를 지른 것은 그러나 유모였다.

"아가씨 댁 고대로가 아니오?"

하고 유모는 예랑의 소매를 끌었다.

예랑의 눈에서는 또 눈물이 흘렀다.

"유모 눈에도 그런가? 나는 이것이 꿈이 아니면 내 눈이 허깨비를 보
는 것이나 아닌가 하였소."

하고 예랑도 겨우 입을 열었다.

"그러믄요. 꼭 같은걸요. 저 보셔요. 문제에 움물까지 꼭 같지 아니해
요? 저 움물 뒤에 바윗돌까지도 어쩌면 저렇게 같아요? 돌 위에 바가지
하나 올려놓은 것까지도."

하고 유모는 눈을 크게 뜨고 어안이 벙벙한다.

괴유는 빙그레 웃으며,

"아가씨, 그것이 같을 것이 아니오니까. 아기마마께서 아가씨 댁 고
모양대로 이 집을 지으신 것이니 꼭 같을 수밖에 없지 아니하오니까. 저
버들 숲도 봅시오. 밑에 매어놓은 배를 봅시오."

하고 손으로 가리킨다.

"그럴까. 아기마마, 아니 이제는 상감마마가 아니신가."

하고 예랑은 눈물 흐르는 눈에 웃음을 띤다.

"그러하오. 이제는 상감마마시오. 지금까지의 입버릇으로 아기마마

라고 여쭈었소. 황송도 하여라."

하고 유모도 눈물 속에서 웃으며,

"아가씨도 왜 지금이야 아가씨신가. 중전마마시지. 도련님은 태자마
마시고. 아이 황송도 하여라, 좋기도 좋을시고."

하고 하도 좋아서 몸을 흔들고 웃는다.

여태껏 왕의 거둥만 바라보고 있던 유리가 어머니 쪽으로 돌아서며,

"어머니, 외가댁이 꼭 이 유궁과 같단 말씀이오?"

하고 묻는다.

"그렇단다. 저 버들 숲까지도, 저 움물까지도."

하고 예랑은 고개를 들어 사방을 둘러보더니,

"다 같고 다른 것은 뒷산과 앞 강이야. 거기는 산에 참나무와 잡목이
많은데 여기는 소나무와 잣나무가 많고, 거기는 강물이 흐린데 여기는
강물이 맑은 것이 다르구나. 너의 아버지께서 가섭벌을 떠나시던 날 밤
에 아버지는 저 버들 숲에 오셔서 나를 만나서서 저 배 맨 곳에 나를 배에
태우시고 저 강에 떠서, 그때는 지금같이 봄이 아니고 가을이야. 달이 밝
고, 그리고 안개가 깊고……."

"처음에는 안개가 깊다가 나종에는 환하게 걷었소."

하고 유모가 옆에서 말을 딴다.

"그래, 처음에는 안개가 깊다가, 그래 낭종에는 걷었어. 아아, 그 애는
죽고."

하고 예랑은 유모의 딸을 생각하고 말이 막힌다.

유모는 눈을 썸먹썸먹하다가, 다시 웃음을 지으며,

"아가씨, 설어 마셔요. 그년이 죽었더라도 아가씨께서 이렇게 아기마

마를 만나시게 되시니 저도 한이 없을 것이오. 그년이 생전에 그렇게 아
가씨를 사모했는데."

하고는 억지로 울음을 참으려 하나 굵은 눈물이 감은 눈을 뚫고 뚝뚝 떨
어진다.

괴유가 유모의 소매를 끌며,

"어머니, 이 기쁜 날 왜 눈물을 내시오? 어서 저 수풀 속에 들어가서서
아가씨와 도련님 옷을 갈아입으시도록 하시오. 이제는 시각이 바쁘게 부
자분 내외분이 만나실 도리를 하시지요. 안 그렇소?"

하고 옥지, 구주, 도조, 세 사람을 돌아본다.

"그러하오. 어서 옷을 갈아입으시오. 파연이 되기 전에, 또 술들이 취
하기 전에 대면을 하시도록 하시오."

하고 옥지가 말한다.

예랑은 유모를 데리고 괴유는 유리를 모시고 사람이 보지 않는 수풀 속
으로 들어가서 옷을 갈아입었다.

예랑은 유모의 도움을 받아서 머리를 새로 빗고 이십 년 전 주몽과 마
지막 만나던 날 고대로 머리를 쪽 찌고 그날에 입었던 한나라 비단 긴 옷
을 입었다. 아무러한 곤란을 당하더라도 이것만은 버리지 않고 꽁꽁 싸
서 유모가 제 생명과 같이 몸에 지니고 다녔다. 몇십 년 후에 어디서 다시
상면할지 모르는 신세라 용모는 늙어서 변하더라도 아니 변할 무슨 표가
필요한 때문이었다. 파파노인이 다 된 뒤에라도 그 긴 옷은 변하지 아니
할 것이라고 예랑과 유모는 생각한 것이었다.

아버지 예백에게서 마지막으로 받은 옥비녀는 변함이 없었으나 비단
옷의 자줏빛은 많이 낡았다. 그래도 거기 짜 넣어진 해 무늬와 달 무늬는

썩기 전에는 아니 변할 것이었다.

만일 생전에 주몽 못 만나고 죽는다 하면 이 비녀를 머리에 꽂고 이 긴 옷으로 몸을 싸고 무덤으로 들어갔을 것이요, 예랑이 죽어서 혼이 있다 하면 이 비녀를 꽂고 이 긴 옷을 입고 주몽의 혼을 찾아 헤매었을 것이다.

예랑은 다 차리고 나서 시냇물에 제 얼굴을 비추어보았다. 눈초리에는 몇 줄기 가는 주름이 잡히고 입술의 붉은빛도 많이 날았다. 이제는 십팔 세의 애티 있는 처녀가 아니라 사십을 바라보는 중년 부인이었다. 오랜 고생과 먼 길에 약간 초췌는 하였으나 옛날 예랑의 모습을 다 잃지는 아니한 것 같았다.

"이만하면 알아보실 것 같소?"

예랑은 옷을 돌려보며 어색하게 웃었다. 다소 적막한 웃음이었다.

"그러믄요, 꼭 고대로신걸요. 그때와 같으신 애티는 없으셔도 환하시고 의젓하신 그 천질이야 어디 가겠어요?"

하고 유모는 만족한 듯이 내 딸을 대하는 듯이 예랑을 바라보고 있었다.

유리도 새 옷을 갈아입었다. 새 옷이란 것은 주몽이 떠나던 날에 입었던 옷을 모본하여 예랑이 손수 이날이 있기를 바라고 지은 것이었다.

예랑은 앞에 나타난 유리를 보고 새삼스럽게 그가 주몽을 닮았음에 놀랐다. 키가 주몽보다 약간 더 클까, 얼굴은 물론이요 몸매와 걸음걸이와 목소리까지도 그렇게도 닮았다고 예랑은 생각하였다. 주몽이 만일 제 얼굴을 안다 하면, 그 부러진 칼이라는 신표가 없더라도 유리만 보아도 제 아들인 줄을 알 것이었다.

예랑은 딴사람과 같이 된 아들을 위아래로 훑어보면서,

"네가 참 네 아버지를 닮았다. 아버지 젊으셨을 적 고대로구나."

하고 대견한 듯이 빙긋 웃었다.

유리도 웃으며,

"어머니께서도 그 옷을 입으시니 딴 어른 같으시오. 갑자기 스무 해는 젊어지신 것 같으시오."

하고 다시 정색하며,

"어머니, 아까 그 어른이, 그 수염 나신 상감님이 분명 이 몸의 아버님이시오? 분명 이 몸이 그 어른 닮았소?"

하고 묻는다.

"그럼."

하고 예랑은 약간 시무룩하며,

"분명 그 어른이시다. 분명 그 어른이 네 아버니시다마는, 처음 보시는 너를 그 어른이 알아보실까. 이십 년 만에 보는 이 몸인들 알아보실까. 알아보시기로니 그때 정이 남았을까. 사람의 마음은 변하고, 사람은 떠나면 서로 멀어진다는데. 이 몸만은 마음 변한 일 없건마는."

하고 한숨을 쉬며 아까 본 가마 속의 아름다운 여자들을 생각한다.

"어머니!"

하고 유리는 예랑의 앞에 가까이 와서,

"어머니, 염려 마시오. 유리가 다 좋도록 할 것이니, 어머니, 자, 가십시다. 늦기 전에, 일각이라도 빨리."

하고 예랑을 재촉하였다.

벌써 술이 몇 순배, 용안은 불쾌하였다. 술의 힘이 아니라도 마음이 풀어지고 흥이 솟아오를 날씨다. 눈인 듯 날아오는 버들꽃, 풍악에 섞여 드는 새소리. 바람결이 싫은 왕의 약한 몸도 술김과 흥김에 훈훈하여서 잔

물결 지는 앞개울에 물을 차는 제비와 더불어 목욕이라도 하고 싶도록 기운이 났다.

"상감마마, 선선하지 아니하시온지?"

하고 가까이 모서 앉은 오이가 말하였다. 오이는 재사와 함께 번을 갈다시피 하여서 국상(國相)의 직에 있었으나 상감과 사사로이 친근하기로는 더욱 오래 사귄 오이가 고작이었다.

"이 따뜻한 여름 날씨에, 설마."

하고 왕은 길게 느리게 울려오는 풍악 소리를 방해 아니 하려는 듯 가만히 말하였다.

따르는 대로 왕은 술을 마셨다. 미상불 등골이 오싹오싹하였으나 왕은 그것을 이기려 하고 잊으려 하였다.

옆방에 모신 조시누는 가끔 시녀를 왕께 보내어 거북한 데나 없으신지, 누우시지 아니하실지, 술을 과히 잡숫지 마시도록, 이 모양으로 마음을 썼다. 그러나 몸이 성치 못하다는 것에 화를 내는 왕은 남이 그것을 아랑곳하는 것이 도리어 불쾌하였고, 모처럼 솟는 흥을 깨트리는 것을 귀찮이 여겼다.

"아모렇지도 않으니 염려 말라 하여라."

하는 상감의 말씀이 옆방에서 마음을 쓰고 있는 조시누의 귀에 들어올 때에 조시누는 가슴이 덜컥 내려앉았다. 왕의 음성에는 화 기운이 보였다. 조시누가 왕을 모신 지 십팔 년에 한 번도 왕이 성가시어하거나 화내는 빛을 못 보았다. 화내는 빛을 보이는 것은 마음이 약하여진 때문이니 조시누는 이것으로 왕의 수명을 의심한 것이었다.

풍악 한 가락이 그칠 때에 문 지키는 장수가 들어와 왕께 아뢰었다.

"상감마마께 아뢰오. 어떤 젊은 사람이 상감마마 아드님이라 하옵고 뵈와지이다 하오니 어찌하오리까?"

일좌가 다 아연하였다.

"이 몸의 아들이라고?"

하고 왕은 눈을 크게 뜨셨으나, 곧 껄껄 소리를 내어 웃고 곁에 모신 비류와 온조를 바라다보며,

"잘못 알고 왔나 보다. 무어 먹을 것이나 주어 보내어라. 비류와 온조밖에 이 몸의 아들이 어디 있느냐."

하여 더 알아보려고도 아니 하였다.

이것은 유리가 괴유를 데리고 유궁 문전에 왔던 것이었다.

"상감마마, 그렇지 아니하오."

하고 재사가 나앉았다.

"상감마마, 잠룡(왕 되기 전) 시에 그런 일이 있으셨다면 아드님도 겨오실 것이니 다시 한번 생각하심이 어떠하오실지."

왕은 이 말에 한숨을 쉬며,

"이 몸이 동부여에 있을 때에 예백의 딸 예랑과 그런 일이 있었더니라. 그러나 그는 아기를 낳을 새도 없이 죽었어. 안 그러오, 오이?"

하고 오이를 돌아본다.

"그러하오."

하고 오이는 제게 크게 관계되는 일이어서 힘을 내어서 아뢴다.

"소인이 태후마마 참배차로 동부여에 갔을 때에 분명히 예랑 아씨의 산소에 술을 따르고 절하고 왔소. 그것이 벌써 오 년이나 되었소."

"그것 보오, 재사. 사람이 무덤 속에서 아들을 낳을 수가 있다면 몰라

228

도. 자, 어서 풍악을 치고 춤을 추어라. 그 어인 젊은 손이 와서 이 몸의 심사를 장히 산란하게 하느냐. 어서 술을 부어라. 오늘 잔뜩 취하란다. 아니 취코 어이리. 자, 다들 마시오. 이렇게 좋은 날이 몇 날인가. 때늦어 가지 않나?"

유궁에서는 끊임없이 풍악 소리와 어여쁜 노랫소리가 흘러나와 꾀꼬리 소리와 어울렸다.

날은 맑고 따뜻하였으나 해가 낮이 기울면서부터 살랑살랑 바람이 일어 버들꽃과 민들레 털을 날리기 시작하고 강물에는 가는 물결이 일었다. 강 언덕 냉이꽃이 낮볕을 받아 제법 금빛을 발하였다.

이때에 배 한 척이 상류에서 흘러 유궁 앞으로 내려왔다. 그 배를 젓는 것은 젊은 무사요, 뱃삼에 기대어 앉은 이는 자줏빛 긴 옷을 입은 한 여성이었다. 그것은 예량과 그의 아들 유리였다.

유궁에서 흥겨워 노는 사람들은 이 배를 볼 여유도 없고, 강가에 구경으로 모인 백성들만이 이 이상한 배에 눈이 끌렸다.

배를 젓는 젊은 사람의 입에서는 노래가 흘러나왔다. 그 곡조는 이 고장 사람들의 귀에는 서투른 것이었다. 그럴 수밖에, 그것은 동부여 강에 다니는 뱃사람들의 노랫가락이었다. 노랫가락은 북방일수록 구슬프거니와, 슬픔을 품은 사람이 부르면 더욱 슬픈 법이다. 노래의 사설은 이러하였다.

가섭벌 달 밝은 밤에
우물가에 말을 매시고
뉘 손에 물 받으시니꼬?

아으 그 뉘 손에 물 받으시니꼬?

가섬벌 달 밝은 밤에
버들 숲에 배 떠나신 제
눌다려 눈물 지시니꼬?
아으 그 눌다려 눈물 지시니꼬?

가섬벌 달 밝은 밤에
꺾으오신 한 도막 칼을
뉘 손에 맡기시니꼬?
아으 그 눌 주라 맡기시니꼬?

아무리 흥에 겨워 놀던 왕의 귀에도 이 노랫소리는 아니 들릴 수가 없었다. 더구나 높고 긴 지름으로 뽑는 셋째 마디는 진실로 사람의 가슴을 헤치고 드는 것이었다.

첫마디는 주몽이 처음 예랑을 만나 물 한 그릇을 얻어먹던 정경이요, 둘째 마디는 주몽이 위험을 무릅쓰고 예랑과의 약속을 지켜 찾아왔던 것, 그리고 셋째 마디는 주몽이 칼을 분질러, 아들이 날 경우에는 신표를 삼으라고 남기던 정곡이니, 이것은 주몽과 예랑과 두 사람밖에는 천지간에 아무도 알지 못하는 비밀인 것이다.

유궁 연회에 모인 사람들의 눈도 귀도 다 강상에 뜬 작은 배와 거기 탄 두 사람(?)에게로 모인 것이다.

왕이 자리에서 벌떡 일어나 눈 위에 손을 대고 강상을 바라볼 때에 신

230

하들은 깜짝 놀라서 일어났다. 왕의 이상한 거동에 다들 몸에 소름이 끼쳤다.

왕은 한 걸음 쓰러질 듯이 앞으로 나가며,

"이봐라, 저 강상에 뜬 배를 다들 보느냐, 나만 보느냐?"

하는 소리는 떨렸다.

"저기 저 배 말씀이오니까?"

하고 사람들은 왕에게 쏠렸던 눈을 강상으로 돌렸다.

"그래, 저 배. 사람들이 탄 저 배. 저것을 다들 보느냐, 내 눈에만 보이는 허깨비냐?"

왕은 미친 사람과 같이 눈을 크게 떴다.

"허깨비 될 리 있소? 분명 배요."

하고 국상 오이가 아뢰었다.

왕은 그래도 못 믿는 듯이,

"온조야, 네 눈에도 저 배가 보이느냐? 저 배에 탄 사람도 보이느냐?"

하고 벌벌 떨리는 손으로 온조의 팔을 잡았다.

온조는 왕을 부액하면서,

"아바마마, 진정하시오. 소인의 눈에도 분명 보이오. 젊은 무사는 노를 젓고 어떤 부인은 앉아 있소."

하고 분명히 아뢰었다.

왕은 온조에게 몸을 기대며,

"그러면 저 배가 내 눈에 허깨비도 아니요, 저 배에 탄 사람이 귀신도 아니란 말이냐? 귀신이 아니면 이십 년 전에 죽은 사람이 어찌 저기 있으며, 이십 년 전 주몽이 어찌 배를 젓는단 말이냐? 오이, 예랑은 죽었다고 아니 하였는가?"

하고 왕은 오이의 소매를 끌어당기니 오이는 황망하여 왕의 곁으로 비틀거리고 끌려가며,

"그러하오. 소인은 분명히 가섬벌에서 예랑 아가씨의 무덤 앞에 술을 부어놓고 울고 왔소."

하고,

가섬벌 달 밝은 밤에
꺾으오신 한 도막 칼을
뉘 손에 맡기시니꼬?
아으 그 눌 주라 맡기시니꼬?

하는 노래에 귀를 기울인다.

왕은 그때에야 노래 사설을 분명히 알아들은 듯,

"꺾으오신 한 도막 칼
뉘 손에, 눌 주라."

하고 혼잣말같이 중얼거리더니 부액한 온조도 뿌리치고 방에서 내려와 후원 버들 숲으로 허둥허둥 내려간다.

"상감마마, 상감마마."

하고 모두 다 왕의 뒤를 따랐다. 이 광경에 놀란 조시누와 작은공주와 낙랑왕의 딸과 기타 모든 궁녀들도 얼빠진 듯이 뒤를 따른다.

이상한 배는 버들 숲 쪽으로 흘러 내려오며,

"가섬벌 달 밝은 밤에……."

를 연해 부르고 있다.

배는 천천히 물가에 닿았다. 왕은 닿는 배 가까이로 갔다.

왕은 배에 내리는 예랑을 물끄러미 바라보았다. 그리고 정신없는 사람의 목소리로,

"예랑! 내 아내 예랑인가. 살아왔나, 죽은 귀신가? 귀신이라도 좋다. 예랑, 예랑!"

하고 떨리는 손을 내밀어 예랑의 손을 잡는다.

예랑은 푹 고개를 숙여 왕께 절하는 듯 땅에 쓰러지다가 유리에게 붙들려 겨우 다시 몸을 펴나 가슴만 들먹거리고 말문이 막힌다.

"아바마마, 유리요."

하고 유리가 왕의 앞에 꿇어 엎드려 품에 지녔던 신표를 내어 두 손으로 받들어 왕께 올리며,

"이것이 아바마마께오서 어마마마께 남기시고 가신 칼끝이오."

하고 눈물 흐르는 눈으로 왕을 바라보았다.

왕은 그 칼끝을 받아 들고 한 손으로 허리에 찬 칼을 빼어 부러진 자리에 맞추어보며,

"오, 내 아들 유리!"

하고 치어다보는 유리의 눈을 내려다보며 눈물을 뚝뚝 떨군다.

무상(無常)

왕이 예랑과 유리와 만나서 유궁으로 돌아와 좌정하매 국상 오이가 왕의 앞에 부복하여,

"상감마마, 오늘의 크신 기쁨을 하례하오. 이러한 일은 천고에 드무오니 모두 상감마마 성덕이신 줄 아뢰오."

하고 하례하는 말씀을 아뢰니 왕도 만족하여 고개를 끄덕이며 웃음을 머금고,

"내 두 소원 중에 이제 한 소원을 이루었소. 첫째는 예랑과 다시 만나는 소원이요, 둘째는 선비족과 한족을 쳐 물리고 단군의 옛 강토를 회복하는 것인데, 이제 첫 소원을 이루었으니 기쁘오. 앞에 남은 것은 둘째 소원. 자 다들 술 한 잔을 들어 이 몸의 기쁨을 같이하여주오. 이봐라, 잔 가득 술 부어라. 이 자리에 있는 사람은 한 사람 빠짐없이 한 잔 가득 부어라."

하고 음성조차 더욱 웅장한 것 같다.

"절사오되 소인은……."

하고 오이가 머리를 조아리며,

"상감마마, 먼저 소인의 벼슬을 갈아주시고, 소인의 불충을 벌하여주시옵기 바라오. 소인의 불충한 죄 둘이오니, 하나는 살아 계오신 예랑 마마를 돌아가신 줄로 아뢰온 죄이요, 또 하나는 오늘 유리 마마 궁문 앞에 오신 것을 물리친 죄오니, 그중에 한 죄만 하와도 죽어 마땅하옵거든 하물며 둘이오리까. 원하옵나니 소인의 관직을 삭탈하시옵고 내려 비여주시옵기 바라오."

하고 일어나지 아니한다.

왕은 웃으며,

"어, 그 일인가. 예랑의 무덤에 술 부어놓고 울어준 것이 고마우니 한 죄는 용서하고, 유리를 물리치기로 말하면 이 몸이 한 일이니 그대 탓이 아니라. 어서 일어나 술 마시라. 이봐라, 국상에게는 그중 큰 잔에 철철 넘도록 술을 부어라. 하하하하, 그게 벌이야."

하고 왕은 손수 오이의 소매를 잡아 일으킨다.

"황송하오."

하고 오이는 마지못하여 일어난다.

동남동녀가 술을 붓고 다들 고개를 젖혀서 술을 마신다.

오이도 술을 다 마시고, 다시 엎드려,

"죽을죄를 사하시니 천은이 망극하오. 백번 죽어 상감마마를 섬기려 하오. 그러하온바 예랑 마마와 유리 마마 이제 오시오나, 신하와 백성의 무리 이 두 분을 무엇이라 여쭈어 부르올지? 인륜으로 부부시요, 천륜으로 부자시니, 마땅히 예랑 마마를 왕후마마라 삷고, 유리 마마를 태자마

마라 삶을 것인가 하오. 총망중에 미처 백관과 의논할 사이는 없었사와
도 다들 소인의 뜻과 한뜻인 줄 아뢰옵고, 지급한 분부를 내리시기를 바
라오."

하고 고개를 들어 좌우에 벌여 앉은 대관들을 돌아보아 동의를 구하니 모
두 이구동성으로,

"그러하오. 소인네 뜻도 국상의 뜻과 같소."

하고 아뢴다.

왕은 백관의 청함을 가납하여,

"그리하리라. 예랑을 왕후로, 유리를 태자로 봉하되, 따로 날을 가리
어 책립하는 예식을 행하려니와 즉각으로 그리 시행하여라."

하고 왕은 예랑과 유리를 부른다. 백관이 자리에서 일어나 읍한다. 예랑
은 나와 왕의 바른편 자리에 앉고, 유리는 왕의 왼편 한 걸음 앞에 읍하고
서니, 백관이 일제 두 번 허리를 굽히고 무릎을 꿇어 절하여 왕후와 태자
에게 예하고,

"어아, 어아, 왕후마마!"

"어아, 어아, 태자마마!"

하고 일제히 불러서 경의를 표한다.

이리하여 예랑과 유리는 각각 제자리를 찾아 왕후가 되고 태자가 되
었다.

며칠 후에 좋은 날을 받아서 왕후와 태자를 책립하는 큰 예식과 큰 잔
치를 베풀고 이를 천하에 발표하니 상하가 다 기뻐하였다.

왕은 참으로 만족하였다. 왕은 잠시도 예랑의 곁을 떠나기를 싫어할
만큼 예랑을 사랑하였다. 이십 년래 그립던 정은 앞으로 이십 년에도 다

풀 수 없는 것 같았다.

예랑과 유리가 온 후로 왕의 정신은 물론이거니와 몸의 건강까지도 회복되는 것 같았다. 그래서 정사에도 더욱 열심하여 일변 토지를 개간하고 목축을 장려하여 식량 증산을 도모하고, 일변 도로를 개척하여 치안과 국방과 물자의 교역에 편하게 하는 정책을 세워 착착 시행하였다. 그 중에도 동부여에서 돼지를 구하여 농가에서 돼지를 치게 하고, 또 한나라에서 좋은 누에씨를 얻어 양잠업을 권장한 것은 왕의 산업 정책 중에 주요한 것이었다.

또 공업에 있어서는 우선 흙으로 하는 공업, 기와, 벽돌, 도기, 자기 굽는 것을 장려하고, 한편 금, 은, 동, 철의 광업을 진흥하니, 유명한 고구려의 자기와 도검 공업도 동명왕 때에 싹이 트고 기초가 놓인 것이었다.

왕은 날마다 이러한 정사에 잠심하였다. 이리하여 정치의 성적은 부쩍부쩍 올라서 백성들이 한곳에 자리 잡고 편안히 사는 기풍이 차차 멀리 퍼지게 되었다.

그러나 세상에는 좋은 일만 있는 것이 아니었다. 양지가 있으면 응달이 있듯이, 좋은 일이 있으면 궂은 일이 있었다. 예랑 모자를 만나 기쁜 지 얼마 아니 하여서 조시누 삼 모자의 문제가 생겨 왕의 마음을 괴롭게 하였다.

이 문제는 어차피 아니 일어날 수 없는 문제이지마는 그것을 이렇게 급히 또는 불쾌한 형식으로 일으킨 장본인은 조시누의 맏아들 비류였다. 그는 자기가 태자가 될 것으로 알고 있다가 유리가 태자가 되매 자못 불평하여 조시누와 온조를 괴롭게 하였다.

"어머니는 모든 것을 다 바쳐서 상감을 돕지 않았소? 그런데 이제 이

것이 무슨 꼴이오? 어머니는 무슨 명목으로, 또 우리는 무슨 명목으로 이 궁중에 있소?"

하는 것이었다. 비류의 말이 옳지 아니한 것도 아니었다.

조시누는 왕이 삼 모자의 은인인 것을 말하고 왕께 대하여 불평을 품는 것이 옳지 아니함을 타일렀으나 비류는 어머니의 말을 듣지 아니하였다. 온조만은 어머니와 뜻이 같았다.

비류는 원래 성미가 급하고 욕심이 많고, 욕심이 많은지라 남을 시기하는 마음이 있어서, 사람을 사귀어도 옳은 말 하는 사람보다 듣기 좋은 말 하는 사람을 좋아하고, 저보다 나은 이보다 저만 못한 이를 골랐다. 그와 반대로, 온조는 마음이 온화하고 관후하여 제 욕심을 채우려기보다도 남을 위하고 덕과 지혜 있는 사람을 사귀기를 좋아하나, 형 비류 모양으로 사생을 같이하기로 맹세하는 당파를 짓지 아니하였다.

세상에서는 왕이 친아들이 없고 또 병이 있으니 비류와 온조 둘 중에서 어느 하나가 뒤를 이으리라 하여 권세를 따르는 자들이 혹은 비류의 편이 되고 또 혹은 온조를 따랐다. 비류는 형이니 태자가 될 가능성이 많다고 보고, 온조는 왕이 가장 사랑하는 모양이니 아우이지마는 왕위는 그에게 돌아가리라 하여 양론이 있는 것이었다. 그러나 옳은 사람은 옳은 편을 따르는 것이매 자연히 비류의 당과 온조의 당이 판연히 갈려 있던 것이다. 만일 오래 이 상태가 계속하였다면 형제 두 패당 간에 피 흘리는 싸움이 일어났을지도 모를 것이었다.

이때에 유리가 나타난 것이다. 유리는 진실로 위태한 시기에 나타났다 할 것이다. 비류가 유리에게 대하여 어떠한 생각을 가졌을까는 생각하기 쉬운 일이다. 필요하면 부하를 동원하여 유리를 죽여버렸을 것이다.

이 위험과 이 기미를 알아차린 것이 오이의 총명이었다. 유리 모자가 나타난 날 즉시로 왕으로 하여금 왕후와 태자가 누구인 것을 선명하게 한 것은, 알고 보면 진실로 명철한 일이었던 것이다.

유리가 태자로 선포되니 비류는 응수할 틈을 잃어버렸다. 이제라도 제 심복을 시켜서 유리를 제거할 수는 있겠으나, 그렇다고 나라가 제게로 아니 돌아올 것은 분명하였다. 백성들은 결코 유리를 죽인 비류를 따르지 아니할 것이었다.

이리되니 비류는 고구려에 더 머물러 있을 수는 없었다.

"나도 어디 가서 나라를 세우고 왕이 되겠소. 주몽이가 하는 일을 나는 왜 못 하오?"

하고 비류는 조시누 앞에서 불평 삼아 뽐내었다. 조시누는 비류의 박덕함을 알았다. 재주 없이는 왕이 되어도, 덕이 없이는 못 될 줄을 조시누는 알았으나, 그렇다고 다 자란 아들을 보고 너는 덕이 없으니 안 된다는 말을 하기는 어려워서,

"그래, 너의 형제가 일심하면 왕업도 이룰 수 있지."

하고 일변 비류의 불평을 누르고 일변 그 뜻을 장하게 여겼다. 혹시 그럴지도 몰라 하는 어버이의 마음이었다.

비류와 온조는 마침내 고구려를 떠나게 되었다. 그날 왕은 왕후와 태자와 문무 제신을 데리고 동대문 밖까지 나와서 두 사람을 왕자의 예로 전송하였다.

왕은 문무관을 앞에 불러놓고 먼저,

"비류를 따라가기 원하는 자는 나서라."

하니, 나서는 자 열이었다.

다음에 왕은,

"온조를 따를 자는 나서라."

하니, 백이었다.

비류는 수참도 하고 분개도 하여 평소에 자기의 부하이던 자를 보고 낱 낱이 이름을 불렀으나 응하지 아니하매 더욱 분하여 칼을 빼어 그중에 하 나를 찔렀다. 온조가 황망히 비류를 붙들며,

"형님, 나를 따르는 자가 다 형님의 사람이 아니오?"

하고 말렸다.

왕은 비류와 온조를 따르는 자에게 다 말과 양식과 칼과 활과 갑옷을 주라 하였다.

온조는 왕의 앞에 꿇어,

"상감마마, 지난 이십 년 우리 사 모자를 거두어주신 은혜는 하늘같이 넓고 땅과 같이 두텁소. 그 은혜 갚을 길 없이 떠나오니 죄만하오."

하고 눈물을 흘렸다.

왕은 온조의 손을 잡으며,

"내 아들 온조야, 가서 부디 큰 나라를 세워라. 그리고 유리의 자손과 네 자손이 영영 서로 친하여 원수가 되지 말렷다."

하고 태자를 불러 온조와 서로 손을 잡고 자손 대대로 적이 안 될 것을 맹 세하게 하였다.

그러나 비류는 왕께 고별의 인사도 없이 열 사람 쫓는 자를 데리고 뒤 도 아니 돌아보고 떠나버렸다.

온조는 왕께 하직한 뒤에 왕후의 앞에 하직하였다. 그 어머니 조시누 와 이모 작은공주와 누이 보슬 아기는 왕후와 뫼셔 있었다. 온조는 왕후

의 앞에 무릎을 꿇고,

"상감마마 소인을 사랑하시와 아들로 부르시니 소인은 중전마마를 어마마마라 아뢰오."

하니, 왕후는 온조의 손을 잡으며,

"내 아들 온조야, 부디 큰 나라 세워 큰 임금 되어라."

하고 축복하였다.

온조는 자기 손을 잡은 왕후의 손을 두 손으로 받들고,

"어마마마, 소인의 어미와 누이 두고 가오."

하고 조시누와 보슬을 돌아보니, 왕후는,

"글랑 염려 마라. 조시누 공주는 이 몸과 형제요, 보슬은 이 몸의 딸이니 염려 마라. 네 큰 임금 되어 태후의 예로 맞을 때까지 조시누 공주는 고구려 왕궁에서 왕후와 꼭 같은 대우를 받으시는 줄 알아라."

이러한 왕후의 말에 듣는 사람이 모두 감격하였으니 조시누와 온조의 감격함은 말할 것도 없었다.

온조가 백 사람을 거느리고 떠날 때에는 왕명으로 풍악이 울고 보내는 사람들은 떠나기를 아끼면서 "어아, 어아, 온조 아기."를 높이 불렀다. 일 년 후면 백제나라 시조가 될 온조는 고구려 국민의 축복하는 눈으로 보냄을 받아 동으로 동으로 말을 달렸다.

구월. 아람도 다 쏟아지고 국화 잎도 새벽이면 까맣게 얼 때, 유궁의 버들잎이 누렇다가 거무스름하여지면서 떨어지기 시작한 때, 풀숲 벌레 소리도 인제는 없고 중방 밑 구들이 잠 못 드는 사람의 시름을 자아낼 때, 강 물고기도 깊은 곬을 찾아들 때 천지는 마치 이것으로 마지막인 듯 소조하기 짝이 없다. 단풍조차 물이 날아버리면 메와 들은 온통 죽은 빛

이다.

그러나 이것은 해마다 한 번씩 돌아오는 가을의 풍경이다. 겨울을 지나면 또 꽃 붉고 잎 푸른 봄이 오지 않나. 천지는 이렇게 젊은 듯 늙고 늙는 듯 젊어. 그러나 사람의 일생은 그렇지도 못하고 늙으면 고만이요 죽으면 고만이다. 다시 젊을 수 있나, 다시 살아날 수 있나?

사람이 다 늙어서 죽어도 좋으련마는 한창 시절에 죽는 이도 있고 젖끝에서 스러지는 이도 있다. 할 일을 다 하고 죽으면 무슨 한이리마는, 시작해놓은 일이 이로부터 자리가 잡힐까 할 때에 죽는 것은 죽는 당자나 옆에서 보는 자나 진실로 통곡할 일이다. 나라의 힘으로도 가는 목숨을 붙들 수는 없는 것이다.

고구려 왕 주몽이 병들어 누운 지가 벌써 거의 한 달. 유궁에 옮아온 것도 벌써 사오일이 넘었다. 천대 만대 자손이 왕으로 앉을 대궐이 부정한 시체를 보지 말게 하리라는 이유로 왕은 굳이 모든 만류를 뿌리치고 유궁으로 떠나온 것이지마는 예랑을 깊이 사랑하는 마음에 유궁이 그리운 마음도 있던 것이다.

왕의 이번 병의 직접 원인도 유궁이라고 할 수 있었다. 지리하던 칠월 늦장마도 지나고 팔월 보름의 하늘 맑고 달 밝은 밤에 왕은 굳이 왕후를 이끌어 뱃놀이를 하였다. 팔월 보름달은 이십 년 전 가섭벌에서 왕과 예랑이 처음 겸 마지막으로 배 위에서 서로 안고 보던 달이다.

왕후는 밤바람이 찬 것을 이유로 간절히 만류하였으나 왕은 듣지 아니하였다. 그래서 왕후와 함께 강상에 배 띄우고 옛이야기를 하며 달을 즐겼던 것이다.

왕은 이날 밤에 참으로 행복을 느꼈다. 달도 좋고 하늘도 좋고 물도 좋았다. 달빛에 보는 예랑은 이십 년 전과 다름이 없었다.

왕후는 솔솔 불어오는 강바람이 병약한 왕의 몸을 상할까 하여 조바심을 하였으나 왕의 모처럼 좋아하는 마음을 깨트리고 싶지 아니하였다.

끝없는 이야기도 끊일 때가 있어서 잠시 두 사람이 말이 없을 때면 물고기 뛰는 소리가 땀방거리는 것도 들렸다. 여염에 개 짖는 소리도 들렸다. 가만히 하늘을 우러러보던 왕은,

"내년이면 내 나이 마흔이야."

이런 말도 하고,

"명년 이 달도 이렇게 볼 수가 있을까?"

이런 말도 하였다.

왕후는 그런 말을 듣기가 눈물겨웠다. 정말 이것이 마지막인 것 같아서.

"좀 추워."

왕은 마침내 이런 말을 하였다.

"인제 들어가시지."

하고 왕후는 왕을 재촉하였다. 왕의 손은 싸늘하게 식고 얼굴은 달빛 때문이겠지마는 죽은 사람의 것과 같이 해쓱하였다.

"괜찮아. 아직도 밤이 그때만큼은 안 깊었는데. 그대로 돌아갈까. 버들 숲에서 거닐어볼까. 강월이가 물가에서 기다리고 섰는 것 같아. 강월이가 혼이 있으면 여기 와 있을 거야. 가서 술이나 한잔 따라놓아야."

왕은 이런 소리를 하며 노를 저었다. 왕후는 강월이란 말에 몸에 소름이 쪽 끼쳤다. 피를 뿜고 쓰러진 강월의 모습이 왕이 가리키는 물가에 떠오르는 것 같았다.

배가 버들 밑 물가에 닿으면 거기는 괴유 모자가 나와 있었다. 왕은 예

랑을 다시 만난 것이 모두 괴유 모자의 은공이라 하여 그들을 궁중에 두고 우대하였던 것이다.

왕은 배에 내려 괴유 모자를 보며,

"이 물가에 강월이가 섰는 것 같아."

하고 또 한 번 뇌었다.

괴유 모자는 고개를 숙여버렸다.

왕은 이 밤을 유궁에서 지냈다. 더운술로 추운 기운을 막고 등골이 오싹오싹하는 것을 참으면서 왕후 예랑과 괴유 모자와 실컷 지나간 이야기를 하기도 하고 듣기도 하였다. 왕의 짐이란 정사 일에 바빠서 사사로운 정담을 할 기회도 드물다. 이날 왕은 오래간만에 한낱 사람으로 돌아가서 피차에 겪은 이십 년의 파란을 회고하는 낙을 맛본 것이었다.

"인제 고만 주무시지."

왕후는 여러 번 왕의 피로를 근심하였으나 솟는 흥을 누를 생각이 없었다. 평생에 처음으로 유쾌한 것 같았다.

대단히 밤이 깊어서야 왕후와 함께 침실에 들었다.

"일생에 가장 즐거운 밤이오."

왕은 자리에 누워서도 얼른 잠이 들지 아니하고 오래도록 왕후를 애무하였다.

밖에서는 활 메고 창 든 군사들이 달빛 속에 왕궁을 지키고 있었다. 새벽이 가까울수록 대기는 싸늘하게 식어서 군사의 갑옷에 서리가 맺히고 달빛을 타서 남쪽으로 돌아오는 기러기 소리가 들렸다.

괴유는 대소를 죽여 누이 강월과 예백, 예도 부자의 원수를 갚을 것을 생각하였다. 왕이 강월을 생각하여 술을 부어놓고 강월의 혼을 부른 것을 고맙고 기쁘게 생각하였으나, 대소의 간을 내어 강월의 무덤 앞에 제를 드리기 전에는 강월의 원혼은 잠이 들지 아니하리라고 생각하였다.

아까 왕이 강월의 혼을 부를 때에 괴유는 왕께,

"누이의 원수를 갚기를 허하여주시오."

하고 청할 적에 왕은,

"때가 있다."

한 것을 생각하고 그때가 언제일까 하면서 잠이 들었다.

이튿날 왕은 환궁하였으나 그날부터 신열이 나서 거의 한 달이나 일지 못하였다.

"이 몸을 유궁으로 옮겨라."

하여 왕은 유궁으로 옮아온 것이다.

본래 부여의 옛 풍속에는 사람이 죽은 집에는 다시 사람이 살지 아니하고 불을 놓아 태워버리는 것이었다. 차차 집을 짓게 되면서부터는 집을 태울 수가 없어서 죽게 된 병인을 위한 집을 새로 지어 거기서 죽게 하고 그 집을 태워버리게 되었다. 죽는 것을 부정으로 여겨서 사람이 죽은 집에서는 천지신명을 모시지 못하기 때문이었다. 그래서 사람이 죽으면 죽은 자가 가지고 있던 의복이나 기구와, 심지어는 그 처첩과 비복까지도 죽은 주인과 함께 장사하여버렸다.

지금 와서는 그러한 일은 없지마는 왕은 나라가 소중하고 자손이 소중한 마음에 궐내에서 죽지 아니할 결심을 하고 유궁으로 옮은 것이었다. 왕도 자기가 일어나기 어려울 것을 알았던 것이었다.

왕이 유궁에 옮아올 때에는 태자 유리와 국상 이하 중신을 불러 자기가 병으로 있는 동안 군국의 정사를 태자에게 맡긴다고 선언하였다. 태자는 총명이 있었으나 기우에 있어서는 그 아버지를 따르기 어렵겠다고 왕도 생각하고 중신들도 생각하였다. 인물로 보면 온조만 못한 것같이 백성들도 생각하였다. 그러나 태자 유리는 얼굴이 아름답고 재주가 많아서 사람들의 사랑을 받았다. 그는 노래도 잘하고 풍류를 좋아하였다.

구월도 얼마 안 남고 날씨는 차차 추워가는데 왕의 병세는 더욱 침중하여갈 뿐이었다. 머리맡에는 왕후와 조시누가 번갈아 모셔 간호하고, 낙랑 왕녀와 작은공주도 이를 도왔다. 날마다 약을 달이는 것과 굿을 하고 제사를 드리는 일이 끊이지 아니하였다.

왕의 손으로 멸망한 나라가 넷이다. 졸본, 송양, 행인, 옥저, 그리고 처부순 큰 도적의 소굴이 이십여, 사형에 처하여 목을 자른 왕이 둘, 행인, 옥저 도적 두목이 이백여, 그중에도 반역죄로 처자까지 참멸한 공신 무골이 죽던 광경은 왕의 눈에 깊이 박혀 떠나지 아니하였다. 그 밖에 왕과 그 군사의 활과 창과 칼에 맞아 죽은 자는 이루 셀 수가 없을 만큼 많은 것이다.

왕이 열이 높아 정신이 황홀할 때에는 이러한 사람의 모양들이 여러 가지 무서운 모습을 가지고 눈에 보이는 것이었다. 원래 장력이 센 왕이 아니라면 미칠 지경으로 그러한 허깨비가 난동하였고, 무당의 무꾸리에는 그러한 것들이 나타나는 것이었다.

옛사람의 믿음에 의하면, 사람이 운수가 뻗쳐서 높은 신령의 도움을 받을 때에는 잡귀가 범접을 못 하나, 운수가 진하면 눈 한번 흘겼던 원혼들까지도 원수를 갚으려 덤비어든다는 것이다. 마치 개미와 구더기가 병든 용이나 호랑이의 몸을 무엄하게 뜯어먹듯이.

앓는 왕이 헛소리를 하거나 가위가 눌릴 때면 옆에 모신 사람들은 곧 모여드는 원혼을 연상하여서 이것을 물리려고 애를 쓰는 것이다. 왕의 머리맡에 천하가 다 두려워하던 일월기를 걸고, 그리고 유명하던 왕의 활에 살을 메워 세우고, 몸에는 모든 짐승이 무서워하는 호피를 덮고. 그러나 아무러한 위엄도 왕의 꿈을 괴롭게 하는 허깨비를 물릴 수가 없었다.

왕후는 태자에게 명하여 졸본과 송양과 행인과 옥저에 제관을 보내어 그 멸망한 나라들의 왕의 조상의 혼령들과 산천의 귀신들을 위하여 큰굿을 베풀게 하고, 흘승골성에도 큰굿을 베풀어 무골의 원혼과 기타 왕께 원망을 품었을 모든 원혼들을 불러 음식과 풍악과 노래와 춤으로 원망을 풀게 하고, 조시누는 몸소 모둔골에 가서 남편 을두지와, 눈을 빼고 죽은 현암과, 그날 싸움에 활 맞아 죽고 물에 빠져 죽은 한나라 군사들과, 그리고 싸움이 끝난 뒤에 강변에서 왕의 손에 목이 잘린 반장 고미의 원혼들을 불러 위로하고 왕의 병이 낫게 하기를 빌었다.

그러나 이 모든 것이 다 아무 효험이 없었다.

왕은 마침내 태자와 제신을 부르라 하였다. 왕은 최후의 유언을 하자는 것이었다.

유언의 자리에는 태자 유리, 국상 오이, 원임 국상 재사 이하로 마리, 합보, 묵거, 그리고 태자를 따라온 세 사람 옥지, 구주, 도조 등이 모두 수심을 띤 얼굴로 모이고 왕후와 조시누도 모셔 있었다.

왕은 일월과 용을 수놓은 황포에 세 봉우리가 분명한 왕관을 쓰고 상위에 기대어 앉아서 태자와 제신의 절을 받았다. 말 못 되게 수척한 얼굴에는 핏기가 없고 검은 기운조차 돌았으나, 왕은 위엄을 잃지 아니하려고 애를 썼다. 그것이 도리어 차마 볼 수 없듯이 가여웠다.

"이 몸은 다시 일지 못할 것 같다."

하는 말이 왕의 탄 입술에 흘러나올 때에는 왕후와 태자를 비롯하여 모든 사람들의 눈에 눈물이 핑 돌았다. 그러나 그것이 왕의 눈에 아니 띄도록 다들 꿀꺽 참고 터지려는 울음을 삼켰다.

"인제 이 몸의 명은 진하였다. 선비족과 한족을 쫓고 단군의 옛터를 통임하야 살기 좋은 큰 나라를 꼭 이루고 죽잤더니."

하고 왕은 목이 멘 듯이 말을 끊더니 다시 기운을 내어,

"그러나 이제는 이 몸의 명이 다야. 못 이룬 뜻을 유리야, 네게 남긴다. 네 부대 아비의 뜻을 이으렷다."

할 때에는 왕의 눈이 번쩍 빛났다.

태자는 왕의 유명을 받잡고 왕의 발 앞에 엎드려,

"이 몸이 어리오니 아직 어찌 아바마마의 뜻을 이으오리까. 어서 회춘하시와 나라를 더욱 힘 있게 하시옵소서."

하고 울었다.

"들거라, 네 진실로 스스로 어린 줄을 알면 좋은 임금이 될 것이다. 임금은 몸소 일하는 자가 아니요, 사람을 골라 일을 시키는 자다. 네 마음대로 하면 나라를 잃을 것이요, 어진 사람들의 마음을 좇으면 나라를 크고 힘 있게 하리라."

"어진 사람을 고르는 법은 어떠하오니까?"

"면전에서 감히 임금의 말을 거슬리는 자는 충성 있는 자요, 임금의 비위를 맞추어 아첨하는 자는 제 욕심을 채오랴고 임금과 백성을 깎는 소인이니라."

"나라이 힘 있게 하는 법은 어떠하온지?"

“백성이 배곯고 헐벗지 않으면 나라의 힘이 있고, 백성이 임금과 그 신하들을 믿으면 나라의 힘이 있고, 군사가 죽기를 두려워 아니 하고 잘 장수를 믿으면 나라의 힘이 있나니라. 요는 백성이 임금을 믿음에 있나니라.”

“백성이 나라를 믿게 하는 법은 어떠하온지?”

“백성을 속이지 아니하고, 백성의 것을 빼앗지 아니하고, 백성이 사랑하는 자를 상 주고, 백성이 미워하는 자를 벌하면 백성이 믿나니라.”

“백성이 사랑하는 자는 어떤 사람이며, 백성이 미워하는 자는 어떤 사람이온지?”

“백성은 제 욕심이 없이 저희를 위하는 자를 사랑하고 저희를 해하는 자를 미워하나니, 백성을 위하는 자에게 높은 벼슬을 주고 백성을 해치는 자에게 엄한 벌을 주면 백성이 믿나니라.”

“이 몸을 가지는 법은 어떠하온지?”

“한 일도 제 마음대로 말고 어진 사람과 일 맡은 사람에게 물어 하고, 백성이 배부른 뒤에 배부르고, 백성이 즐거운 뒤에 즐겁고, 궁궐을 높이 짓지 말고, 재물을 탐하지 말고, 여색을 가까이 말고, 간사한 무리를 멀리하고, 네게 잘못하는 자는 너그럽게 용서하되 백성에게 해롭게 하는 자는 용서 없이 법대로 벌하고, 술 취하지 말고, 놀이로 밤새우지 말고, 항상 몸이 편할까 저퍼하고, 마음이 게으를까 두려워하면 하늘과 신명이 너를 도우시리라. 조심하고 조심하여라.”

하고 왕은 왕과 고락을 같이하여온 제신들을 가리키며,

“너는 이 사람들을 존경하고 만사에 물어 하여라. 그러나 한 사람에게 오래 큰 권세를 맡기면 맡는 자는 교만한 마음이 나고 다른 사람들은 이를 시기하여서 편당과 알력이 생기나니 조심조심하여라."

하고, 끝으로 조시누를 어머니와 같이 대접할 것과 괴유 모자를 우대할 것을 부탁하여 유언과 공명을 마치었다.

　장시간 힘들인 긴장에 왕의 몸에서는 허한이 흘렀다.

　"이제 다 물러가거라."

하고 특히 오이, 재사 등 다섯 사람을 가까이 불러,

　"평생에 이 몸을 도운 뜻이 못내 고맙소. 이제 마지막 작별이니 앞으로는 나를 잊고 태자를 도와주오."

하고 영결하는 인사를 하니 다섯 사람은 왕의 앞에 엎드려 목을 놓아 울었다.

　이런 지 사흘 만에, 새벽닭이 울기 바로 전에 왕이 붕하니 왕후 예랑과 태자 유리와 조시누와 국상 오이 등 다섯 사람과 괴유 모자가 옆에 모셨다. 용산에 장례하고 동명성왕(東明聖王)이라고 일컬었다. 밝을 명 자는 해와 달을 한데 모은 것이었다.

　— 단기 4282년 12월 17일 석양 서울 효자동(孝子洞)에서

후기(後記)

　동명성왕(東明聖王)의 손자 대무신왕(大武神王) 무휼(無恤) 때에 마침내 동부여(東扶餘) 왕 대소(帶素)는 괴유(怪由)의 손에 죽고 동부여는 멸망하고 말았다. 인과응보(因果應報)의 소연(昭然)한 자취라 할까.

사랑의 나라 세우기

김주현

『사랑의 동명왕』은 이광수의 역사소설이다. 이 작품은 그의 삶으로 볼 때 마지막 창작에 해당된다고 해도 과언이 아니다. 그렇다면 마지막 창작에 해당하는, 그리고 해방 공간에서 친일 부역자로 규정되어 어려움을 당할 때 쓴 소설이 왜 하필『사랑의 동명왕』일까? 이 소설을 작가 개인과 시대 현실이라는 두 가지 맥락에서 살필 필요가 있다. 전자는 이 작품이 작가 이광수의 작품 전개 과정에서 어떤 맥락에 있는가 하는 것이며, 후자는 이 작품이 해방 후의 상황 속에서 어떤 의미를 갖는가 하는 것이다. 그가 이 소설을 최후의 장편소설로 기획한 것은 아니었겠지만, 궁극적으로 이 소설은 '최후'와 다름없는 작품이 되고 말았다. 그가 자신의 창작 생활에서 이 작품에 담고 싶었던 의미가 있을 테고, 아울러 '친일 행위자'로서 반민족행위특별조사위원회에 체포되면서 당대 사회에 고하고 싶었던 메시지가 있을 것이다. 그러한 맥락에서 이 작품을 살피고자 한다.

역사소설의 맥락과 『사랑의 동명왕』

이 작품에 대한 기간 논의가 그렇게 많은 것은 아니다. 그런데 사실 필자가 하고 싶었던 이야기를 이미 한 논자(방민호, 「해방 후의 이광수와 장편소설 사랑의 동명왕」, 『춘원연구학보』8, 춘원연구학회, 2015. 12)가 적지 않게 하였다. 그래도 그의 논의를 참조하며 나름대로 입론을 하고자 한다. 춘원의 역사소설은 『마의태자』(1926~1927), 『이차돈의 사』(1925~1926), 『단종애사』(1928~1929), 『이순신』(1931~1932), 『세조대왕』(1940), 『원효대사』(1942) 등이다. 여기에 『사랑의 동명왕』을 포함하면 모두 7편이다. 그런데 춘원의 역사소설은 『마의태자』, 『이차돈의 사』 등 신라(통일신라 포함) 시대부터 시작하여, 『단종애사』, 『이순신』, 『세조대왕』 등 조선시대를 거쳐 다시 『원효대사』, 곧 신라로 회귀하는 모습을 보이고 있다. 그렇다면 고구려를 다룬 『사랑의 동명왕』은 하나의 새로운 계열이자 시작이라 할 수 있다.

그리고 제목을 살펴보면, 『마의태자』, 『원효대사』, 『세조대왕』, 『이순신』은 그야말로 역사 속의 인물들을 대상으로 한 것이고, 『이차돈의 사』, 『단종애사』는 소설의 내용을 제목으로 내세운 것이다. 『사랑의 동명왕』은 후자로 봐야 한다. 즉 '이차돈의 죽음', '단종의 슬픈 역사'처럼 '동명왕의 사랑 이야기'가 되는 것이다. 그런데 왜 하필 동명왕의 사랑 이야기인가?

고구려 동명성왕에 대한 관심

고구려 위인들에 대한 춘원의 관심은 언제부터 시작되었을까? 『사랑의 동명왕』이 해방 이후 나왔다고 하더라도 한 번의 관심으로 소설을 써

냈다고 하기 어렵다. 근대 초기 동명왕에 대한 관심은 그렇게 많지 않았던 것으로 보인다. 박은식이 쓴 것으로 보이는 「동명성왕의 유적」(1907. 2)이 『서우』에 실렸다. 이 글은 동명성왕에 대한 간단한 소개인데, 춘원이 이 글을 보았는지는 자세히 알 수 없다. 그리고 동명왕의 건국을 다룬 신채호의 「독사신론」이 『대한매일신보』(1908. 8. 27~12. 13)에 실렸다. 「독사신론」은 서론과 더불어 본론 제1장 단군시대, 제2장 부여왕조와 기자, 제3장 부여족 대발달시대, 제4장 동명성왕의 공덕, 제5장 신라, 제6장 신라·백제와 부여의 관계, 제7장 선비족·지나족과 고구려, 제8장 삼국 홍망의 이철(異轍), 제9장 김춘추의 공죄, 제10장 발해의 홍망으로 구성된 우리의 상고사이다. 이 글은 「국사신론」이라는 이름으로 『소년』(1910. 8)지에 다시 실리기도 했다. 춘원은 오산학교 교사 시절(1910년)에 단재를 처음 만났는데, 그때가 "최남선(崔南善) 군의 『소년(少年)』 잡지에 유명한 기자평양말살론(箕子平壤抹殺論)을 쓴 지 얼마 아니 되어서"였다고 했다. '유명한 기자평양말살론'은 「독사신론」(「국사신론」)을 일컫는 것이다. 당시 춘원이 단재의 「독사신론」(「국사신론」)을 읽었음을 알 수 있다. 「독사신론」은 단군-고구려로 이어지는 역사 기술로 고구려의 건국과 동명성왕의 업적이 잘 기술되어 있다. 춘원은 「독사신론」을 통해서 동명성왕의 고구려 건국에 대해서도 충분히 파악했을 것으로 보인다.

춘원이 1913년 상해에서 단재를 만났을 때 단재가 "사실을 굽혀서 한족을 주로 하고, 제 나라를 종으로 하여서 민족에게 노예근성을 넣은" 사대주의 역사가들에 대해 분개하였으며, "조선의 역사를 바로잡는 것을 일생의 목표"로 삼고 있었다고 했다. 춘원은 그러한 단재의 민족주의 사학으로부터 적지 않은 영향을 받은 것으로 보인다. 1918년 그는 북경에서 다시 단재를 만났고, 1919년 임시정부 시절 상해에서도 만났다. 그 시기 둘 사이에 불화도 있었지만, 춘원은 단재를 여전히 존경했던 것으로 보인다. 아울러 단재는 1931년 『조선일보』 학예란에 「조선사」를 발표했다. 춘원이 이 글을 읽었음은 「이순신」의 창작에서도 확인할 수 있다. 단재는 「조선사」에서 종전 거북선의 철갑선설을 부정하고 장갑선설(『조선일보』 1931. 6. 21)을 주장하였는데, 춘원은 「이순신」에서 단재의 거북선 장갑선설(『동아일보』 1931. 6. 26)을 그대로 수용했다. 또한 단재의 「조선사」는 1948년 10월 종로서원에서 『조선상고사』의 이름으로 발간된다. 해방 이후 이념의 회오리 속에서도 단재의 역사학은 적지 않은 관심과 반향을 일으켰다. 춘원은 「독사신론」과 『조선상고사』를 읽었으며, 이것들이 『사랑의 동명왕』 창작에 일조했을 것이다.

한편 박은식은 1911년 서간도에 가서 『동명성왕실기』를 비롯하여 『발해태조건국지』, 『명림답부전』, 『천개소문전』 등을 썼다. 이 책들은 동창학교 교육의 보조 자료로 활용하기 위해 저술한 것으로, 백암은 우리의 역사의식과 민족의식을 함양하기 위해 애썼다. 춘원은 애국계몽기에 『대한매일신보』, 『황성신문』 등에 실린 박은식의 논설을 "성경현전(聖經賢傳)과 같이 애독"(『이광수 전집 7』, 삼중당, 222쪽)하였다고 했다. 그리고 1913년 상해에서 두 사람은 만났다. 춘원은 역사가로서의 박은식을 높이 평가(『이광수 전집 6』, 삼중당, 355쪽)하였다. 춘원은 1919년 임시정부에 관여하면서 다시 백암을 만난다. 백암은 춘원이 펴낸 『한일관계사료집』을 바탕으로 『한국독립운동지혈사』를 쓰기도 했다. 아울러 춘원과 백암은 『신한청년』 주필로 참여하는데, 전자는 국한문판 주필로, 후자는 중문판 주필로 참여한 것이다. 그리고 백암은 초창기 춘원이 맡았던 『독립신문』 주필을 1923년 3월경부터 맡게 된다. 상해 시절 춘원은 백암을 통해서도 동명성왕에 대해 관심을 갖게 되었을 것으로 보인다.

춘원은 1921년 3월경 상해를 떠나 귀국한다. 그는 이듬해 『백조』(1922. 1~5)에 「악부(樂府)─고구려부(高句麗部)」를 싣는다. 이것은 '금와─유화─동명성왕'으로 구성되었는데, 『삼국사기』 「고구려본기」의 내용을 소개하면서 고구려 건국과 동명왕의 업적을 시조 형식에 담아 노래한 것이다. 그런 점에서 「악부」는 또 다른 「동명왕편」이라고 할 만하다. 또한 그는 1926년 『삼국사기』 「고구려본기」 제1권의 주몽 부분을 번역하여 「동명성왕건국기」(『동광』 1926. 6)를 발표했다. 이는 동명성왕에 대한 관심을 보여준다. 『사랑의 동명왕』은 그러한 관심에서 비롯된 것이다.

> 우리에게는 높은 형조(兄祖)인 모든 민족적 위인들의 유적을 찾아
> 기념하고, 전기(傳記)를 편수하여 발행하게 할 특지가(特志家)는 없는
> 가.(「단군릉」, 『삼천리』 1936. 4; 『이광수 전집 9』, 삼중당, 183쪽)

또한 춘원은 단군릉을 참배하고 위인들의 전기의 필요성을 언급했다. 그는 "높은 형조(곧 단군과 동명성왕─인용자)인 모든 민족적 위인들"에 대한 관심을 표명했다. 그는 「단군릉」(『조선일보』 1934. 1. 1)에서도 단군에 대해 기술했다. 그리고 「평양」(『조선일보』 1935. 5. 2)과 「단군릉」(『삼천리』 1936. 4)에서 "왕검(王儉)은 그저께요, 동명왕(東明王)은 어

저께"라고 언급하는가 하면, 후자에서 "고구려의 문화와 혈통이 끊어지고 구차한 안전을 도모하는 신라의 혈통과 정신만이 남은 것이 지나간 천년의 불행"(『이광수 전집 9』, 삼중당, 184쪽)이라고 했다. 우리 역사의 주체적 정신이 단군에서 비롯되어 고구려로 이어졌으나 신라에 의해 노예적 정신으로 바뀌고 말았다는 것이다. 이는 단군, 고구려 중심의 우리 역사에 대한 새로운 인식을 보여준다. 『사랑의 동명왕』은 그러한 역사인식 아래 놓여 있다. 고구려 건국자인 주몽을 내세워 삼국사의 중심에 고구려를 두려 한 것은 이전의 신라 중심 역사소설에서는 벗어난 것이다. 이전 역사소설이 단순히 소재로서의 역사에 이야기의 중심을 두었다면, 『사랑의 동명왕』에 이르러서는 역사의식에 보다 입각했다고 할 수 있다. 그러한 역사의식은 해방이 이뤄지고 건국이 한창 전개되던 당대 사회의 흐름과도 무관하지 않다.

사랑이라는 코드

춘원 소설의 전편을 넘나드는 중요한 하나의 코드가 있다면 그것은 '사랑'일 것이다. 그는 첫 소설 「사랑인가」(1909)를 필두로 『무정』(1917), 『유정』(1933)을 거쳐 『사랑의 동명왕』에 이르기까지 무수한 작품에서 사랑을 이야기해왔다. 그사이 『사랑의 다각형』(1930), 『사랑』(1938), 『그들의 사랑』(1941~1942)도 사랑을 내세운 소설이 아니던가. 그만큼 그는 사랑에 몰두해왔고, 그것을 형상화하는 데 전 생애를 바쳤다고 해도 과언이 아니다. 그것은 당대를 다룬 소설에서는 물론이고, 역사소설에서도 마찬가지였다. 동명왕의 사랑을 다루었다고 해서 전혀 새로운 맥락이 아니며, 이전 소설의 정신을 그대로 잇고 있다고 할 수 있다.

특히 해방기에 이르러 춘원은 「사랑의 길」이라는 글을 발표하는데, 이 글에서는 그가 품고 있는 사랑에 대한 관념들이 잘 집약되어 나타난다.

사람의 갈 길이 오직 하나요, 하나밖에 없으니 그것은 사랑의 길이다. 남녀 간의 사랑이나 부모 자식의 사랑은 가르치지 아니하여도 아는 것이니, 이것은 사람뿐 아니라 모든 생물이 다 가지고 있는 것이라 말할 것도 없고 여기 말하는 사랑은 이웃 간의 사랑, 국민의 사랑, 인류의 사랑 같은 남남 간의 사랑이다.

(중략)

이것이 애국심의 시초다. 오래 태평하면 애국심이 줄고, 다른 민족과 싸울 때에는 같은 민족 간의 사랑의 길이 있다. 서로 같은 운명에 매여 있음을 절실하게 느끼는 때문이니, 옛글에 "형제가 담 안에서는 서로 다투더라도 남이 쳐 올 때에는 함께 막는다(兄弟鬩于牆 禦于外務時)." 한 것이 이것이다.

(중략)

우리나라는 수천 년래로 덕으로 인도하고 예로 다스리는 나라를 만드는 것을 건국의 목표로 삼아왔다. 이제 우리는 새나라를 세우는 길에 있거니와, 우리 새나라의 목표는 더구나 '사랑의 나라'에 있을 것이다. 우리 민족은 그러한 나라를 지을 가장 적임자요, 또 인류가 지구상에서 멸망하지 아니하려면 어느 구석에서나 이러한 나라가 일어나야 할 것이다.

(중략)

사랑의 정신으로 사는 새나라에서는 정의와 자유의 관념이 오늘날의 것과는 다를 것이다. (중략) 공평한 세상, 저마다 제 마음대로 하고 남에게는 매이지 않는 세상을 만드는 것이 우선 좋은 일인 것은 말할 것도 없다.(『이광수 전집 10』, 삼중당, 222~226쪽)

이것은 1948년 3월에 쓰인 글로 『사랑의 동명왕』과 이어져 있다. 이 글에서 춘원은 이전의 사랑 관념을 확대하고 있다. 남녀, 가족 간의 사랑에서 이웃, 인류에게로 그 대상이 확장되고 있는 것이다. 말하자면 인류애로 확장된 것인데, 그것은 단순히 휴머니즘에 그친 것이 아니다. 민족 간의 사랑을 애국으로 승화시키며, 그래서 춘원은 새나라를 '사랑의 나라'로 만들자고 했다. 그러한 원리로 정의와 자유, 평등의 개념을 가져온다. 여기에서 사랑은 종교적 사랑이 아니라 국가적 이념으로 넘어가버린다. 곧 해방 후 새로운 나라를 '사랑의 나라'로 건설해보자는 것이다. 춘원은 사랑을 말하고 있지만 국가 건설의 이념을 제시했다.

또 다른 코드로서의 건국

『사랑의 동명왕』은 이상협의 청탁으로 1949년 3월 집필을 시작하여 12월 17일 탈고한 것으로 알려져 있다. 이때는 춘원이 반민특위에 체포되었다가 풀려난 시점이다. 그래서 춘원으로서도 자신에 대해 변호하거나 자신의 모습을 쇄신할 무언가가 필요했다. 이상협이 춘원에게 『사랑의 동명왕』을 청탁했는지, 아니면 소설이나 역사소설을 청탁했는데 춘원이 『사랑의 동명왕』을 썼는지 명확하지 않다. 어쩌면 후자가 아닐까 추측된다. 그렇다면 왜 동명왕일까 하는 것이다. 이에 대해 "일제로부터 해방되어가지고 새나라를 건설해야 할 당면 과제를 짊어진 지도자들에게 춘원은 자기의 주고 싶은 말이 있었을 것"이며, "그 주고 싶은 말을 춘원은 주몽(朱蒙)의 입을 통해서 다 하였다."(김팔봉, 「작품 해설—사랑의 동명왕」, 『이광수 전집 7』, 삼중당, 658~659쪽)고 하는 김팔봉의 언급을 고려해볼 만하다. 춘원은 어지러운 건국의 시점에서, 그것도 자신이 친일파로 규정되어 고초를 겪는 상황에서 작품을 통해 발언한 것으로 볼 수 있다.

"듣거라, 네 진실로 스스로 어린 줄을 알면 좋은 임금이 될 것이다. 임금은 몸소 일하는 자가 아니요, 사람을 골라 일을 시키는 자다. 네 마음대로 하면 나라를 잃을 것이요, 어진 사람들의 마음을 좇으면 나라를 크고 힘 있게 하리라."

이것은 동명성왕이 임종에 이르러 태자 유리에게 유언을 하는 부분이다. 여기에서 동명왕이 태자 유리에게 전하는 말은 동명왕과 유리의 소통을 넘어선다. 곧 "듣거라"라는 말은 춘원 개인의 사회적 발화로 확장된다. 청자는 태자가 아니라 당대의 지도자에게로, 당대의 사회로 확장되는 것이다. 복화술사 이광수는 주몽의 입을 빌려 당대 사회에 대한 정치적 발언을 한 셈이다. 그는 '크고 힘 있는' 나라를 희원했다.

"어진 사람을 고르는 법은 어떠하오니까?"
"면전에서 감히 임금의 말을 거슬리는 자는 충성 있는 자요, 임금의 비위를 맞추어 아첨하는 자는 제 욕심을 채오려고 임금과 백성을 깎는 소인이니라."

"나라이 힘 있게 하는 법은 어떠하온지?"

"백성이 배곯고 헐벗지 않으면 나라의 힘이 있고, 백성이 임금과 그 신하들을 믿으면 나라의 힘이 있고, 군사가 죽기를 두려워 아니 하고 잘 장수를 믿으면 나라의 힘이 있나니라. 요는 백성이 임금을 믿음에 있나니라."

"백성이 나라를 믿게 하는 법은 어떠하온지?"

"백성을 속이지 아니하고, 백성의 것을 빼앗지 아니하고, 백성이 사랑하는 자를 상 주고, 백성이 미워하는 자를 벌하면 백성이 믿나니라."

"백성이 사랑하는 자는 어떤 사람이며, 백성이 미워하는 자는 어떤 사람이온지?"

"백성은 제 욕심이 없이 저희를 위하는 자를 사랑하고 저희를 해하는 자를 미워하나니, 백성을 위하는 자에게 높은 벼슬을 주고 백성을 해치는 자에게 엄한 벌을 주면 백성이 믿나니라."

"이 몸을 가지는 법은 어떠하온지?"

"한 일도 제 마음대로 말고 어진 사람과 일 맡은 사람에게 물어 하고, 백성이 배부른 뒤에 배부르고, 백성이 즐거운 뒤에 즐겁고, 궁궐을 높이 짓지 말고, 재물을 탐하지 말고, 여색을 가까이 말고, 간사한 무리를 멀리하고, 네게 잘못하는 자는 너그럽게 용서하되 백성에게 해롭게 하는 자는 용서 없이 법대로 벌하고, 술 취하지 말고, 놀이로 밤새우지 말고, 항상 몸이 편할까 저퍼하고, 마음이 게으를까 두려워하면 하늘과 신명이 너를 도우시리라. 조심하고 조심하여라."

하고 왕은 왕과 고락을 같이하여온 제신들을 가리키며,

"너는 이 사람들을 존경하고 만사에 물어 하여라. 그러나 한 사람에게 오래 큰 권세를 맡기면 맡는 자는 교만한 마음이 나고 다른 사람들은 이를 시기하여서 편당과 알력이 생기나니 조심조심하여라."

하고, 끝으로 조시누를 어머니와 같이 대접할 것과 괴유 모자를 우대할 것을 부탁하여 유언과 공명을 마치었다.

이것은 『사랑의 동명왕』의 대미로, 동명왕이 태자 유리에게 전하는 유언은 계속된다. 춘원은 여기에서 치세와 수신, 곧 나라를 다스리는 법과 자신을 다스리는 법에 대해 이야기하였다. 그렇다면 '사랑'이란 무엇인가? 수신과 치세 사이에 백성에 대한 사랑이 놓여 있다. 이 작품은 주몽과 예랑의 남녀 간 사랑에서 주몽과 유리의 가족(부자) 간의 사랑으로, 그리고 유리의 백성에 대한 사랑으로 확대 전개된다. 개인 간의 사랑이 민족, 국가의 사랑으로 확대되는 모습을 보인 것이다.

일제의 침략이 본격화되던 애국계몽기에도 다양한 건국기가 나왔다. 『서사건국지』, 『이태리건국삼걸전』, 『미국독립사』 등이 그러하다. 건국기의 번역은 각국의 건국을 모범 삼아 우리 역시 독립국을 건설해보자는 의식에서 비롯되었다. 그리고 일제 강점이 이뤄지자 박은식은 『동명성왕실기』를 비롯하여 『발해태조건국지』와 같은 건국기를 썼다. 백암은 민족 영웅을 내세워 외세를 축출하고 독립을 통해 새로운 국가 건설을 염원했던 것이다. 그런데 일본의 패망으로 해방된 이후 새로운 국가 형성기에 춘원은 『사랑의 동명왕』이라는 고구려 건국기를 제시했다. 그가 이 작품을 통해 제시하려고 했던 것은 이미 「사랑의 길」에 잘 드러나 있고, 또한 『사랑의 동명왕』에서는 동명왕의 유언을 통해서 잘 드러난다.

미완의 역사소설

춘원은 "명치 43년(1910)에 육당 최남선 군이랑 한자리에 모여 앉아서 조선 역사소설 5부작을 앞으로 완성하기로 의논했었는데, 5부작이라 하면, 제1부가 단군을 주인공으로 하여 그 시대를 그리려 한 것이요, 제2부는 동명왕과 그 시대, 제3부는 고려 말과 이조 초, 제4부가 이조 중엽, 제5부가 이조 말엽인데, 이러구 보면 단군으로부터 시작해서 이조 말까지 조선 역사의 대부분을 소설화시키게 되는 것"(「『단종애사』와 『유정』, 이럭저럭 이십 년간에 십여 편을」, 『삼천리』 1940. 10, 183~184쪽)이라 얘기했다. 그가 1910년에 최남선을 만났을 때 실제로 제1부 단군, 제2부 동명왕을 주인공으로 하는 역사소설을 기획했는지는 모른다. 그러나 「단군릉」이 발표되었던 1936년의 시점, 그리고 적어도 1940년 당시 시점에서 단군과 동명왕에 대한 역사소설을 기획했던 것은 분명하다고 판단된다. 그렇다면 동명왕에 대한 역사소설은 일찍부터 기획되었지만, 사실상 일제 강점 등의 시대적 요인에 의해 착수하지 못한 것으로 보인다. 그의 역사소설 기획으로 보면 『사랑의 동명왕』은 남아 있는 숙제이자, 해야 할 과제로 생각될 수도 있다.

> 후기(後記)
> 동명성왕의 손자 대무신왕 무휼 때에 마침내 동부여 왕 대소는 괴유의 손에 죽고 동부여는 멸망하고 말았다. 인과응보의 소연(昭然)한 자취라 할까.

『사랑의 동명왕』의 마지막 부분에 "단기 4282(1949)년 12월 17일 석양 서울 효자동에서"라고 하여 작품을 창작한 시점이 제시되었고, 또한 위의 「후기」가 실려 있다. 「후기」로 보면 이 소설은 대소의 죽음과 동부 여의 멸망까지 다루려 한 것으로 보인다. 춘원의 관점에서 대소왕을 물리치고 고구려의 기틀을 다진 제3대 대무신왕에 이르러 고구려의 건국이 비로소 완성되었다고 할 수 있다. 춘원은 소설에서 미처 제시하지 못한 이야기, 곧 동명왕이 붕어한 후 동명왕과 각축을 벌였던 동부여 왕 대소의 죽음과 동부여의 멸망 사실을 「후기」에 간단히 제시하였다.

그리고 춘원은 동부여의 멸망을 "인과응보의 소연(昭然)한 자취"라고 하였다. 동부여의 멸망은 역사적 사실이고, 또한 그것을 인과응보의 소연한 자취라고 보는 것은 작가의 해석적 판단이다. 그것은 역사를 인과결정론으로 보는 시각이다. 어쩌면 그의 눈에 일제의 패망도 인과결정론으로 해석되지 않았을까? 그는 해방기에 동명성왕과 같은 지혜롭고 뛰어난 인물이 나와 혼란의 시대를 마감하고 새 시대 새 역사를 열어갈 것을 열망했던 것으로 보인다. 그가 꿈꾼 나라는 사랑의 나라, 곧 정의롭고 자유롭고 평등한 나라였다. 그러나 소설이 나온 이듬해 6·25사변이 발발했다. 그는 전쟁 와중에 납북되었다가 그해 10월 사망한 것으로 알려져 있다. 그의 죽음으로 인해 고구려의 건국기도 제대로 완결되지 못했고, 아울러 또 하나의 과제였던 「단군전」도 미완의 기획으로 끝나고 말았다.